HOMÉOSTASIE

« Vous voilà né. Pour mourir.
En attendant, il faut bien vivre. »
Jean d'Ormesson.

PROLOGUE

Ses membres, son corps, sa tête… chaque parcelle de son enveloppe charnelle se dissipait en un amas cotonneux. Elle ne ressentait que légèreté. La tentation de se laisser envahir par cette douce volupté était grande. Les images, encore nettes quelques instants auparavant, s'effaçaient de sa mémoire. Les souvenirs peinaient à gagner la surface, elle tenta de s'y cramponner, mais ils filèrent dans un nuage de fumée. Bientôt, il ne lui resta plus qu'un mot auquel s'accrocher, îlot solitaire, dérivant au milieu de la brume qu'étaient devenues ses pensées. Elle sut qu'elle devait s'agripper à ces quelques lettres, ne pas les laisser sombrer dans l'oubli. Une première syllabe se dessina, mais s'évanouit sitôt que son attention se posa dessus. Elle était si fatiguée.

Où était-elle ? Que lui arrivait-il ? Qui était-elle ? Un va-et-vient de questions sans réponses l'empêchait de chavirer. Cela importait peu. Elle n'aspirait qu'à une chose ; cesser de résister, de penser, de lutter. Laisser le sommeil la happer. Elle voulait se fondre dedans, ne faire qu'un avec le néant. Une voix lointaine, venue du fond de son âme, perça son chemin et lui hurla de lutter.

La jeune fille tenta de reprendre le contrôle de son corps, ordonnant à ses paupières closes de s'ouvrir. La myriade de couleurs vives, qui palpitaient autour d'elle, les obligea à se refermer. Elle ne se découragea pas. Ses pupilles se contractèrent sous l'agression colorée quand, enfin, un bout de son environnement s'imprima sur sa rétine.

Ses pieds reposaient sur une couche moelleuse et humide. Elle cligna des yeux en direction du tapis vert dans lequel ses orteils s'enfonçaient. Un bruissement régulier détourna son regard du sol. L'ombre d'un « V » inversé s'éloignait d'elle. Elle le suivit des yeux, jusqu'à ce qu'il plonge dans la masse blanche aux courbes duveteuses qui ponctuait l'azur infini. Elle oscilla tandis que sa vue se brouillait de nouveau. Cette fois, elle chavirait pour de bon.

Une seconde avant que l'abîme ne s'empare d'elle, un doux murmure lui chanta :

— Souviens-toi…

CHAPITRE 1

D'aussi loin que remontait sa mémoire, elle s'identifiait à un esprit vierge, flottant en semi-sommeil. Un état de béatitude tel qu'elle n'aspirait qu'à une chose : y rester. Elle n'avait nul besoin, ne ressentait aucune douleur. Seul l'instant présent comptait.

Cela n'allait pas durer…

Sa réalité changea quand elle ouvrit les yeux dans un milieu chaud, humide. Elle était immergée, en position fœtale, dans un liquide plus épais, plus sirupeux que de l'eau. Tout était flou, sombre. Son réflexe primaire fut de prendre une grande inspiration. L'eau s'engouffra aussitôt par la voie d'entrée qu'elle lui avait offerte. Sans plus tarder, elle déroula ses membres pour gagner la surface. Le sommet de son crâne, son coude, ses jambes heurtèrent une paroi dure. Impossible d'étendre son corps ! En une seconde, la peur céda à la panique. Elle tâtonna autour d'elle, en quête d'une échappatoire. Rien. Aucun espoir auquel se raccrocher. Rien qu'une surface lisse, uniforme, qui glissait sous ses doigts.

Elle tambourina, griffa, frappa. Plus elle s'acharnait, plus ses réserves en oxygène s'amenuisaient, et plus sa volonté de se sortir de là grandissait. Le besoin de respirer se fit impérieux. Son cœur grimpa à un rythme tel qu'elle crut un instant qu'il allait exploser dans sa poitrine. Elle ne parviendrait à rien de cette façon. Il lui fallait s'immobiliser et laisser agir les lois de la physique. Bataillant contre l'instinct d'échapper au danger, un combat contre elle-même s'engagea.

La poussée d'Archimède la renvoyait à la surface, lentement. Trop lentement. Elle allait céder, laisser entrer le liquide qui signerait la fin de son calvaire. Soudain, le contact frais de l'air sur son dos. Ne pouvant se contenir davantage, elle se retourna et, bouche béante, avala la goulée d'air que ses poumons en feu avaient tant quémandée. Enfin, la délivrance ! Un vagissement involontaire sortit de sa gorge. Nageant sur le dos, le front collé contre le plafond de sa prison, elle cambra la tête dans un axe inconfortable afin de tirer avantage de la minuscule bulle d'air qu'elle venait de découvrir. Les traits crispés, elle entendit un gémissement sourd et comprit qu'il était sien.

L'accalmie ne dura pas. Elle se contorsionna pour maintenir sa bouche et son nez hors de l'eau. Son pied glissa. Elle but la tasse juste avant de replonger dans le liquide sombre. L'eau se mit à frémir, à bouillonner autour d'elle. Ballottée telle une poupée de chiffon dans les affres du tourbillon, elle perdit la maîtrise de son corps ainsi que tout sens de l'orientation. Le niveau baissait à vue d'œil. Quand l'eau lui arriva à la taille, elle put enfin reprendre le contrôle. Les jambes fléchies, elle ancra ses pieds sur le sol et plaqua son dos contre la paroi arrondie du dôme. Elle glissa, se releva, renouvela l'opération jusqu'à stabiliser sa position. Lorsque les dernières gouttes disparurent dans le siphon dans un épouvantable bruit de succion, elle s'étala sur le sol, le corps engourdi de froid et de fatigue.

Une lueur grise filtrait à travers la fente de ses paupières œdémateuses. Un frisson lui parcourut l'échine. Le réveil qu'elle venait de vivre l'avait plongée dans un état d'épuisement, autant physique que mental. Elle tenta de se tenir sur ses jambes fébriles, mais la hauteur du plafond l'en empêcha. Elle capitula et opta pour une position plus confortable, assise au centre de son habitacle. Elle ramena ses genoux sous son menton et les encercla de ses bras aux courbes athlétiques - tentative superflue pour maintenir contre elle le peu de chaleur qui émanait de son corps nu. Elle renifla. Le seul bruit perceptible était celui des gouttes, qui glissaient de ses longs cheveux bruns pour venir s'écraser sur le sol avec la rigueur entêtante des secondes d'une horloge. Sans aucune notion de temps, elle avait pour uniques compagnons une angoisse sourde et une immense solitude.

Vaseuse, elle passa le bout de ses doigts fripés et blanchis sur la surface lisse et froide du mur qui l'entourait. Un cliquetis tinta au-dessus d'elle. Elle banda ses muscles, paumes sur le sol, prête à bondir. Le sommet du dôme s'ouvrit, descendit autour d'elle jusqu'à coulisser dans la fente circulaire sur le sol. Elle plissa les yeux, agressée par la lumière artificielle et jaunâtre qui clignotait en émettant un chuintement électrique. Se protégeant du dos de la main, elle mit un peu moins d'une minute à s'habituer à la clarté soudaine. Elle perçut un mouvement sur sa gauche et laissa échapper un cri. Elle n'était pas seule. Quatre individus l'encadraient : deux garçons, deux filles. Comme elle, ils grelottaient, le corps trempé, une main pudique cherchant à masquer leur nudité. Elle ravala ses larmes. Yeux écarquillés, pupilles dilatées, lèvres bleuies ; elle se reconnut en chacun d'eux.

À côté de chaque individu se dressait une tour cylindrique émettant un « bip » continu et dont les cadrans, aux courbes et aux chiffres incompréhensibles, semblaient les narguer. Plusieurs tubes en plastique, de calibres différents, étaient accrochés avec soin au côté droit de la machine. Les cinq tours s'animèrent simultanément. Un tiroir s'ouvrit pour leur offrir un tas de vêtements pliés au carré, sur lequel reposaient une serviette ainsi qu'une paire de chaussures. Dans sa hâte de couvrir sa nudité, la jeune fille manqua de glisser. Elle se rattrapa de justesse sur le coin du tiroir qu'elle délogea de son socle. L'ensemble de la tenue tomba, s'imbibant aussitôt de l'eau répandue à ses pieds.

Le petit groupe se revêtit sans qu'un mot soit échangé. L'ensemble noir était constitué de sous-vêtements, d'un pantalon, d'une veste à Fermeture Éclair, ainsi que d'une paire de tennis. L'unique touche de couleur venait du débardeur, au ton terre battue. Ils se tenaient en cercle, muets, attendant de voir lequel d'entre eux céderait le premier. Jeu de regards méfiants. Une voix ferrailleuse brisa le silence. La jeune fille regarda autour d'elle et repéra des enceintes intégrées, aux quatre coins de la pièce.

— Belle journée, moisson 24-1 ! Vous êtes attendus dans le hall central.

Le grésillement cessa aussi subitement qu'il était apparu et une porte s'ouvrit sous leurs regards ahuris.

CHAPITRE 2

Les huit portes s'ouvrirent de concert. De jeunes adultes - ne dépassant pas la vingtaine d'années - envahirent le couloir dans un silence religieux. Le frottement de leurs semelles hésitantes était amorti par le revêtement caoutchouteux du sol. Bien que large, l'allée n'était pas faite pour contenir tant de monde. Malgré la promiscuité, les individus maintenaient une distance raisonnable entre eux ; les contacts physiques, comme visuels, semblaient redoutés et chacun faisait son possible pour les éviter.

Les cœurs battaient à tout rompre. La confusion régnait. Incapable de prendre une décision, la troupe piétinait dans le long corridor. Les rubans lumineux fixés au plafond se mirent soudain à clignoter dans une seule et même direction. Alors, instinctivement, la masse reprit sa procession.

La jeune fille hésita un court instant. Dans son dos, une succession de claquements secs accompagnèrent la fermeture des portes. Au fur et à mesure qu'il se vidait de ses locataires, le long tuyau replongeait dans les ténèbres. Elle pressa le pas pour rejoindre la marée stagnante où des chuchotements agacés commençaient à poindre. Se hissant sur la pointe des pieds, elle croisa une paire de regards hagards - juste avant qu'ils ne soient avalés par la bouche béante de l'ascenseur. Arriva bientôt son tour de pénétrer dans la cabine, en compagnie de son groupe initial. Était-ce le hasard ou un instinct grégaire qui les avait poussés à rester ensemble ?

Le garçon, dont les épais sourcils foncés dénotaient par rapport à ses boucles d'un blond angélique, plissa les yeux en approchant son visage du plan. La carte représentait un bâtiment de douze étages en forme de cône, allant du zéro - le niveau le plus élevé - au moins douze - l'étage le plus bas. Une voix féminine lui vint en aide :

— À quel étage désirez-vous accéder ?

— Euh…, hésita-t-il en se frottant le menton, le nez toujours plongé dans le tableau.

— Désolée, je n'ai pas compris votre requête, veuillez reformuler votre question.

— Je… Euh…

— Désolée, je n'ai pas compris votre requête, veuillez reformuler votre question.

— Le hall central ? tenta-t-il, sans trop avoir l'air d'y croire.

Aussitôt, un fond musical couvrit le ronronnement des câbles sous tension tandis qu'ils s'élevaient vers le moins deux.

— Où sommes-nous ? entama d'une voix timide la brune au fond de la cabine.

Aucun son ne franchit leurs lèvres scellées. L'air de flûte de pan reprit, depuis les premières notes, flottant dans les airs en les narguant comme si lui seul détenait la réponse.

— Que se passe-t-il ? Quelqu'un a une idée ? insista

leur interlocutrice en se triturant les doigts.

Un poing atterrit dans le miroir. Quatre paires d'yeux pivotèrent vers le garçon aux cheveux noirs, de taille moyenne, qui leur tournait le dos. Ses os fins, sa peau laiteuse, pouvaient tromper au premier regard. Loin d'être frêle, l'homme arborait une musculature sèche, nerveuse. Les muscles de ses bras tressautaient, comme parcourus d'un courant électrique, tandis qu'il tenait ses poings serrés. Il redressa la tête sans se démunir de son air menaçant.

— Une idée ? Voyons, grogna-t-il en se massant la main, à part qu'on a manqué de se noyer juste avant de se retrouver à poil, à se geler les couilles au milieu d'une bande d'inconnus ? Mmm, non ! J'en sais rien.

Il les observa, tour à tour, le poitrail gonflé. C'était tout en arrogance et en rage contenue qu'il semblait leur dire « je vous ai à l'œil ». Peu impressionnée, la fille aux cheveux frisés pointa le menton dans sa direction.

— Merci pour les grossièretés… On se sent tout de suite plus éclairé !

Piqué au vif, l'homme s'apprêta à répliquer, mais un tintement, suivi d'un léger soubresaut de la cabine, annonça l'ouverture des portes.

Ils rejoignirent la quarantaine d'individus rassemblés dans l'immense hall, au centre duquel trônait la majestueuse sculpture en ronde bosse d'un homme aux cheveux longs, vêtu d'une chemise et d'un pantalon ample. La jeune fille se fraya un chemin pour apprécier la qualité du travail dans le marbre. Les détails étaient d'un réalisme à faire pâlir de jalousie n'importe quel artiste. Pieds nus, les mains jointes, la statue inclinait son buste en geste de salut, dévoilant le pendentif ovale qui ornait son cou. L'auteur de l'œuvre avait su extraire de la pierre les expressions de bienveillance, de bonté, qui avaient jadis appartenu à son modèle.

Un souffle nouveau parcourut l'assemblée. Les épaules se relâchèrent, les bras se dénouèrent et surtout, les langues se délièrent. Bientôt, un brouhaha résonna dans la vaste salle. Un claquement de mains suffit à ramener le calme. Une femme mûre, approchant la cinquantaine d'années, venait de faire son apparition en haut des escaliers. Perchée sur ses sandales à talons, dans une robe blanche en coton, elle les couvait du regard, immobile, souriante. Sa clavicule gauche, dénudée, dévoilait le tatouage de deux flèches tournant l'une autour de l'autre. De ses oreilles pendaient des agates noires en pointe qui, à chacun de ses mouvements, venaient effleurer son cou gracieux. Son port de tête était altier, ses cheveux aux reflets or étaient rassemblés en une tresse couronne. Elle offrit à son auditoire le temps de s'imbiber de sa présence. Un influx fébrile se propagea de proche en proche. Lorsqu'elle leur tendit les bras, tout le monde était pendu à ses lèvres.

— Bienvenue à Renaissance I, moisson 24 ! Notre communauté se joint à moi pour vous accueillir en son sein. Vous êtes ici chez vous. Je suis 2121, née de la moisson 21.

Elle se tut, une lueur d'amusement dans l'œil, puis ajouta :

— Vous pouvez aussi m'appeler Aurore. N'ayez pas peur. La confusion que vous ressentez est on ne peut plus normale. Nous sommes tous passés par là. Le brouillard finira par se dissiper. Comme tous les dix ans, une nouvelle ère commence, avec quarante merveilleuses naissances menées à terme. Mes chers vingt-quatre, aujourd'hui, le 20 mars de l'an 230, sera à marquer dans les annales ! Aujourd'hui est un jour de fête. Aujourd'hui, en ce début de printemps, nous célébrons la vie. Mais aujourd'hui, plus que jamais, nous vous célébrons, vous! Nous sommes un! acheva-t-elle, les joues pourpres.

— Nous sommes un! reprirent en cœur les spectateurs, entassés derrière les garde-corps qui encerclaient le hall.

Aurore laissa les nouveaux venus savourer l'accueil chaleureux qui leur était fait, avant de taire la clameur d'un geste de la main. Elle se mit légèrement en retrait, invitant l'homme, jusqu'alors dans son ombre, à avancer d'un pas.

— Je vous présente notre docteur, Louis. Il dirige le pôle médical. Ses équipes et lui sont là pour assurer votre bien-être. Au moindre souci, interrogation concernant votre santé ou si vous ressentiez tout simplement le besoin d'être écoutés, n'hésitez pas à vous rapprocher d'eux. Vous y trouverez toujours une oreille attentive, prête à vous soulager de vos maux. Ce disant, tenez-vous prêts pour votre premier examen médical, qui se déroulera dans le courant de la matinée. Rien de bien méchant, je vous rassure.

Aurore les laissa digérer les nouvelles tout en se tenant prête à accueillir d'éventuelles questions. Silence.

— Bien, vous allez maintenant être conduits à vos appartements. Procédons à l'appel, pressa- t-elle en pianotant des doigts sur la balustrade ; dès que votre numéro de matricule sera cité, veuillez vous rapprocher de votre tuteur.

Aurore caressa l'arête externe de son pouce, les incitant, par ce geste, à faire de même. La jeune fille baissa les yeux sur l'endroit indiqué et y découvrit quatre chiffres discrets, tatoués à l'encre noire. 2411... Telle était son identité... 2411... Tel était son nom. Autour d'elle, ses compagnons, qui, à leur tour, venaient de découvrir leur identifiant, relevèrent la tête avec un nouvel éclat dans le regard. Sa gorge se serra et elle sentit un nœud se former au creux de son ventre.

— Auprès de moi, j'appelle les membres de la moisson 24-1. À savoir : les matricules 2411, 2412, 2413, 2414 et 2415.

2411 et sa moisson - son cerveau avait encore du mal à assimiler ce terme - s'avancèrent vers l'homme à la soixantaine d'années bien attaquée qui venait de les nommer. Ensemble, ils quittèrent la pièce, salués par un « Nous sommes un ! » collectif.

CHAPITRE 3

2411 prêtait une oreille distraite à la voix monocorde. Les silhouettes des cinq jeunes adultes s'étaient figées autour de leur guide. Seul le va-et-vient des paires d'yeux curieux animait la pièce. Hormis le coin salon - agrémenté d'un canapé élimé en velours bleu marine, d'un pouf en cuir brun et d'une table basse dont l'équilibre bancal était, sans nul doute, dû à son pied dépareillé –, la pièce était vide.

Ses vêtements lui collaient au corps. L'air était lourd, irrespirable. Sa fréquence cardiaque augmenta. La pièce lui sembla soudain trop étroite. Le plafond trop bas. Les murs trop proches. Elle recula de quelques pas, mue par le besoin impérieux de s'éloigner du groupe. Son dos buta contre une porte entrouverte. Elle jeta un coup d'œil discret dans la pièce, hésita quelques secondes, puis, voyant que personne ne lui prêtait attention, se décida.

Le mobilier, des plus sobres, était dispatché le long des murs. Une couchette faisait face à un lit superposé et à trois casiers. Rien d'autre. Le calcul fut vite fait. Elle venait de pénétrer dans le couloir dédié au repos des filles. Elle laissa ses doigts glisser le long de la rangée de casiers avant de s'arrêter sur celui qui lui était destiné. Cédant à la curiosité, elle l'ouvrit d'un geste feutré. Le contenu était sommaire. Ses biens se résumaient à : un uniforme de rechange, deux paires de chaussettes, des sous-vêtements, un maillot de bain, un survêtement, un short, deux t-shirts, une robe écrue pendue sur un cintre, et enfin, des nu-pieds à lanières marron.

Le mur cimenté, tapissé d'un film poisseux, suintait l'humidité. Une perle de transpiration coula le long de la tempe de la jeune fille. Elle souleva ses cheveux en queue de cheval, espérant apporter un peu de fraîcheur à sa nuque suffocante, mais à peine relâcha-t-elle sa crinière que des mèches brunes revinrent s'agglomérer sur son cou moite. 2411 regarda autour d'elle, en quête d'une aération. La seule ouverture qu'elle perçut fut la grille rectangulaire de trente centimètres de long, au-dessus des casiers. Elle serra les dents. Elle venait de repérer son matricule, gravé sur la couchette supérieure du lit jouxtant les armoires. Le plafond, qu'elle pouvait frôler du bout des doigts, était ponctué de gouttes de condensation. Sa poitrine se serra lorsqu'elle se visualisa grimper là-haut et se tortiller pour accéder au sommier en treillis métallique. Il n'y avait pas d'oreiller, pas de matelas, juste un plaid. Un plaid dont les lavages répétitifs avaient figé d'anciennes taches dans le beige terreux de sa laine bouillie. Un plaid aux plis rigides, cartonneux. La jeune femme se frotta les bras, sentant déjà les démangeaisons la gagner. Sa visite clandestine s'acheva au fond du cloaque, dont une porte discrète lui dévoila les sanitaires. Craignant qu'une absence prolongée n'attire l'attention sur elle, 2411 se décida à rejoindre le groupe.

— Le programme de désinfection se déclenche automatiquement après utilisation des douches. Il ne doit en aucun cas être interrompu !

Sylvestre agitait son index boudiné. Ses yeux volumineux, débordant des petits rectangles vitrés qui lui servaient de monture, se posèrent méticuleusement sur chacun d'entre eux.

— Je terminerai cet entretien par un point décisif et vous demanderai d'être attentifs ! La sécurité sanitaire est cruciale pour notre survie à tous. Nous sommes très attachés au respect des mesures d'hygiène. Les contacts physiques entre individus sont interdits. Une prise de température doit être effectuée chaque matin avant de quitter vos appartements. Tous les lundis, vous devrez vous rendre à l'infirmerie pour réaliser un bilan de santé, et ce, dès aujourd'hui.

— C'est pas un peu radical comme méthode ? intervint 2412 en soufflant sur la boucle blonde qui gênait son œil.

Sylvestre lui jeta un regard sévère, autant agacé par le commentaire du garçon que par le fait d'avoir été interrompu.

— C'est en prenant soin de soi que l'on prend soin des autres, récita-t-il d'un ton péremptoire, avant de poursuivre l'énumération des règles à observer : restez un maximum entre vous, au sein de vos bulles sociales. En cas de rhume, de toux, de fièvre, de nausées… Quel que soit le symptôme trahissant une altération de votre état général, merci de le signaler. Que ce soit pour vous-même ou pour un camarade. Veillez à respecter ces règles. Des questions ?

— Y a-t-il un protocole à suivre si l'on touche quelqu'un par accident ? Où le signale-t-on ? A-t-on le droit de communiquer avec d'autres membres de la Colonie ? demanda 2415, qui avait bu les paroles de Sylvestre sans le lâcher une seconde des yeux.

Elle guettait sa réponse, prête pour sa prise de notes mentale. Le soixantenaire sourit pour la première fois, d'une esquisse de lèvres presque tendre :

— Évidemment ! Vous êtes libres de vos mouvements, d'échanger avec qui bon vous semble… Avec modération, question de bon sens. Il va de soi que tout contact physique, accidentel ou non, doit être notifié dans le recueil de signalements. Ce n'est qu'une formalité administrative qui, pourtant, sera d'une aide capitale en cas d'épidémie au sein de la Colonie, en permettant d'isoler les cas contacts et de stopper aussitôt sa diffusion.

Le casque de cheveux frisés de 2415 s'agita lorsqu'elle abonda dans son sens.

— Vous trouverez le recueil un peu partout dans le bâtiment mère. À commencer par ici.

Le groupe recula d'un pas. L'homme passa devant eux pour traverser la pièce. Il effleura d'un geste délicat le tableau d'une nature morte.

— Flora ?

— Oui, Sylvestre, que puis-je pour vous ? demanda la voix métallique.

— Affiche le menu.

— Avec plaisir.

Les contours des tournesols se brouillèrent, les différentes teintes de jaune se mêlèrent les unes aux autres. Les traits du tableau se dissipèrent pour former un noyau de coloris chatoyants au centre de l'écran qui éclata alors pour prendre la forme des visages de chacun d'entre eux. Leurs photos étaient réparties autour d'un sablier central, dont les grains de sable étaient presque tous écoulés.

— Flora est là pour vous faciliter la vie. Planning du jour, rendez-vous à venir, recherches sur un sujet quelconque, demandez-lui ce que vous voulez ! Et pour conclure, jeune fille, ajouta Sylvestre en se tournant vers 2415, dont les taches de rousseur disparurent sous la marée rosée qui avait inondé ses joues, tout est envoyé, répertorié dans la banque de données de l'ordinateur central. Bon, je vous laisse prendre vos marques.

Il avait atteint l'encadrement de la porte lorsqu'il se retourna :

— Un dernier mot : je suis le référent de l'étage. C'est auprès de moi que toute requête importante doit être déposée. Mon bureau n'est pas difficile à trouver.

Cette fois-ci, il pivota et quitta la pièce en les saluant d'un signe de tête. Le silence s'éternisa après son départ.

— Attention, risque de contact ! Matricules 2412 et 2413, veuillez vous éloigner l'un de l'autre !

Les hommes bondirent chacun de leur côté sous la sommation de Flora. Attentifs durant l'allocution de Sylvestre, ils n'avaient pas vu que leurs bras n'étaient plus qu'à quelques centimètres l'un de l'autre. 2411 remarqua alors la lumière rouge qui clignotait au-dessus de l'écran. Une légère remontée acide lui brûla la gorge. Leur appartement n'était vide que d'apparence. Elle venait de recouvrer la vue et ce qu'elle voyait lui laissait un arrière-goût en bouche. Une dizaine d'autres points incandescents étaient braqués sur eux.

Une sonnerie stridente perça leurs tympans. Le dernier grain de sable venait de quitter le bulbe supérieur du sablier.

— Moisson 24-1, veuillez vous rendre à l'infirmerie ! chanta leur colocataire artificielle.

CHAPITRE 4

Une seconde peau transparente enveloppait le corps de la femme, visage compris. 2411 replia ses doigts sur sa paume, résistant à l'envie de pincer l'avant-bras de l'infirmière pour tester la fine pellicule rosée. Iris lui avait expliqué d'une voix sèche que la combinaison, dont elle s'était parée sous sa blouse blanche, était requise lorsque les contacts rapprochés avec d'autres individus étaient inévitables. Ce fut leur plus long échange. 2411, qui avait espéré tirer profit de leur tête-à-tête pour glaner quelques informations sur la Colonie, tenta de pousser ses investigations plus loin, mais deux ou trois réponses laconiques plus tard, elle capitula. Le bulldog, qui - outre les grognements - poussait sa ressemblance avec ledit animal jusque dans sa mâchoire prognathe, avait érigé une muraille entre elles, écrasant toute tentative de communication par une froideur assumée.

— Nausées ? Vertiges ? demanda-t-elle, le visage dissimulé derrière son écran.

2411 répondit par la négative. Les ongles de l'infirmière cliquetèrent sur l'écran de la machine à laquelle elle était reliée. L'examen touchait à sa fin, elle allait enfin en être délivrée. Elle desserra les poings. Ses muscles étaient restés tendus depuis le début de leur entrevue. Il était temps que cela se termine. Entre le traumatisme de son réveil et, maintenant, la panoplie d'examens, interminables et invasifs, à subir sans en connaître les raisons, ses nerfs étaient mis à rude épreuve. Elle voulait qu'on la laisse tranquille.

Le brassard du tensiomètre se mit à dégonfler. Ses doigts violacés reprirent rapidement une teinte normale. Iris libéra son index de l'appareil de saturation, puis termina par les électrodes de l'électrocardiogramme, collées sur ses poignets et chevilles ainsi que sur son thorax. Elle voulut attraper un mouchoir pour se débarrasser du gel dont l'infirmière l'avait grassement badigeonnée. Plus rapide, cette dernière happa la boîte convoitée et se détourna de sa patiente pour désinfecter son matériel.

— Monte sur la balance, lui marmonna-t-elle sans un regard.

2411 expira – plus fort que voulu –, mais se dépêcha d'obtempérer. Elle rabaissa son t-shirt sur son ventre et grimaça en sentant le tissu s'imbiber de la matière collante.
— Je t'ai envoyé les résultats du matricule 2411, minauda Iris.

La patiente écarquilla les yeux. Jusqu'à présent, elle avait eu autant d'importance, aux yeux de l'infirmière, que le vase de jonquilles artificielles aux tristes pétales délavés, oublié sur le coin de l'étagère. Le miellat, dont la femme avait drapé sa voix, ne pouvait lui être destiné. Pourtant, nulle autre personne qu'elle n'était présente dans la pièce.

— C'est bon pour moi, répondit une voix masculine. Mets-moi face à 2411, veux-tu ?

— Oui, Docteur, obéit l'infirmière avec un sourire sur ses fines lèvres jusque-là pincées.

Cette dernière fit pivoter le bloc sur roulettes auquel était raccordée la jeune fille quelques secondes auparavant.

Elle reconnut Louis, le médecin. Contrairement à sa subalterne, il affichait un sourire franc.

— Tes paramètres sont satisfaisants, quoique tu sois un peu hypertendue pour ton âge... Iris, demande à Flora de diminuer l'apport de sodium dans les rations de 2411.

La femme répondit à la requête via un écran tactile tandis que l'homme prenait congé, non sans laisser une dernière instruction :

— Veille à avoir une alimentation saine et à maintenir une activité physique régulière. Mon infirmière va réaliser ta prise de sang hebdomadaire. Je te dis à lundi prochain ! Je suis à toi, Marin, quel est le problème avec notre patient ?

La communication s'interrompit, tout comme l'examen médical. 2411 sortit dans le couloir en tenant son avant-bras replié contre elle. La porte de l'infirmerie claqua avec humeur, signant les adieux d'Iris.

— Elle a un sacré problème relationnel, celle-là ! bougonna 2413 en arrachant un sparadrap qui révéla le point vermeil laissé par l'aiguille.

Il frotta la zone endolorie comme si, par ce simple geste, il pourrait effacer le souvenir de son passage à l'infirmerie.

— Il ne fallait pas m'attendre, s'excusa-t-elle auprès de la moisson 24-1 qui patientait dans le couloir.

— Je pense que nous devons rester à cinq, comme nous avons commencé, avança 2415.

— L'appel pour l'amphi B a été fait depuis pas mal de temps maintenant..., les pressa 2414 d'une voix inaudible.

La fille leva ses grands yeux verts sur eux. 2412 ne résista pas au regard implorant. Il tendit une main vers ses épaules menues, lorsque deux blouses blanches - en grande conversation jusque- là - s'interrompirent et braquèrent leur attention sur lui. 2412 suspendit son geste et rectifia le tir en ajustant, sur son nez, la paire de lunettes nouvellement acquise. À l'instar de ses camarades, il recula d'un pas pour élargir le cercle qu'ils formaient. Aucun d'entre eux ne souhaitait leur donner une raison de les garder dans leur ligne de mire plus longtemps.

CHAPITRE 5

Elle se racla la gorge. Un léger picotement grattouilla le fond de sa trachée. Les murs, le sol, les escaliers étaient tapissés d'une moquette brique dont les peluches et les zones dénudées trahissaient l'usure du temps. Contrairement aux autres pièces, où métal et acier avaient gangrené murs, sols, mobiliers - rares étaient les surfaces du bâtiment à ne pas être contaminées –, l'amphithéâtre était le premier endroit à offrir une gamme de couleurs autre que le gris. 2411 frotta ses paupières, soudain râpeuses contre sa cornée, et pinça son nez pour étouffer un éternuement. Elle regrettait déjà l'ambiance aseptisée qu'elle venait de quitter.

Les paumes des mains en appui sur le bureau en chêne qui trônait au centre de l'estrade, le professeur attendait, jambes croisées, que son auditoire s'installe. Derrière lui, une immense toile blanche, zébrée de déchirures, couvrait l'ensemble du mur. 2411 posa des yeux pleins d'espoir sur l'homme qui allait, grâce à son savoir, combler le creux béant de son ignorance. Depuis son éclosion, les questions se bousculaient dans sa tête ; harcelantes, entêtantes. Les rares explications obtenues ne suffisaient pas à rassasier son appétit vorace. Pire, chaque réponse ouvrait la voie à de nouvelles interrogations, accentuait sa frustration. C'était donc piaffant d'impatience qu'elle se préparait à assister au premier cours.

Malheureusement, ses espoirs furent vite balayés. Le cours de civisme se révéla aussi froid que la voix du professeur et ne souleva aucun élan au sein de l'assemblée. Qui plus est, la distance imposée entre les sièges n'invitait guère aux échanges ; les quarante convives étaient répartis dans une salle qui aurait pu en accueillir le triple.

Elle réprima un bâillement. L'enseignant la toisa, désireux de montrer à tous le mépris que cela lui inspirait. Il avait l'œil aussi vif que celui d'un rapace. Impossible de laisser dériver son attention. Chaque fois que 2411 tentait un regard en arrière, l'intérêt de la chimère au nez aquilin revenait sur elle. La jeune fille prit son mal en patience, ne bougea plus, pas même un cil. Elle essaya d'ignorer les gouttes de transpiration qui glissaient le long de sa colonne vertébrale. Des fourmillements commencèrent à gagner ses jambes. Elle tenta de changer de position, mais l'assise de son siège, collée contre son corps moite, suivit son mouvement dans un couinement outragé. Elle eut droit à un énième regard courroucé qui eut raison de sa volonté et 2411 se résolut à patienter - les membres ankylosés, accablée par l'air épais de l'amphithéâtre –, pour que sonne la fin du cours et de son calvaire.

Le professeur leur fit répéter la charte de la Colonie dont 2411 ne mémorisa que les grandes lignes. Le règlement abordait des notions telles que le respect, l'humilité, l'identité culturelle, la collaboration, le développement... Chaque matin, leur réveil serait accompagné de cette douce mélodie. La jeune femme finirait bien assez vite par la connaître par cœur. Elle serait prête pour la cérémonie des prénoms, prévue trois semaines plus tard.

Un prénom. Pourquoi certains étaient-ils désignés par

un matricule, tandis que d'autres l'étaient par un prénom ? Les deux heures, passées sous le joug de 2173, ne lui furent pas totalement inutiles. Le professeur leur expliqua que la cohésion de la Colonie reposait sur le respect du libre arbitre de chacun. À commencer par le choix, à titre personnel, d'une identité. Ainsi, lors de la cérémonie des prénoms, les nouveaux venus scelleraient leur appartenance à la Colonie en signant la charte de leur nom ou de leur matricule. Ils avaient vingt et un jours pour consulter la banque des prénoms et décider s'ils souhaitaient en acquérir un. Passé cette date, aucun retour en arrière ne serait plus possible. 2411 se sentit soudain plus légère.

2173 changea de sujet pour s'épancher sur les qualités architecturales de la Colonie. Le sujet devait le passionner, car bientôt on ne l'arrêta plus. Un tic convulsif agita la jambe de 2413, propageant son onde sur toute la longueur du banc. Maintenir assis le jeune homme nerveux relevait du fantasme. Il avait cessé depuis longtemps de feindre un intérêt quelconque aux dires du professeur. 2411 échangea un regard entendu avec son voisin tout en retenant un soupir. Les minutes stagnaient. Elle-même luttait pour rester concentrée. Petit à petit, la voix du professeur se fit plus sourde. Son débit plus lent. Les mots semblaient s'embourber dans sa barbe. 2411 massa son cou pour chasser la démangeaison qui la chatouillait depuis un moment maintenant. Elle fit mine de soutenir sa tête en plaquant une main au-dessus de ses sourcils, et osa un coup d'œil par-dessus son épaule. Il lui fallut moins d'une seconde pour vérifier son intuition.

Un regard ne suivait pas le courant. Un regard froid, indifférent du reste de son environnement. Un regard qu'elle sentait, telle une piqûre de rappel persistante, picorer sa nuque avec insistance. Un regard qui remonta jusqu'au sien pour s'y planter sitôt qu'il l'eut harponné. Les yeux vairons la sondèrent avec arrogance. Le cœur de 2411 ne fit qu'un bond. La gorge serrée, elle sentit une vague de chaleur inonder ses joues. Son pouls s'affola. Ses mains tremblèrent. Elle pouvait sentir les battements accélérés de sa jugulaire. Elle n'aimait pas cela, et pourtant, elle était incapable de se détourner du garde posté devant l'une des sorties de l'amphithéâtre. Qu'avait-il à l'observer de la sorte ? 2411 vérifia autour d'elle, mais non, c'était bien elle qu'il fixait. Sans l'ombre d'un doute. Elle passa en revue sa journée, analysa les paroles ou gestes qu'elle avait eus, se demandant ce qu'elle avait pu faire de mal. Son trouble se mua, petit à petit, en un sentiment d'irritation. Elle n'avait rien à se reprocher. Jusqu'à présent, elle avait suivi - à la lettre - toutes les instructions qui lui avaient été données. Pourquoi ne regardait-il donc pas ailleurs ? 2411 redressa les épaules, leva le menton, et soutint son regard. Le visage de marbre, l'homme ne chercha pas à se défiler. Au contraire, maintenant qu'il avait son attention, il semblait ne plus vouloir la lâcher. Elle crut voir ses lèvres frémir, le temps d'un murmure. 2411 fronça les sourcils lorsqu'elle le vit recommencer. Essayait-il de lui dire quelque chose ? Elle tendit le cou au maximum, comme si par ce geste elle parviendrait à réduire la distance entre eux, et se focalisa sur le mouvement de ses lèvres. Mais c'était trop tard. La mâchoire carrée se crispa. Une lueur de colère traversa le regard d'acier. L'homme ne la regardait plus. Le message, si tant est qu'il y en ait eu un, lui avait échappé.

— Matricule 2411, c'est devant que ça se passe !

Elle sursauta, saisie par le rappel à l'ordre du professeur dont elle avait occulté la présence. C'est tout l'amphithéâtre qui avait les yeux posés sur elle, désormais.

Pivoine, elle piqua du nez sur son pupitre sans plus oser en décoller jusqu'à la fin du cours.

CHAPITRE 6

Taille moyenne, carrure solide, cheveux châtains et courts ; 2411 éliminait les silhouettes qui ne répondaient pas aux critères de la liste, sautant d'un profil à un autre sans perdre de temps. Elle s'était mis en tête de se confronter au garde. Il semblait l'avoir prise en grippe et elle voulait en connaître les raisons. Encore fallait-il mettre la main sur lui…

Il avait quitté l'amphithéâtre dès la première sonnerie pour rejoindre un couloir bondé à l'heure de pointe. L'idée d'abandonner l'effleura, mais elle chassa vite cette pensée ; elle venait de repérer une silhouette trapue vêtue d'un uniforme bleu de Chine - typique des gardes. Certaine de tenir son homme, elle ne le lâcha plus d'une semelle. La tête rebondissait au milieu d'une marée de cheveux. 2411 faillit perdre sa cible à plusieurs reprises. Elle accéléra le pas.

— Bouge !

Concentrée sur sa filature, elle avait quitté la zone piétonne sans y prêter attention. Ses pupilles se dilatèrent en voyant le vélo foncer sur elle. Son esprit lui scanda le mot « fuite ». Ses muscles se contractèrent, mais son corps, devenu bloc de béton, refusa de lui obéir - ce traître savait qu'il était trop tard et le choc frontal, inévitable ! Tous ses sens se mirent en alerte tandis que s'amorçait dans sa tête le décompte des secondes avant l'impact.

Trois. Une ampoule grésilla quelque part au fond du couloir, irritant son ouïe sensible.

Deux. Sa vue - qui n'avait jamais été aussi bonne qu'à cet instant - fut bombardée de détails insignifiants : l'autocollant marguerite au pétale rogné par un doigt distrait plaqué sur le guidon du vélo, la bouche dévoilant une dentition anarchique dans un cri de surprise, la main aux ongles rongés tendue dans sa direction, dans un geste aussi impuissant que rempli d'espoir.

Un. Fin du décompte.

2411 s'étonna de ne ressentir aucune douleur. L'impact la souleva dans les airs, où elle effectua une majestueuse pirouette avant de retomber sur ses fesses, perdant aussitôt grâce et dignité. Elle resta assise, le dos contre le mur, pour assister, un peu sonnée, à la fin du spectacle. Tout se passa au ralenti, sans un bruit, jusqu'à ce que la chute s'achève dans un silence tonitruant.

Une éternité passa, sans que personne réagisse. Enfin, l'inquiétude prenant le pas sur l'hébétude, 2411 parvint à se secouer et se remettre sur pied, non sans grimacer. Remettre son corps en marche fut loin d'être agréable. Des douleurs émergèrent d'un peu partout. Elle avait l'impression d'avoir gagné plusieurs décennies d'un coup. Cependant, après un état des lieux rapide, 2411 conclut qu'elle s'en sortirait avec de simples écorchures et hématomes. Plus de peur que de mal.

Elle jeta un regard inquiet vers la femme encore allongée sur le sol. Cette dernière repoussa la bécane d'un coup de talon rageur avant de se redresser à son tour. La seule victime à déplorer était le bloc d'aluminium gondolé agonisant à leurs pieds. La fin du supplice était proche pour le vélo. L'une des roues, cabossée et grinçante, exécuta un tour final. On entendit encore un râle, puis ce fut le silence.

2411 s'approcha de la femme qui se massait la cheville en s'appuyant d'une main contre le mur. Son estomac se noua lorsqu'elle reconnut Iris. Mortifiée, elle se confondit aussitôt en excuses. Des excuses que la femme décida d'ignorer en cherchant à s'éloigner d'elle.

— Iris, Matricule 2411, vous avez été victime d'un incident de contact. Un agent de la sécurité en a été informé. Je vous prie de rester où vous êtes en attendant son arrivée, annonça la voix mélodieuse de Flora.

— Fait chier! maugréa l'infirmière en pilant, avant de lancer un regard mauvais à 2411.

— Je suis vraiment désolée.

— À ton avis, à quoi sert la ligne blanche au milieu du couloir? À faire joli? Le sens de circulation est là pour être respecté!

— J'étais distraite, je ne vous ai pas vue arriver et…

— Eh bien, voyons, ça va être de ma faute maintenant!

— Ce n'est pas ce que je voulais dire.

Iris dodelina de la tête en marmonnant d'un air outré. Comprenant que l'infirmière était enlisée dans sa mauvaise humeur et que rien de ce qu'elle pourrait dire ne jouerait en sa faveur, 2411 cessa de se justifier et laissa courir une minute.

— Votre cheville a l'air de vous faire souffrir; peut-être que si vous vous asseyiez…

— Ne t'approche pas de moi! aboya Iris.

Elle fit un bond en arrière, tant pour éviter la gerbe de postillons que dans l'espoir d'apaiser l'infirmière. Les deux femmes se regardèrent en chiens de faïence. L'une ne décolérant pas, la deuxième, plus surprise qu'autre chose, ne sachant quelle attitude adopter pour ne pas aggraver son cas. Une chape de silence coula sur elles. Sensibles à la promesse d'un spectacle de rue, les badauds avaient cessé toute activité pour observer le duo. Les joues pourpres, 2411 se ramassa sur elle-même et ne dit plus un mot jusqu'à l'arrivée de l'agent.

— Belle journée, Iris. Belle journée, Matricule 2411.

L'arrivée de l'agent dispersa la foule. 2411 nota la présence d'un écusson doré épinglé sur son cœur. L'homme ajusta ses lunettes lorsqu'il baissa les yeux sur sa tablette transparente. 2411 se reconnut sur l'une des photos. Elle n'eut pas le temps de voir la deuxième, mais aurait parié qu'Iris figurait à ses côtés. L'homme passa l'index sur le portrait de la jeune fille. L'écran dévoila alors une série de chiffres et de logos verts.

— Donnez-moi quelques secondes… Hum, marmonna-t-il entre ses dents, le nez plongé dans l'écran, ah, les voilà : les comptes rendus de votre dernier bilan de santé ! Voyons cela… Vous avez de la chance que l'on soit en début de semaine; qui sait, vous échapperez peut-être à l'isolement? Encore un peu de patience, les résultats de votre prise de sang sont en train de se charger.

Il leur offrit son plus beau sourire avant de se replonger dans les analyses. L'homme semblait avoir tout son temps et, tandis qu'il laissait échapper des commentaires audibles pour lui seul, 2411 sentit Iris se crisper au fur et à mesure de l'attente. Bientôt, le corps de l'infirmière rayonna de stress.

— Tout est en ordre. Vous allez pouvoir oublier cet incident et poursuivre votre journée, l'esprit libre.

Iris lâcha un soupir. Voyant sa mine soulagée, l'homme se hâta d'ajouter :

— En revanche, le protocole m'oblige à vous coller un blâme. Rien de bien méchant, tenez-vous à carreau et d'ici un mois, il disparaîtra de votre dossier. Vous pouvez circuler !

Iris lança un regard lourd de reproches à 2411 qui n'échappa pas à l'œil aguerri du garde :

— Iris, est-ce un nuage de négativité que je perçois autour de toi ? Il serait malencontreux de le voir se transformer en agressivité. Je t'invite à verbaliser tes émotions, à te libérer auprès de ta camarade.

Le ton n'était plus à la détente. 2411 tiqua en observant la palette d'émotions traverser le visage d'Iris. Cette dernière hésita. S'adresser à 2411 semblait au-dessus de ses forces. Ne pas obéir, inenvisageable. Rancune contre raison. L'agent croisa les bras, les pieds fermement ancrés dans le sol. La colère céda place à la crainte. Iris ferma les yeux, prit une profonde inspiration, garda l'air quelques secondes, puis expira lentement par la bouche. Lorsque ses paupières se soulevèrent, son expression avait changé, son visage s'était adouci. Parée d'un sourire aimable, Iris joignit les mains et s'inclina devant 2411.

— N'y pensons plus, l'important est que tout le monde aille bien. Puisse la lumière te guider tout au long de cette belle journée.

2411 resta coite face au virage radical opéré par l'infirmière. Elle dansa d'un pied sur l'autre, se creusa les méninges, à la recherche d'une réponse qui ne sonnât pas faux. En vain. Le silence s'éternisa. Elle déglutit. Aucun mot pour franchir ses lèvres. Elle frisait l'impolitesse. Son tourment cessa grâce à l'intervention du garde annonçant son départ par un « Nous sommes un ! » guilleret. Il les salua, puis tourna les talons avec la satisfaction d'une mission accomplie.

Un ange passa. 2411 tenta un sourire maladroit vers Iris, mais l'initiative de paix mourut sur ses lèvres. Les deux billes noires, braquées dans sa direction, venaient de fusiller tout espoir d'avenir amical.

CHAPITRE 7

2411 se gratta le menton, incapable de fixer son choix parmi la large gamme d'instruments de torture. 2413 renifla un coup sec et, du bout des doigts, se mit à battre le rythme contre sa cuisse. Consciente de jouer avec les nerfs sensibles de son camarade, la jeune fille délaissa les tapis de course qui lui faisaient pourtant de l'œil et opta pour l'un des vélos d'appartement. Attentive aux instructions de Flora, elle s'installa sur l'appareil, scanna son numéro de matricule à quelques centimètres des commandes de vitesse et enclencha le programme d'exercices par un premier tour de pédales.

Les séances de sport avaient lieu chaque jour. L'une en fin de matinée. L'autre en fin d'après-midi. Le planning d'entraînement, réparti entre séances de natation, de vélo et de course à pied, avait été conçu en fonction des conditions et aptitudes physiques de chacun.

— Allez, on appuie ! Une, deux, une, deux, en rythme ! tonna l'écran circulaire qui entourait 2411.

Sa jugulaire se gonflait au rythme des poussées. Ses tempes pulsaient. Son t-shirt, qui épongeait le fruit de ses efforts, lui collait à la peau, dévoilant sa brassière par transparence. Des rigoles de sueur coulaient entre ses omoplates. Une mèche de cheveux, plaquée sur son visage, entravait sa vue.

L'algorithme était toujours le même. L'aigle solitaire perché au sommet d'une roche, le cactus à trois branches, le virevoltant traversant la route, le lézard dont les rayons de soleil léchaient la peau rugueuse… Détails plats, identiques, qui défilaient dans un paysage morne et désertique. Et elle continuait de pédaler, encore et encore, résignée, énergique. Son esprit engourdi avait cédé la place à l'effort physique. Un effort répétitif, instinctif. Le métal tressautait, grinçait, chauffait tandis que les muscles de ses cuisses s'étiraient, pliaient, brûlaient. La tête inclinée, 2411 sentait les gouttes de sueur tomber de son front.

Tac, tac, tac, tac, tac… Les fines gouttelettes frappaient son guidon. Tac, tac, tac… Toujours ce même rythme implacable.

— On attaque le sprint final. Ne relâche pas tes efforts. Oui ! Super, c'est ça, continue ! Plus qu'un concurrent à dépasser, et la médaille sera à toi.

Elle leva les yeux vers l'écran. Son avatar venait de dépasser celui de 2413. Le cri de frustration lâché à sa droite, où transpirait la version en chair de son camarade, lui extirpa un sourire, dévoilant ses canines. L'idée de le taquiner l'effleura. La fierté de son camarade était sa corde sensible et il était très tentant de tirer dessus… Mais ce n'était pas le moment de se laisser distraire ! La ligne d'arrivée miroitait au loin. Elle pouvait gagner. Électrisée par la promesse d'une possible victoire, elle puisa dans ses réserves pour y pomper ce qu'il lui restait d'énergie. Ses pupilles se rétrécirent. La tête blonde de 2412 rebondissait devant elle, au rythme de ses coups de pédale. Le garçon était à sa portée. Un mètre, deux tout au plus, les séparaient. Une dose d'endorphines se déversa dans ses veines et, dopée par la proximité presque palpable de son adversaire, 2411 accéléra.

Les deux avatars jouaient des coudes. Les quadriceps frisaient la tétanie. La ligne blanche était à portée de bras. Espérant gagner les derniers centimètres qui lui manquaient, 2411 donna une dernière et puissante impulsion. L'effort lui soutira un grognement. Elle avait atteint ses limites. Le combat était fini. À bout de souffle, elle redressa son buste, déploya sa cage thoracique en inspirant de généreuses goulées d'oxygène pour soulager ses poumons en feu et laissa ses jambes ralentir seules. Son rythme respiratoire revint à la normale pendant que l'aiguille du compteur de vitesse regagnait progressivement le zéro.

2411 se munit d'une serviette pour éponger son front et sa nuque. Elle croisa le regard de 2412 dans le miroir. Il avait, comme elle, une mine épouvantable. Teint violacé, yeux exorbités, bouche béante, cherchant à gober un maximum d'air. L'analogie avec un poisson à l'agonie les frappa en même temps. Un fou rire - mélange étrange de cris d'oiseaux et de hoquets caverneux - s'empara d'eux. Déroutés par ce drôle de concert, leurs camarades les observèrent avec des yeux ronds, ce qui accentua leur hilarité.

Quand elle parvint enfin à retrouver un semblant de calme, et de souffle, elle inclina la tête pour féliciter le vainqueur. Bien qu'ayant perdu la partie, elle était satisfaite de sa performance, et surtout, très surprise par la ténacité dont elle avait fait preuve. La jeune femme ne pensait pas avoir cela en elle. 2411 s'étira. Elle se sentait étrangement bien. Une impression de vide, de légèreté avait remplacé les tensions accumulées dans son corps. Et c'était loin d'être désagréable ! Pressentant que la sensation ne serait que provisoire, elle ferma les yeux, prit une profonde inspiration et savoura l'absence de pensée ou de douleur.

2411 fit claquer sa langue sur son palais. Elle mourait de soif. Elle se dépêcha de désinfecter son vélo avec le matériel mis à disposition pour rejoindre le distributeur d'eau devant lequel elle resta interdite. Elle était incapable de le mettre en marche. 2414 arriva à ses côtés et, voyant que 2411 ne se décidait pas, passa devant elle pour actionner l'appareil. Pas d'hésitation pour elle. D'un geste sûr, 2414 scanna le tatouage de son matricule en déplaçant son pouce au niveau du logo de la fontaine, recula d'un pas et patienta. La machine se mit à trembler. Un bruit épouvantable remua à l'intérieur. Une fente s'ouvrit sur un bras articulé qui se déplia pour relâcher une bulle d'eau dans la paume de 2414.

2411 mima les gestes observés. Ne s'attendant pas à ce que la boule aqueuse rebondisse sur sa main, elle laissa échapper un cri de surprise. Heureusement, grâce à un réflexe sorti de nulle part, 2411 parvint à saisir au vol la grosse bille transparente. Mais elle n'était pas arrivée au bout de ses peines pour autant. La boisson lui fila entre les doigts, glissant d'une main à l'autre, de plus en plus vite, mettant à l'épreuve sa dextérité. Ses gestes malhabiles réjouirent 2413 dont le rire taquin s'éleva dans son dos. Motivée par l'envie de lui gâcher la fin du spectacle, 2411 se mordit la joue, redoubla d'efforts et rattrapa la boule, une seconde avant qu'elle ne s'écrase sur le sol. La jeune fille lança un sourire narquois à son voisin, puis intriguée par la coque gélatineuse, la porta à ses lèvres et y planta les dents. Elle sentit avec délice le liquide éclater dans sa bouche.

Elle savoura chaque gorgée avalée. 2411 allait s'octroyer une deuxième tournée, quand 2414 attira son attention. Peu épaisse, de petite taille, sa camarade dégageait en permanence une impression de vulnérabilité. Impression qui, dans le cas présent, était accentuée par la présence de cernes violacés sous ses grands yeux verts.

Immobile, le regard ailleurs, elle tenait toujours sa bulle d'eau, intacte, à la main.

— Ça va 2414 ? Tu veux que…

2411 ne termina pas sa phrase. Sa camarade venait de s'évanouir.

CHAPITRE 8

— Je me sens beaucoup mieux ! Je vous assure, insista 2414 d'une voix faible, inutile de déranger l'infirmière !

2414 amorça quelques pas chancelants en direction des vestiaires, mais un étourdissement trahit son corps frêle. Ses lèvres, d'habitude aussi charnues que des framboises prêtes à être cueillies, avaient perdu leurs couleurs. Fondues dans le teint cireux de son visage. 2414 ne dupait personne. Quatre paires d'yeux soucieuses scrutaient le moindre de ses pas, persuadées que le prochain signerait sa chute. Elle progressa de quelques mètres en prenant appui sur le mur. Une pause encore, avant de s'immobiliser pour de bon. Soupir las. La jeune femme avait la fragilité d'une poupée de porcelaine.

— On peut s'occuper de toi, maintenant ? s'impatienta 2415 d'une voix ferme, dans laquelle on décelait cependant une note d'inquiétude.

Ayant sans doute compris qu'une escale à l'infirmerie n'était plus optionnelle, 2414 signa sa reddition par un silence, se repliant sur elle-même telle une fleur fanée. À moins qu'elle ne soit tout simplement plus en capacité de parler, songea 2411.

2414 acceptait mal le fait d'être une source d'inquiétude pour ses camarades. La culpabilité la rongeait, cela sautait aux yeux. Concluant qu'elles étaient assez de deux pour s'occuper d'elle, 2411 et 2415 libérèrent les garçons. Renvoyer la moitié du groupe à sa routine eut l'effet escompté. Les épaules de 2414, allégées d'une partie de leur fardeau, se détendirent un peu.

En revanche, un dilemme se posa rapidement. Comment allaient-elles faire pour longer les centaines de mètres de couloirs, passer d'un étage à l'autre, soutenir leur amie sans avoir recours au moindre contact physique ? Sans réelle surprise et selon un *timing* parfait, Flora entra en scène. *Toujours là au bon moment*, ne put s'empêcher de penser 2411. Sans ambages, l'intelligence artificielle leur expliqua que chaque étage possédait un débarras dans lequel elles dénicheraient un fauteuil roulant. Les rôles se répartirent dans un simple échange de regards. 2415 resterait au chevet de 2414, tandis que 2411, guidée par la voix métallique, se hâterait vers la réserve.

— Qu'est-ce que tu lui as fait ?

L'accusation fusa sitôt les portes de l'infirmerie franchies. Pas besoin de procès, le jugement était tombé. Coupable ! La seule vue de 2411 aux côtés de la patiente avait suffi à l'infirmière pour prononcer sa sentence. Son opinion était posée, actée ; rien ne pourrait plus la faire changer d'avis. Elle tenait la fautive. Mais cela ne semblait pas lui suffire : les pieds campés dans le sol, le regard braqué sur 2411, Iris attendait l'aveu qu'elle estimait lui revenir de droit.

2411 mobilisa toute sa volonté pour rester impassible face à une Iris entêtée à garder les bras croisés. Qu'attendait l'infirmière pour exercer son métier ? Que 2414 perde connaissance ? 2411 pinça les lèvres. Formuler ses pensées à voix haute ne ferait que retarder les choses. La première à en pâtir serait 2414.

— Tout allait très bien jusqu'à la fin de l'entraînement. Depuis, 2414 est incapable de se relever sans tomber dans les vapes, expliqua 2415.

Pas de réponse. Le regard de l'infirmière ne s'attarda qu'un instant sur la patiente avant de revenir sur 2411. Le dos raide, elle la dévisageait, un sourire suffisant au coin des lèvres.

2414 se redressa sur sa chaise :

— 2411 n'y est pour…

La malheureuse fut interrompue par un haut-le-cœur. Iris réagit au quart de tour. Sans prendre le temps de jeter un œil à l'intérieur de ses placards, l'infirmière y enfonça le bras pour en sortir, une seconde plus tard, un contenant réniforme qu'elle jeta sur les genoux de 2414. Sitôt en contact avec le corps de cette dernière, le récipient déploya un tentacule qui ondoya vers le visage de 2414. Le diamètre de l'appendice augmenta au fur et à mesure qu'il approchait de sa cible. Une approche rapide, efficace, avec tout le savoir-faire d'un carnassier en chasse. Et, telle une pieuvre s'enroulant autour de sa proie, le voile opaque et caoutchouteux finit par happer le nez et la bouche de 2414 dont on ne vit bientôt plus que le regard effaré.

L'attaque s'était déroulée à une vitesse vertigineuse. Sans que quiconque ait eu le temps d'intervenir. Les épaules agitées de spasmes, une larme perlant au coin de la paupière, 2414 tira de toutes ses forces sur le cordon. Son dos se cambra, son buste s'agita, ses pieds envoyèrent des coups dans le vide ; malgré toute la volonté qu'elle y mit, sa lutte resta vaine et son ennemi, inextirpable. Puis, les nausées reprirent de plus belle et 2414 fut contrainte de céder les armes. La malheureuse se laissa retomber sur l'assise du fauteuil, le dos voûté. De sa mine terreuse, on ne voyait désormais plus que deux grandes billes terrifiées cachées derrière le rideau de ses cheveux.

— Qu'est-ce que vous lui faites ? Arrêtez immédiatement ! Elle est en train de s'étouffer ! hurla 2411 en se précipitant sur son amie.

Iris s'interposa entre la malade et elle tout en l'incitant, d'un signe de la main, à la patience. Fut-ce la placidité de l'infirmière qui l'influença ? Toujours est-il que la jeune moissonnée décida de lui faire confiance - pour cette fois. Assister à la détresse de son amie sans chercher à lui porter assistance ne fut pas chose aisée, mais elle tint bon. Les bruits de régurgitations finirent par s'espacer jusqu'à cesser définitivement.

La pieuvre libéra alors le visage livide de 2414. Le tentacule se replia et l'animal reprit sa forme de haricot sur les genoux de sa patiente. Inerte et repu - en témoignait son ventre bombé –, il ne reprendrait vie que sur invitation de 2414. Iris jeta un regard satisfait sur le récipient.

— Eh bien, tu n'as pas fait semblant ! Te voilà soulagée d'un sacré poids. Tu dois te sentir mieux, non ?

Haletante. Cheveux plaqués contre les tempes. Regard vide. 2414 semblait à des lieues de là. Iris approcha son visage de celui de sa patiente, avec pour la première fois, semblait-il, un air préoccupé. 2414 eut un léger sursaut et lui adressa un sourire maladroit. Les traits d'Iris s'adoucirent.

La soignante commença par un lavage méticuleux de ses mains. Ses gestes, d'une lenteur assumée, suffirent à faire grimper la pression sanguine de 2411. Iris installa sa patiente sur le lit, puis s'éloigna en boitant pour réunir son matériel. Enfin prête, elle vérifia les paramètres de 2414. Pouls, tension, température : tout était dans les normes. Elle nettoya ensuite le majeur de 2414 à l'aide d'une compresse humide, se munit d'une aiguille bleue et piqua le bout de la phalange, avant de recueillir la gouttelette de sang sur le glucomètre.

— Hypoglycémie. Tire la langue !

L'infirmière y déposa, à l'aide d'une pince, une petite bulle de liquide rouge.

— Voilà qui va te resucrer. Tu as dû fournir un effort trop intense pour ta première séance. C'est fréquent chez les jeunes moissonnés ; à toujours vouloir être parfaits et à trop en faire, vous surestimez vos forces ! Vous avez un besoin de comparer en permanence vos performances à celles des uns et des autres qui est tout simplement insupportable... C'est un véritable fléau générationnel ; je me tue à le répéter au doc ! Son programme d'entraînement a besoin d'être revu ; il n'est pas adapté à tous. Trop intense ! Trop ambitieux ! Ce n'est pas que je sois contre la compétition. Non... Tant qu'elle reste saine, bien dosée et surtout ludique ! Malheureusement, tout est fait pour vous pousser à bout. *Faire toujours mieux, toujours plus*... Et après, quoi ? La culpabilité pointe son nez, vous n'écoutez plus votre corps, et tac, ça craque ! Et on se retrouve à aller faire un petit coucou à Iris. *Bienvenue chez Iris, elle réglera tous vos supplices* !

2414 leva des yeux coupables sur elle. Son regard exprimait la détresse d'un enfant pris en faute.

— Oh, je n'ai rien contre toi, ma petite ! C'est mon travail de prendre soin de mes patients, la rassura l'infirmière avant d'élever la voix. Flora, dispense le matricule 2414 de sport pour ce soir et remplace la séance par une heure de relaxation.

Elle adressa un clin d'œil à 2414, perdue dans des vêtements trop larges pour elle. Iris se pencha sur la jeune fille et lui conseilla d'une voix douce, maternelle :

— Vas-y mollo pour la suite. Tu n'as rien à prouver. Il n'est pas donné à tous d'avoir un physique taillé pour le sport. Augmente tes efforts au fur et à mesure des séances. Il est tentant de se comparer aux autres, de se sentir inférieur - surtout lorsque l'on est entouré de personnes que l'arrogance pousse à être dans la démonstration permanente –, mais cela ne pourra que te desservir.

Iris avait-elle réellement incliné la tête en direction de 2411 en terminant sa tirade ? À moins que son jugement ne soit faussé par l'antipathie qu'elle lui inspirait…

— À toi de trouver la qualité dont la nature t'a gâtée et tu verras, tu excelleras dans ce domaine. N'hésite pas à revenir me voir, si besoin est. Ma porte est toujours ouverte.

— Merci, sourit la patiente dont les joues commençaient à reprendre des couleurs.

— Filez d'ici, maintenant ! Contrairement à vous, il y en a qui ont du travail ! Je ne suis pas près de manger, pour changer…

Les filles se hâtèrent de quitter la pièce, laissant la voix plaintive s'épancher sur son sort.

— Comment tu te sens ? demanda 2411, enfin libre de parler à son aise.

— Un peu ridicule… Merci d'être restées avec moi.

— Bah, c'est normal !

— Oui, mais à cause de moi, vous allez devoir avaler le déjeuner avec un lance-pierres.

— On est encore larges, la rassura 2411 d'un sourire amical avant d'ironiser. Et puis c'est toujours un plaisir de rendre visite à notre charmante infirmière…

2414 opina avec enthousiasme :

— Oui, c'est vrai ! Je l'ai trouvée adorable ! Douce dans ses gestes, rassurante. Et sa délicate attention envers moi de…

2411 et 2415 échangèrent un regard consterné. Leur camarade devait avoir l'esprit bien embué pour ne pas avoir perçu les sous-entendus distillés tout au long de l'entrevue. 2415 haussa les épaules et mit un terme à la logorrhée de son amie :

— Oui, oui, on a compris. Économise plutôt ton énergie. Tu penses pouvoir marcher ?

Voir 2414 tenter un mouvement pour se relever fut, aux yeux de 2415, une réponse satisfaisante.

— Parfait, débarrassons-nous de ce fauteuil ! Ça attire les regards et je n'aime pas ça.

CHAPITRE 9

Le réfectoire chantait le printemps. Les pâquerettes, au cœur jaune vif et pétillant, égayaient le mur végétalisé de leurs pétales blancs, roses, rouges. Le magnolia, du haut de ses cinq mètres, déployait ses fleurs épanouies avec grâce ; douces offrandes de romance rosée pour des êtres acclimatés à leur triste milieu camaïeu. Un onctueux tapis de myosotis - dans lequel on avait envie de se blottir pour écouter les pépiements d'oiseaux - chatouillait les racines de l'arbre.

L'ambiance champêtre de la grande salle distillait sa joie. 2411, à l'instar de ses camarades, fut happée par le sentiment d'allégresse qui émanait de la pièce. Elle sentit un sourire éclore dans son cœur euphorique. Un courant d'air effleura sa joue d'une caresse, l'invitant à fermer les yeux pour humer le parfum délicat de ce petit coin de paradis.

Le mirage cessa aussitôt. L'odeur artificielle des essences florales était écœurante. Fronçant les narines, 2411 ouvrit les yeux et constata que sa vue avait induit ses autres sens en erreur. La réalité des lieux lui éclata en pleine face. La brise perdit de sa fraîcheur. Au-dessus d'eux, la bouche d'aération exhalait son haleine tiède, jouant à faire virevolter le pétale rose qui tournoya avec légèreté sous son nez avant de se poser sur le sol. La jeune fille ramassa l'objet plat qu'elle frotta entre le pouce et l'index. Le textile souple et soyeux reproduisait à la perfection le toucher d'une fleur naturelle. Le regard de 2411 passa alors du mur végétalisé au magnolia, dont elle vit le tronc se troubler. Elle cligna des yeux, pensant que son esprit lui jouait des tours. L'hologramme clignota, l'espace d'une seconde, avant de reprendre sa forme initiale. 2411 soupira. La magie n'opérait plus. Le printemps avait perdu de sa saveur.

Hormis quelques messes basses, rythmées aux sons des tintements de couverts, le réfectoire était calme. Plusieurs panneaux, affichés aux quatre coins de la salle, indiquaient un personnage se couvrant la bouche de son index. La signalétique parlait d'elle-même ; les repas devaient se faire en silence. 2411 rejoignit la file d'attente, fluide. Son tour vint rapidement et elle n'eut qu'à scanner son matricule pour qu'un système d'ascenseur mural lui livre son plateau-repas.

La moisson 24-1 au complet, ses compagnons et elle optèrent pour la table qui jouxtait un mur d'eau. 2412 ne résista pas à l'envie de toucher le liquide en mouvement. Il s'approcha un peu trop près et reçut quelques gouttes sur ses lunettes.

— J'espère que tu vas te laver les mains avant de manger ! s'exclama 2415.

— Pourquoi ? répliqua-t-il, le visage baissé sur sa monture dont il essuyait les verres dans son t-shirt.

— Tu as regardé autour de toi ? On vit dans un système clos… Tu piges ?

2412 haussa les épaules d'un air distrait.

— Pas de gaspillage, tout est recyclé. L'eau vient d'où, à ton avis ?

2412 observa ses paumes tournées vers le ciel.

2411 se retint de rire en voyant les connexions se faire dans son esprit. Une série de mimiques, plus comiques les unes que les autres, parcoururent le visage du garçon. Il afficha soudain un air de profond dégoût et se précipita vers les sanitaires. Le tout en trébuchant et en se frottant les mains - à s'en peler la peau - sur les coutures de son pantalon. Le reste de l'équipe s'installa en riant de la crédulité de leur camarade. Ils furent aussitôt vite rappelés au calme et leur bonne humeur retomba comme un soufflé.

2411 avait hâte de goûter aux mets concoctés par les cuisiniers. Ravalant sa salive, elle souleva le couvercle blanc et suspendit son geste en découvrant le contenu de son assiette. Allait-elle réellement devoir ingérer cela ? Elle jeta un œil vers sa tablée. Mis à part pour un ou deux aliments, leur dîner était identique et ses compagnons mangeaient de bon cœur. 2413, qui avait pourtant reçu le plateau le plus garni, avait déjà englouti son repas et lorgnait désormais sur celui de 2411.

L'estomac de la jeune fille protesta par un gargouillis outragé. Fine bouche ou non, il réclamait sa pitance. Peu lui importait la composition du repas, il bavait devant la salade d'endives, encerclée d'un monticule de vers. 2411 déglutit. Elle allait commencer par les légumes, cela suffirait peut-être à satisfaire son appétit ? Elle avala la partie végétale en deux coups de fourchette, patienta quelques minutes, jeta un regard piteux sur la partie animale… Elle avait toujours faim.

— Tu n'en veux pas ? saliva 2413, prêt à se saisir de son assiette.

2411 fut tentée de la lui céder, mais c'était sans compter sur l'intervention de 2415 :

— Tu es fou ! Vive le mélange de germes ! Et puis, nos

repas sont cuisinés en fonction de nos besoins. 2411 doit finir son plat, comme nous tous.

— Elle y a à peine touché ! Je lui rendrais service…

— Laisse donc son assiette ! Tu n'avais qu'à aller moins vite. Mâche, la prochaine fois ! 2415 leva les yeux au ciel avant de se tourner vers 2411. Tu es un peu verte… Pitié, ne me dis pas qu'on va devoir retourner à l'infirmerie ?

— Non, non, tout va bien ! Je prends juste mon temps, répliqua 2411 d'un ton qu'elle voulut détaché.

Sur ce, elle réduisit au silence toutes pensées aversives, réprima le haut-le-cœur qui couvait, prit une grosse cuillerée de larves et avala le tout sans mâcher. Elle manqua aussitôt de s'étrangler et dut se couvrir la bouche. Un nœud se forma dans sa gorge, refusant de libérer la voie. Elle avait surestimé ses capacités. Ses oreilles se mirent à bourdonner, sa bouche à hypersaliver. La portion avalée était trop grosse, trop sèche. Elle déglutit plusieurs fois. Les vers s'accrochaient aux parois de son œsophage. Le bouchon alimentaire commença à descendre, mais il prenait son temps. Centimètre après centimètre. Elle pouvait presque visualiser son parcours. Une grosse lampée d'eau libérerait le passage. Elle chercha la bulle d'eau dans son plateau avant de se rappeler qu'elle l'avait déjà bue. Ses yeux balayèrent la pièce avant de se rendre à l'évidence : inutile d'espérer en obtenir une autre, le repas n'incluait aucun rab. Une goutte coula le long de sa tempe. Elle avait la chair de poule malgré la chaleur ressentie. Finalement, après plusieurs secondes interminables, la pesanteur eut gain de cause. La première bouchée avait enfin atteint son estomac.

2411 redressa l'échine, fière d'avoir gagné ce combat contre elle-même. Se lancer dans le bain était sans doute le plus dur, la suite allait glisser toute seule, tenta-t-elle de se persuader. 2411 nota, avec un pincement au cœur, que ses compagnons attaquaient leur dessert. Elle loucha alors sur son assiette au contenu toujours aussi généreux, soupira et y piocha une pleine cuillère. Cette fois-ci, elle attaquerait le problème de front. La jeune femme ferma les yeux avant de croquer à pleines dents la nouvelle décharge de vers. Elle mâcha, mâcha, avant de lever un sourcil surpris. Ce n'était pas si terrible en fin de compte - une fois la première aversion dépassée... Un goût de noisette très léger, un peu sucré.

CHAPITRE 10

La température était parfaite. Ni trop élevée ni trop basse. Les paupières closes, la tête fléchie, la jeune femme se laissa envelopper par la brume, savant mélange de gouttelettes et de savon que la cabine diffusait autour d'elle. 2411 s'était surprise à chérir ce moment de solitude, à l'attendre chaque jour avec impatience. Trois courtes minutes, montre en main, durant lesquelles elle se retrouvait seule. Pas de caméra, pas de camarade, seule. 2411 savourait l'instant, presque davantage que le confort apporté par la douche dont elle avait pourtant grand besoin. L'entièreté de son être l'incommodait. Sa peau moite et salée, ses vêtements englués, souillés par le microclimat de tiédeur omniprésente, sa propre odeur…

Moins d'une semaine s'était écoulée et elle en était déjà à appréhender les séances de sport : se donner à fond en respirant l'air saturé des exhalaisons des autres, macérer le reste de la journée dans son propre jus… Une grimace se dessina sur son visage. Elle haïssait ces entraînements autant qu'elle en avait besoin. D'un besoin quasi vital. Elle n'en avait que trop conscience et c'était bien là que le bât blessait. « Nourrissez votre corps de sport, la santé suivra. » Elle serra les dents. Il lui suffisait de fermer les yeux pour entendre résonner la rengaine de son coach factice. Et elle le haïssait chaque fois un peu plus. Quelle que soit la discipline choisie, il les gavait de son leitmotiv : « Nourrissez votre corps de sport, la santé suivra. »

Certes, les premiers effets commençaient déjà à se dessiner sur sa silhouette, et hormis la fatigue, elle devait bien reconnaître qu'elle se sentait en forme. En forme physique, du moins. Car que restait-il de son esprit à la fin de la journée ? À la fin d'une journée où le répit, les temps morts, l'ennui n'avaient pas leur place ? À la fin d'une journée où chaque heure, chaque minute, chaque seconde était programmée, rentabilisée, surveillée. Et quand le soir venait enfin, plus personne n'avait l'énergie de se poser, de discuter, de penser. C'était dans une ambiance pesante, les paupières lourdes, l'esprit brumeux que chacun regagnait sa couchette.

2411 se hissa sur son lit en dosant ses gestes. Le sommier grinça sous son poids. La jeune femme s'arrêta aussitôt, retint sa respiration et ferma les paupières - comme si ces gestes lui permettraient de gagner en discrétion. Le souffle régulier de ses compagnes lui indiqua que ces dernières étaient toujours assoupies. Une fois allongée, 2411 s'autorisa à bâiller en pensant au lendemain, au surlendemain, et à toutes ces journées identiques qui l'attendaient. Elle se lova sous sa couverture où le sommeil l'attendait, prêt à l'envelopper d'une promesse de nuit sans rêve ni pensée.

Sa conscience peinait à différencier le rêve de la réalité lorsqu'un cliquetis s'ajouta aux bruits familiers de la chambrée. Le métronome était lointain et proche à la fois. Battait-il la mesure dans ses songes, ou au contraire, lançait-il un appel pour l'extraire de sa léthargie ? Tantôt dans son lit, tantôt à la salle de sport. Tantôt assoupie, tantôt survolant son corps. Un temps infini s'écoula, à alterner phases d'éveil et de sommeil. Une éternité durant laquelle elle lutta pour sortir de sa torpeur.

Tic, tic, tic…

Les faibles coups répétés tirèrent 2411 de son inertie. Désorientée, la jeune femme étira ses membres courbaturés, se frotta les paupières et s'accorda un instant, les yeux fixés au plafond, pour retrouver ses repères.

Tic, tic, tic…

Elle localisa le bruit parasite au-dessus des casiers, à quelques centimètres de ses pieds. Non, à y voir de plus près, le son provenait de la bouche d'aération. La jeune fille se tortilla en silence pour se retrouver tête-bêche par rapport à sa position initiale. Elle se mit en décubitus latéral, face au mur, et approcha son nez de la grille. Le cliquetis cessa aussitôt. 2411 retint son souffle, se fit la plus discrète possible et patienta. Une minute s'écoula sans que rien se passât. Puis, tandis qu'elle se demandait si elle n'avait pas été victime d'une hallucination, dix petits doigts griffus surgirent de la pénombre et saisirent les barreaux.

2411 sursauta, cognant le sommet de son crâne contre le plafond et couvrit aussitôt sa bouche pour étouffer le juron qui lui était monté à la gorge. Elle frémit. Deux sphères rouges étaient pointées sur elle. La bête devait avoisiner les cinq cents grammes. Un morceau de son oreille droite manquait à l'appel. En détaillant le contour bosselé de la plaie cicatrisée, il était aisé d'imaginer la mâchoire d'un congénère s'y étant refermée au détour d'une bataille. Le pelage blanc de l'animal était dru et hirsute, jauni par endroits. Ils s'observèrent en chiens de faïence, tous deux tétanisés par la présence de l'autre. Le rat céda en premier et inclina la tête sur le côté. Il ferma ses yeux rouges, avança sa patte vers son cou et se gratta avec ardeur. Tic, tic, tic…

— C'est donc toi qui fais tout ce boucan ? chuchota 2411 à l'animal.

Le rat cessa son activité et darda ses oreilles dans sa direction. Curieux, il tendit ses moustaches frémissantes vers elle. 2411 reporta son attention sur la grille. Cette dernière ne tenait plus que par deux vis réparties sur les cadrans supérieurs. 2411 essaya de faire bouger le premier boulon, en vain. Il était soudé dans le métal par la rouille. Le deuxième, en revanche, n'était pas rivé jusqu'au bout. 2411 tenta de le faire pivoter du bout des doigts. Elle ripa, son ongle se retourna au contact du métal. Elle porta le pouce à ses lèvres jusqu'à ce que la douleur passe, puis reprit sa tâche minutieuse. Après une dizaine de minutes à pincer, tourner, glisser, elle parvint à déloger la tige de son socle. La grille bascula. 2411 la retint juste avant qu'elle ne heurte les casiers. Le rat, à défaut de détaler, fit un bond en arrière.

— N'aie pas peur, mon vieux.

La jeune fille avança la main vers l'animal. Ce dernier hésita, piétina, fit deux ou trois allers-retours dans sa direction. Il semblait la jauger, évaluer si elle représentait, ou non, une menace. Pendant ce temps, 2411 resta aussi immobile que possible, craignant que le moindre geste de sa part n'effraye une fois pour toutes le petit animal. Une fois sa décision prise, le rat s'approcha d'un pas craintif, juste avant de sauter dans le creux de sa paume. Il enroula sa queue autour du poignet de l'humaine et se mit à sentir sa main en la chatouillant de son nez rose, puis lui lécha l'index du bout de sa langue humide. L'absence de conséquence négative pour cette première prise de contact sembla le mettre en confiance. Soudain alerte, il s'impatienta, passa en revue les autres doigts, les renifla les uns après les autres, puis réalisant qu'il ne trouverait rien de juteux à se mettre sous la dent, lui jeta un regard lourd de reproches. 2411 laissa échapper un rire léger.

— Je suis désolée, je n'ai rien pour toi ! Oh, qu'est-ce que c'est ?

2411 retira la minuscule fleur violette piquée dans les poils de l'animal.

— Espèce de gourmand ! J'en connais un qui est allé fureter près du réfectoire, plaisanta-t-elle.

Mais quand elle huma ses doigts, quelle ne fut pas sa surprise d'y sentir une délicate odeur de lavande. Elle observa les pétales avec une attention accrue. La fleur était réelle !

CHAPITRE 11

2411 posa les mains sur ses genoux pour calmer les impatiences qu'elle avait dans les jambes. Que faisaient-ils, bon sang ? Il n'était pas rare que les garçons traînent dans les vestiaires, mais 2414 et 2415 étaient trop fidèles au règlement pour dépasser le *timing* imposé par leur agenda chronométré. La jeune fille se mordit la lèvre. Elle faisait tache, seule, attablée au milieu de cette grande table. C'était pourtant ce qu'elle avait cherché en réalisant sa meilleure performance : grappiller quelques minutes d'insouciance. Des minutes si précieuses que, chaque jour, elle se levait avec un objectif en tête : aller plus vite que l'horloge, lui soutirer quelques minutes de liberté. Liberté… Il fallait le dire vite ! Quelle liberté y avait-il à gagner des minutes mortes ? Des minutes dont l'unique mission était de défiler sur sa montre. D'infimes minutes à observer le temps se tordre… Un espace sur un cadran, des minutes figées… Mais des minutes à elle ! Voilà ce qu'elle y gagnait. Une forme de contrôle, un but dans sa monotonie journalière.

Les minutes défilaient. Un nœud se forma au creux de son ventre. Avait-elle fait l'impasse d'un exercice ? Que se produirait-il dans ce cas ? Recevrait-elle un blâme, une sanction ? À vrai dire, elle ne s'était jamais posé la question… Elle tenta de se rassurer : le climat au sein de la colonie était harmonieux, paisible même. Aucun conflit, aucun heurt dont elle ait pu être le témoin. Tout tournait comme une horloge bien huilée. La vie en communauté reposait sur un code rigide, une ligne de conduite si bien tracée que personne ne cherchait à en dévier. Et à l'instar de tous les autres, 2411 s'y pliait, sans déroger à la règle. La jeune fille arracha une peau morte de son index en pensant à leur entraîneur. Octroyer des passe-droits à ses souffre-douleur n'était pas dans ses habitudes, alors lui faire cadeau d'un exercice… Impossible! Il l'aurait rappelée à l'ordre.

Un agent bifurqua pour poursuivre sa ronde entre les tables. 2411 évita son regard et fit mine de s'intéresser au contenu de son assiette. Il était rare de trouver un individu solitaire. L'isolement la rendait suspecte. Tel était le paradoxe de cette société: les rapprochements étaient vus d'un mauvais œil, se balader sans sa moisson incriminait la personne seule. On n'allait pas tarder à la rejoindre pour l'assommer de questions : «Y a-t-il un conflit avec ta moisson? Dois-je programmer une réunion d'apaisement? Organiser une médiation?»

Elle se redressa sur sa chaise. Ses camarades venaient de faire leur apparition. Elle agita son bras tout en guettant l'agent du coin de l'œil. Ce dernier détourna son attention après avoir vu 2414 lui répondre d'un signe de tête. 2411 en profita pour glisser quelques miettes de son petit déjeuner dans la poche de sa veste.

Goû était revenu deux jours après leur rencontre. Il avait vite saisi les avantages qu'il tirerait d'une amitié avec l'humaine, alléché par les gourmandises qui l'attendaient à la sortie du conduit. Depuis, il répondait présent à chacun de leurs rendez-vous nocturnes. 2411 songea que s'il avait connu l'origine de son prénom, il aurait disparu à jamais. Son aversion pour la purée d'insectes tout juste dépassée, la jeune fille n'avait pas été au bout de ses peines en découvrant la palette de recettes que le chef gardait sous le coude. Fier de sa cuisine locale, ce dernier ne lésinait pas pour gâter ses convives. Sa principale source d'inspiration? Son environnement. Le ragoût de rat était l'un de ses menus fétiches. Fort heureusement pour 2411, qui aurait été incapable d'en avaler la moindre bouchée, le choix des protéines leur était laissé et, tandis que beaucoup raffolaient de la chair tendre en sauce, elle optait systématiquement pour le croustillant des insectes. Quoi qu'il en soit, à défaut de s'en satisfaire les papilles, le ragoût l'avait inspirée pour choisir le prénom de son compagnon à quatre pattes.

— T'es certaine de ne pas regretter ta décision? T'as bien compris qu'après c'était mort pour changer d'avis?

La question de 2413 resta sans réponse. Muette, 2414 s'installa à l'autre bout de la table, créant le plus de distance possible avec le garçon. Bien que chacune de ses tentatives se soit soldée par un échec, il revenait sans cesse à la charge.

— Lâche-lui la grappe, intervint 2412.

— Je lui pose juste une question!

Les dents de la fourchette pointaient dans la direction de 2414 qui gardait le nez plongé dans son assiette, incapable de soutenir le regard - davantage incrédule qu'accusateur - de son interlocuteur.

— Parlez moins fort! grinça 2415 entre deux bouchées avant de se tourner vers 2414. Cela dit... 2413 n'a pas tort. Pourquoi garder ton matricule?

Le rouge monta aux joues de 2414, apportant une touche de vie sur son visage de porcelaine. Ratatinée sur elle-même, elle semblait vouloir fusionner avec le mobilier.

Elle dut se sentir acculée par le silence qui régnait à la table, car elle se décida enfin à fournir une vague explication :

— Il y avait trop de choix, trop de noms...

Le soupir que 2413 laissa échapper suffit à révéler le fond de sa pensée.

— C'est la vérité ! Je n'arrivais pas à me décider, se défendit-elle, et puis... je m'y suis habituée, à mon matricule. Ça me ferait bizarre d'en changer. Cette liste de prénoms, c'est du vent... Ça ne me parle pas. Alors que 2414 : c'est sous cette identité que je suis née. À vrai dire, je ne comprends pas qu'on nous laisse le choix. C'est en gardant notre matricule que le « Nous sommes un » prend tout son sens !

2411 entrouvrit la bouche, prête à contre-argumenter, avant de se raviser. La prise de parole de sa camarade l'incommodait. Elle se racla la gorge tout en observant sa voisine de droite du coin de l'œil. Son discours, le plus long auquel elle se soit adonnée jusqu'à présent, lui avait fait gagner en assurance. Le regard fiévreux, 2414 ne lui avait jamais autant semblé en vie. Ses lèvres charnues frémirent lorsqu'elle ajouta sur le ton de la confidence :

— Prendre un prénom devrait être interdit...

Elle sursauta, surprise par sa propre témérité, comme si elle regrettait déjà ses paroles.

— Mouais... C'est bon, j'ai compris, balaya 2413, lassé par son laïus.

Les épaules de 2414 retombèrent. Elle inclina la tête, dissimulant une partie de son visage derrière ses cheveux. Murée dans le silence, elle était redevenue la fille timide et introvertie.

— T'abuses, sérieux ! Tu fais ton gros lourd et maintenant que la réponse ne te plaît pas, tu la remballes, s'indigna 2412.

— Oh, ça va ! Arrête un peu de la protéger, elle est pas faite de sucre !

— Ce que tu peux être con, c'est pas possible !

— Moisson 24-1, vos éclats perturbent la paix de la communauté. Je vous envoie un médiateur pour vous aider à étouffer ce début de rixe ! retentit la voix métallique de Flora.

Un silence religieux résonna dans la grande salle.

— Non ! cria 2415 avant de se reprendre. Euh… je veux dire que ce n'est pas la peine, merci. Dans l'élan de leur discussion, ils ont poussé la voix un peu trop fort. Ça ne se reproduira plus !

Elle se tourna vers les garçons et ajouta d'une voix guillerette - loin de cadrer avec son regard assassin :

— N'est-ce pas ?

— Oui, on fera attention, s'empressèrent-ils de renchérir d'une seule et même voix.

— Je suis ravie de l'entendre. Je suis certaine que cela ne se reproduira plus, car comme vous le savez, rien de tel que le silence pour assimiler les bienfaits d'un repas.

La consigne était on ne peut plus claire et le déjeuner s'acheva dans une ambiance pesante, les garçons prenant soin de s'ignorer sous le regard furibond de 2415. Seule 2414, dont l'esprit semblait s'être envolé ailleurs, conservait un doux sourire au coin des lèvres.

Rappelée à l'ordre par son estomac, 2411 se recentra sur son repas. Son geste resta en suspens au-dessus de sa bouillie. Elle plissa les yeux. Une inscription y avait été tracée, « Simone ». Ce mot ne lui évoquait rien. Or, c'était bien sa main qui venait de l'écrire.

— 2411 ! Arrête de dessiner et avale vite ton p'tit déj' ! la pressa 2412 en sautant sur ses jambes au troisième coup de sonnerie.

La jeune femme était incapable de bouger un muscle. Elle ne voyait plus que le prénom. Simone. Six petites lettres qui brûlaient les yeux. Sa vision se brouilla. Elle se retint de cligner les paupières.

— 2411 ! Qu'est-ce que tu fous ?

Cette fois, c'était 2413. 2411 observa une dernière fois le prénom avant de le faire disparaître d'un coup de fourchette. Elle se levait de table lorsqu'elle sentit le poids d'un regard sur ses épaules. 2411 pivota pour se retrouver face au garde de l'amphithéâtre. Deux mètres les séparaient. Planté au milieu des rangées de tables, il ne semblait avoir que faire de la file qui s'allongeait dans son dos tandis qu'il bloquait l'allée. L'homme la dévisageait avec une telle intensité qu'elle eut l'impression que son regard allait lui perforer le crâne. Il avait vu le prénom, elle en aurait mis sa main à couper et, contrairement à elle, cela lui parlait.

CHAPITRE 12

« 2333, 2333, 2333… »

Le matricule de l'inconnu tournait en boucle dans sa tête. Elle avait eu le temps de saisir son nom, lancé par un autre garde à la sortie du réfectoire. Sans l'intervention involontaire de son collègue, elle aurait pu jurer qu'il avait été à deux doigts de l'interpeller.

Avait-elle commis un impair ? L'attitude de 2333 tendait à le confirmer… Pour leur deuxième rencontre, et pour la deuxième fois, il lui avait donné l'impression d'avoir une dent contre elle. Qu'avait-elle fait de travers ? 2411 se repassa les évènements en tête, chaque parole énoncée, chaque geste commis. La jeune femme pila devant l'énormité de sa découverte. L'écriture serait-elle interdite ? S'était-elle attiré des ennuis en écrivant ce prénom ? Maintenant qu'elle y pensait, elle réalisa qu'elle n'avait vu aucun écrit depuis son éclosion. « Arrête de dessiner », lui avait dit 2412. Était-il possible qu'il ne sache pas lire ? Qu'aucun de ses camarades ne le sache ? Si tel était le cas, pourquoi elle-même en était-elle capable ? Où, quand, comment aurait-elle pu apprendre ? Était-elle la seule dotée de cette faculté ? La seule, avec 2333…

2411 secoua la tête. Rester plantée là ne l'éclairerait pas. Elle opéra un demi-tour, décidée à prolonger sa journée par un bref passage à la piscine. Elle le regretterait à coup sûr le lendemain, mais se dépenser l'aiderait à chasser de son esprit les pensées qui y bourdonnaient avec insistance. Sans cela, elle serait incapable de trouver le sommeil. En temps normal, à cette heure-ci, l'entièreté de son être, anesthésié par une journée sans trêve, n'aspirait qu'à une chose ; gagner son lit, y traîner ses membres endoloris, s'y étaler et s'y éteindre jusqu'au lendemain. Mais aujourd'hui, une heure de récupération douce avait remplacé leur séance de sport habituelle. Après les exercices d'assouplissement, Flora avait tamisé les lumières avant de les inviter à s'allonger sur un tapis. Ses camarades étaient tombés les uns après les autres et avaient ronflé comme des bienheureux. Pas 2411. La mélodie d'une rivière, en fond sonore, avait mis ses nerfs à vif. Elle ne comprenait pas l'intérêt d'écouter les bruits d'une nature abolie - à part se faire du mal, raviver un besoin ancestral de retour aux sources qu'ils ne pourraient jamais combler. Dehors, tout était mort, sec, irrespirable. La dernière source de vie que leurs ancêtres n'avaient pas réussi à détruire était le soleil. Un soleil dont les rayons brûlants les gavaient de son énergie tout en interdisant toute vie à la surface. Pour survivre, ils avaient dû ensevelir leur espèce, se terrer dans les colonies, tels des insectes. Il y avait eu les dinosaures, puis les mammifères ; place à l'ère des insectes.

L'espèce humaine était au bord de l'extinction. 2411 n'en doutait pas un seul instant. Pas dans l'immédiat : l'humanité avait encore des centaines, peut-être des milliers d'années devant elle. Des milliers d'années pour voir éclore de nouvelles moissons, génération après génération. Mais à l'échelle de vie planétaire, sa journée touchait à sa fin.

Pionnier des colonies, Cyril Cormatin avait offert à ses semblables un sursis de deux cent soixante ans. Pour une espèce infertile, sur une planète inhospitalière - saccagée par ses propres locataires –, ce n'était pas négligeable !

Visionnaire, le leader du R.A.S (mouvement de Retour Aux Sources) avait mené un groupe d'une vingtaine de métiers : agriculteurs, médecins, ingénieurs, botanistes, comportementalistes… pour fonder les bases des futures colonies en réunissant leurs savoirs au service de la cause commune. Vivre en autonomie, assurer la pérennité de l'espèce, faire face aux maladies émergentes, éviter la surpopulation par un contrôle des éclosions, abolition de l'économie, de l'argent, des inégalités sociales… Tels étaient les principaux défis à relever. Et au vu des résultats, ils avaient réussi avec brio.

Trente ans. Il avait fallu trois décennies - de travail acharné, de doutes, d'échecs - avant de voir naître les premières moissons. Ce jour-là, jour de l'an zéro, avait été décidée la nouvelle datation de l'espèce humaine. Une espèce qui avait appris de ses erreurs, qui veillait coûte que coûte à maintenir l'homéostasie du milieu dans lequel elle évoluait. Le règne du gaspillage, des déchets à outrance, était révolu. Surconsommation, obsolescence programmée, surproduction… tout ce sur quoi reposaient les anciens régimes était devenu de graves délits, n'avait plus sa place dans leur microcosme à l'équilibre fragile.

2411 fut surprise de voir le bassin rempli. Elle n'était pas la seule à avoir des démons à chasser. Lorsque son couloir de nage se libéra, elle y plongea sans prendre le temps de sonder la température. L'eau était glaciale. Elle se mit à claquer des dents et songea un instant à changer ses plans, à rejoindre son dortoir. Il était impensable de venir se tremper pour le plaisir : le thermomètre affichant les dix-neuf degrés Celsius était là pour dissuader le plus téméraire d'entre eux. Elle n'avait pas le choix. Il allait lui falloir se donner corps et âme pour ne pas geler sur place. N'était-ce pas le but de sa venue, après tout ? Elle fit une brasse, puis deux. Une fois le choc passé, ressentir un bon coup de fraîcheur n'était pas si désagréable.

Elle nagea à un rythme soutenu, sans interruption, pendant une trentaine de minutes, jusqu'à ce que, sans prévenir, son corps ne se rappelle soudain à elle. Bras, épaules, cuisses… Des douleurs affluaient un peu partout à sa surface. Elle avait son compte. À bout de souffle, elle gagna le bord du bassin et se hissa hors de l'eau pour rejoindre ses affaires. Elle se sécha à la hâte avant de se rhabiller. Elle s'étira et se mit à bâiller à n'en plus finir. Ses yeux chauffaient. 2411 n'avait plus qu'un souhait, rejoindre son lit au plus vite.

Chaque soir, à vingt-deux heures tapantes, l'intensité des lumières était réduite au minimum, simulant un rythme nycthéméral, afin d'aider les habitants du cône à accorder leur cycle veille-sommeil. 2411 se maudit intérieurement. Elle pensait avoir une dizaine de minutes de clarté devant elle pour gagner sa chambre en toute sérénité. Consciente de ne courir aucun danger, elle hésita pourtant sur le seuil du long couloir vide. Les *leds* diffusaient un halo tout juste suffisant à se repérer. Elle dut se faire violence pour ne pas céder à la peur infantile du noir qui menaçait de s'emparer d'elle.

2411 posa une main hésitante sur le mur, progressant pas à pas, les sens en alerte. Au bout de quelques mètres, elle reprit confiance et s'autorisa un sourire discret - pas de monstre tapi dans le noir. Elle lâcha un soupir, déroula ses épaules crispées. C'est à cet instant qu'elle perçut le léger bruissement - bref, furtif, imperceptible pour une oreille distraite. Un frisson lui parcourut l'échine. Elle s'immobilisa et tendit l'oreille.

Excepté le raffut dont elle-même était la source, elle n'entendit rien d'autre que le silence. Son sang pulsait contre ses tempes. Elle tenta de contrôler sa respiration hachée, ce qui ne fit qu'accentuer la nécessité de reprendre son souffle. Un besoin impérieux, bruyant, vital. 2411 lutta contre l'envie de prendre ses jambes à son cou. Elle ferma les yeux, serra les poings. Elle était seule, se raisonna-t-elle. Seule son imagination fertile peuplait le couloir de sa présence. Elle inspira lentement, expira. Recommença, en rythme. Retrcuvant un semblant de calme, elle reprit sa marche. Mais sa sérénité fraîchement acquise fut de courte durée. Cette fois, elle en était sûre, c'étaient bien des pas qu'elle venait d'entendre. Des pas feutrés, calés sur son propre rythme.

— Il y a quelqu'un ?

L'écho de sa propre voix lui sembla étranger.

— Je sais que vous êtes là…

Le couloir lui renvoya un mutisme froid. Une personne saine d'esprit se serait manifestée pour ne pas laisser l'angoisse la grignoter davantage. Son instinct lui hurla de filer, ce qu'elle fit d'un bond en avant.

2411 déboula devant l'ascenseur dont elle pressa le bouton avec ardeur. Fébrile, elle pouvait entendre la cabine s'ouvrir quelques étages au-dessus d'elle, se délester de ses occupants. Fermeture des portes. Reprise de la descente. La cabine se rapprochait pourtant, tout en douceur. Nouvelle escale. Nouvelle attente. Haletante, 2411 ma mena les portes de l'appareil, les supplia de s'ouvrir. Se défouler sur la machine n'accélérerait en rien sa cadence, mais c'était plus fort qu'elle. Bombardé d'influx nerveux, bloqué sur le réflexe de fuite, son cerveau était incapable de réagir autrement. Un tintement annonça l'ouverture des portes. Éblouie par la lumière soudaine, 2411 plissa les yeux et se faufila en hâte dans l'habitacle.

— Allez, allez ! pressa-t-elle.

Plus que quelques centimètres et elle serait en sécurité. Elle croyait encore à sa chance lorsqu'une main surgit de la pénombre pour interrompre le processus de fermeture en cours. Impossible de fuir. L'homme pénétra dans la cabine tandis qu'elle-même reculait, reculait jusqu'à être acculée contre le mur. Une musique douce s'éleva dans les airs, tandis que son destin se scellait en même temps que les portes de l'ascenseur.

CHAPITRE 13

— À quel étage désirez-vous accéder ?

L'homme plaça son index sur ses lèvres. Il l'observait, mâchoires serrées. En dépit de toute logique, 2411 obtempéra et garda le silence. Était-ce d'avoir mis un visage sur son poursuivant ou de ne plus être plongée dans le noir, mais la jeune fille constata que toute sensation de danger l'avait quittée. Flora réitéra sa demande, une fois, deux fois. N'obtenant pas de réponse, l'intelligence artificielle s'éclipsa. Bien qu'étrange, l'attitude de l'homme ne lui semblait guère menaçante. 2411 expira longuement. Il n'était pas là pour l'interpeller. Le cœur de 2411 battit plus vite. Elle tenait peut-être enfin l'occasion d'obtenir des réponses.

L'homme fit un pas vers elle, réduisant encore l'espace entre eux. Le pouls de la jeune femme accéléra. Il était trop proche. Les bras le long du corps, elle pouvait sentir leurs poils se frôler. De la chaleur émanait de lui, irradiait vers elle. Il sentait le chlore. À moins que l'odeur ne provienne d'elle ? Elle eut soudain envie de lui pincer le bras. Voir s'il était réel. Toucher un corps humain autre que le sien. Le rouge lui monta aux joues. Elle pria pour que ses pensées ne puissent se lire sur son visage.

Il déclenchait dans son corps des réactions qu'elle ne comprenait pas. Submergée par un flot de sentiments contradictoires, 2411 voulut soudain partir de là, loin de lui. Son regard passa des yeux de l'homme au bouton commandant l'ouverture des portes. Pour y accéder, elle n'avait qu'à se pencher légèrement. Elle hésita. Il lui suffisait de tendre le bras. Le regard de 2333 la happa et elle fut incapable d'effectuer le moindre geste. La lueur qui brillait dans ses yeux changea de teinte, se fit pressante. L'homme passa un bras ferme dans son dos et l'attira contre lui. Déconcertée, 2411 hésita un instant de trop. Avant qu'elle n'ait pu réagir, il lui souleva le menton et l'embrassa. Son baiser était brusque, impatient. Ses dents claquèrent contre les siennes. 2411 reprit ses esprits et, indignée, tenta de repousser l'homme loin d'elle. 2333 la regarda, incrédule. Lorsqu'il entrouvrit les lèvres, elle s'attendait à des excuses de sa part, certainement pas à la réponse qui suivit :

— Ne t'inquiète pas, on ne craint rien. La caméra ne fonctionne pas.

Le bras de 2333 brassa le vide de la cabine :

— Regarde, aucun voyant lumineux. Quand je t'ai vue quitter la piscine, j'ai su que c'était le bon moment, que tu allais emprunter cet ascenseur. Mais… tu trembles ! Pardonne-moi, je ne voulais pas te faire peur !

Il émit un rire taquin :

— N'empêche, je te pensais plus téméraire ! Ces semaines m'ont semblé interminables. Toute cette attente, c'était de la torture. Te croiser sans pouvoir t'approcher ou te parler… Mais ça y est, enfin seuls !

Le garde raffermit sa prise autour d'elle et tenta de l'embrasser de nouveau. La gifle ne mit qu'une seconde à partir. 2411 y avait mis toute sa force. 2333 recula d'un pas en portant la main à sa joue. L'homme entrouvrit la bouche, sans qu'aucun son en sorte.

— Ne refaites plus jamais ça !

— Je croyais...

— Vous croyiez quoi ?! Que vous pouviez me toucher sans mon consentement ?

— Mais... bien sûr que non ! Je pensais que tu en avais envie !

Elle sentit la colère déposer son manteau écarlate sur le lobe de ses oreilles.

— Envie d'un contact forcé ? Il faut vous faire soigner, ma parole !

Pour qui se prenait-il ? Et si quelqu'un les avait vus ? Qui sait quels ennuis ils encourraient pour avoir brisé les lois de distanciation sociale ?

— Je... Tu te méprends sur mon compte.

La jeune fille se mit à secouer la tête en signe de dénégation et il se tut. Sa respiration était saccadée. Il passa le revers de sa manche sur son front, où commençaient à perler des gouttes de sueur, puis esquissa un geste maladroit en direction de 2411. Cette dernière interpréta sa tentative de paix de travers.

— Ne me touchez pas !

— Chut, ne crie pas, s'il te plaît, chuchota-t-il en mimant le geste à la parole. Les caméras sont hors d'usage, mais les micros fonctionnent.

— Tant mieux !

Ce disant, elle baissa d'un ton. Le sort du garde ne l'importait en aucune façon, mais elle ne tenait pas à être la victime collatérale du contact qu'il lui avait imposé. Un contact qui entraînerait une avalanche d'examens dont elle comptait bien se passer.

— Ne vous avisez plus jamais de poser les mains sur moi ! termina-t-elle, menaçante.

D'un œil extérieur, la seule preuve de ce qu'il s'était passé à l'intérieur de l'ascenseur incriminait la jeune femme, et non l'inverse. La marque flamboyante de ses doigts était encore visible sous la barbe naissante de 2333. 2411 l'observa avec attention. Ses sourcils en arc, ses pupilles dilatées, le rond de sa bouche entrouverte... À moins d'être un excellent acteur, le trouble de l'homme semblait réel. Il lui retourna son regard, la sondant comme s'il espérait tirer quelque chose d'elle. 2411 ne se laissa pas intimider et prit son air le plus farouche. Le jeu dura de longues secondes, chacun tentant de percer à jour les motivations de l'adversaire.

Cheveux châtains en broussaille. De taille moyenne, 2333 la dépassait de peu. En plus de ses yeux vairons - l'un marron, l'autre vert –, 2333 se distinguait par la couleur de sa peau. Il n'avait pas cette teinte laiteuse, si caractéristique aux habitants du cône ; une peau diaphane, au milieu de laquelle sillonnaient des rigoles bleutées. Chez lui, les vaisseaux sanguins se devinaient par un jeu de reliefs ; une carte dont on pouvait suivre du doigt les différents tracés, le long de sa peau hâlée. Ses épaules massives, ses mains larges, son nez cabossé : une force brute émanait de lui.

Le garçon fut le premier à rompre le contact lorsqu'il ferma les yeux. 2411 vit sa pomme d'Adam monter et descendre, tandis qu'il déglutissait avec difficulté.

— J'ai cru que le message m'était adressé.

— Quel message, de quoi parlez-vous ?

— Ton prénom, Simone. Ça ne pouvait pas être un hasard, j'ai cru… J'ai cru que tu l'avais écrit pour moi, que tu te rappelais…

— Que je me rappelais quoi ?

Un nouvel éclat brilla alors dans le regard de 2333 :

— De moi…

Il planta son regard dans le sien. À l'évidence, il guettait une réaction de sa part. Ce garçon était une énigme.

— Pourquoi devrais-je me souvenir de vous ? Je ne comprends pas, insista-t-elle.

— Laisse tomber.

Quelque chose céda en lui. Ses épaules, sa figure, ses traits s'avachirent de concert. Il ne décrocha plus un mot, lui tourna le dos et la laissa seule dans la cabine avec ses interrogations.

CHAPITRE 14

Aurore, qui quittait rarement la chambre royale, se laissait désirer. Ses apparitions étaient attendues, tant pour leur rareté que pour l'effet provoqué par l'élégance de ses tenues. Vivait-elle seule, à deux, à trois ? Personne ne le savait. Une fois la place cédée, les anciens dirigeants de Renaissance I tiraient leur révérence dans l'étage privé, pour ne plus jamais en ressortir. Ne restait d'eux que de ternes portraits - constants rappels d'une vie de dévouement au service de la communauté. Élue depuis un peu plus de dix-huit ans, il restait à Aurore encore deux années avant d'achever son deuxième mandat.

Debout, en position statique depuis plus d'une heure, 2411 changea d'appui en se massant les reins. Le public était rassemblé en rangs concentriques dans le hall central - décoré pour l'occasion. Les doyens à l'extérieur, les petits nouveaux en première ligne, face à la statue de Cormatin. 2411 leva les yeux pour admirer le mirage au-dessus d'elle. Des violons, un alto, un violoncelle, un clavecin flottaient dans les airs. L'orchestre de chambre s'anima et entama l'œuvre des *Quatre Saisons* de Vivaldi.

La foule se fendit. Rayonnante, Aurore venait de faire son entrée. Parée de son plus beau sourire, elle prenait le temps pour ses sujets. Le temps d'adresser un salut, le temps d'offrir un clin d'œil complice. Plus loin, elle se contenterait d'un hochement de tête ou d'un regard bienveillant. Son pas était aussi léger que la soie qui volait autour d'elle. Lorsqu'elle passa devant 2411, son parfum fleuri déposa sa fragrance dans son sillage. Tous lui enviaient son teint de pêche, ses cheveux soyeux - parsemés de fines tresses épis –, qui pendaient librement dans son dos.

2411 s'essuya le front brillant d'un revers de la main. Ses mèches rebelles - de cheveux mi-secs, mi-humides - refusaient de rejoindre la masse nouée en queue de cheval. Le tissu âpre de sa robe difforme adhérait à la peau moite de ses cuisses. 2414 se trémoussa à ses côtés. 2411 n'était pas la seule à subir une torture vestimentaire... Sa camarade, dont la peau du cou était cisaillée par la friction d'un col trop épais, se battait avec la manche de sa robe qui glissait sans cesse de son épaule. 2415, quant à elle, souffrait doublement de la chaleur. En témoignaient les auréoles peignant sa robe, ainsi que les sandales dont les lanières mordaient ses chairs gonflées. Seules deux personnes semblaient immunisées de la touffeur des lieux : Aurore et Louis. Pas une goutte de transpiration pour entacher le costume de lin de ce dernier. Venu assister Aurore pour les baptêmes, le docteur l'avait rejointe sur scène de son pas dynamique.

2411 comprima son poing contre son sternum. La douleur à l'estomac ne lui laissait aucun répit depuis qu'elle se savait la première à passer. Elle avait beau se raisonner - son passage sur l'estrade ne durerait pas plus longtemps qu'un clignement de paupières –, impossible de se délester de son stress. Elle détestait être au centre des regards. Tachycardie, mains tremblantes, acouphènes. Son corps avait décidé de tout lâcher sur scène avec elle. Et comme si somatiser ne suffisait pas, son esprit se mit à la mitrailler de scénarios improbables. Chute en montant les marches, incapacité à aligner plus de trois mots, propos incohérents… Noyée dans ses projections mentales, l'appel de son matricule faillit lui échapper.

2411 grimpa l'escalier d'un pas hésitant, puis s'arrêta à quelques mètres du duo. Elle lissa un pli de sa robe, croisa les bras, les laissa retomber le long de son corps… Finalement, elle noua les mains devant elle et cessa de respirer. Aurore agita la main, l'incitant à approcher.

— Ne sois pas timide, lui sourit-elle, as-tu fait ton choix ?

— Oui, balbutia-t-elle, les yeux baissés sur ses orteils.

Aurore plongea sa louche dans l'imposante calebasse que Louis portait à bout de bras, avant de lui jeter un regard mi-amusé, mi-interrogateur.

— Eh bien ? insista-t-elle d'un ton taquin.

— Je souhaite abandonner mon matricule et prendre le prénom de Simone, articula-t-elle d'une voix rouillée.

Aurore suspendit son geste au-dessus de sa tête. Le cœur de 2411 se mit à battre plus vite. Avait-elle pris un trop gros risque en brandissant ce prénom à la connaissance de tous ? Elle voulait comprendre pourquoi il avait surgi dans son esprit. Pourquoi 2333 y avait-il réagi ? Serait-ce le cas pour d'autres personnes ? Pour en avoir le cœur net, elle n'avait pas trouvé d'autre solution que de le crier haut et fort, croisant les doigts pour que cela lui apporte des réponses et non des ennuis. La légère hésitation d'Aurore ne lui avait pas échappé et cela ne la rassurait guère. Mais celle-ci mit fin à son supplice en éclatant d'un rire cristallin.

— Ne m'en veux pas, mais je dois te corriger tout de suite. Il n'a jamais été question d'abandonner son matricule !

Elle se tourna vers son auditoire pour ajouter :

— Votre matricule vous suivra toute votre vie. Vous l'avez acquis à votre naissance, il marque votre unicité, la chance d'être nés... Vous devriez le choyer! C'est cela, en réalité, qui nous réunit aujourd'hui : l'officialisation de votre appartenance à la Colonie! La chance de vous compter parmi nous! Les prénoms ne sont qu'apparats, une tradition installée depuis des décennies, une coquetterie en somme.

Le public applaudit. Les lèvres d'Aurore s'écartèrent en un large sourire. Le regard félin embrassant toujours la foule, la femme baissa d'un ton pour n'être entendue que de 2411 :

— Simone... C'est charmant. Il ne fait pas partie de la sélection proposée par la banque des prénoms, je me trompe?

— Euh, non effectivement.

— Pourquoi ce choix?

— Je... euh... Je ne sais pas, j'ai dû l'entendre quelque part...

— Permets-moi d'en douter; je ne connais personne portant ce prénom. Quoi qu'il en soit, je salue ton imagination! Flora l'ajoutera à la banque.

Aurore l'invita alors à se pencher et lui versa l'eau sur la tête :

— Mes amis! Accueillons, comme il se doit, notre camarade Simone!

Un tonnerre d'applaudissements salua la nouvelle nommée. Les autres baptêmes suivirent dans une ambiance festive. 2412 avait porté son choix sur Côme, 2413 devint Nil, 2415 Garance. 2414 fut la première à revendiquer son matricule.

— 2414 est et restera ! approuva Aurore avec ferveur, levant les bras pour enjoindre le public à saluer l'initiative de la jeune fille, avant de poursuivre :

— Félicitations pour cette belle démonstration de maturité que tu nous fais là ! Bien plus que moi au même âge, blagua-t-elle. Je vais vous faire une petite confidence, mes chers moissonnés : si je le pouvais, je n'hésiterais pas une seule seconde à en faire de même ! Mais il est trop tard pour moi, je ne peux revenir sur ma décision. Une décision guidée par mon ego. Alors, si vous avez encore des doutes, croyez-en mon expérience ! Vous n'avez pas besoin de l'artifice d'un prénom. Délestez-vous de toutes fioritures, revenez à l'essentiel. Embrassez le sentiment de légèreté que procure celui d'être simplement soi.

Son discours, plein d'enthousiasme, dopa le public. La majorité des moissonnés délaissèrent la banque de prénoms, tandis que l'engouement d'Aurore croissait à chaque matricule baptisé. Lorsque vint le tour du dernier individu, une véritable ferveur animait la foule. 2414 était encensée. Les membres de sa moisson faisaient pâle figure à ses côtés.

CHAPITRE 15

La réception battait son plein. L'ambiance était légère, festive. Une vraie réussite. Le mérite revenait à l'équipe soignante qui, armée de courage et d'aiguilles, avait survécu aux assauts de l'infirmerie. Prises de sang, écouvillons nasaux, analyses d'urine... Pas de sésame sans passer par la case médicale ; pour faire partie des invités, il fallait être en parfaite santé. « Sanitairement irréprochable », comme se plaisait à le clamer, haut et fort, Iris. Grâce à ces précautions extrêmes, chacun était libre - le temps d'une soirée –, d'interagir avec qui bon lui semblait. Cette convivialité inédite avait pour seul frein le maintien de la distance sociale. Point sur lequel Aurore refusait de trancher.

Certains avaient le cœur à la fête, d'autres moins. Simone s'écarta de sa voisine dont le corps diffusait des ondes négatives, contagieuses. Le malaise de Garance était palpable. Ses pupilles dilatées évoquaient deux atolls solitaires au milieu d'une marée de taches de rousseur. Tortillant nerveusement une boucle autour de son index, la jeune femme bondissait dès que quelqu'un la frôlait de trop près. La moue fière, elle vouait son énergie à éviter ses semblables. Toute à son solo, Garance restait sourde au discours de Côme. Loin d'en prendre ombrage, ce dernier continuait son monologue, aveuglé par la buée qui couvrait ses lunettes. Simone sourit en observant les tentatives infructueuses de Nil pour attirer l'attention du duo. Une pile de verres dans une main, une cruche dans l'autre, le garçon était à deux doigts de perdre patience. La jeune fille eut pitié de lui et le soulagea d'un verre qu'elle déplia sous la cruche.

— N'oubliez pas de le conserver ! dit Garance, sortant enfin de son mutisme.

— Ah, on dirait que ça va mieux ! Chassez le naturel, il revient au galop.

— Qu'est-ce que tu sous-entends, Nil ? répliqua-t-elle, sur la défensive.

— Oh, rien.

— Va au bout de ta pensée, maintenant que tu as commencé !

— Si tu insistes… Tu es incapable de te détendre ! Toujours sur notre dos. Toujours à nous faire la morale… Sans arrêt !

Il détacha les trois dernières syllabes tout en levant les yeux au ciel avec exagération avant de poursuivre :

— On t'en veut pas, hein, on sait que ce besoin de tout contrôler est viscéral chez toi, mais… fais-nous un peu confiance, on n'est pas idiots ! Enfin, à part Côme.

— Hé ! protesta l'intéressé.

Différentes émotions défilèrent sur le visage de Garance. Yeux exorbités, narines dilatées, oreilles écarlates - était-ce de la vapeur qui menaçait d'en sortir ? Simone se mordit la joue pour retenir un fou rire. Loin d'elle le souhait de s'attirer les foudres de son amie. Elle laissait volontiers à Nil le soin de récolter ce qu'il venait de semer. Les mêmes pensées durent traverser l'esprit de Côme, car elle le vit s'éloigner à pas de loup du duo infernal. Malheureusement pour lui, sa tentative de fuite ne passa pas inaperçue et il laissa échapper un juron lorsque Garance l'obligea à prendre parti. Les joues vermeilles, il s'enlisa dans un bourbier de maladresses en essayant vainement de ne vexer personne.

Se sentant à deux doigts de perdre le contrôle, Simone dissimula son sourire derrière son verre. Elle voulut siroter une gorgée du liquide ambré, mais son récipient était déjà vide. Le détail n'échappa pas à Nil qui se fit une joie de resservir le groupe pour un deuxième tour. Cette fois, Simone savourerait les bulles. Elle laissa la gorgée se répandre sur son palais. Délicieux. Différent de ce à quoi elle avait jamais goûté. Au bout du deuxième verre, une douce chaleur l'envahit. Les joues rosies, elle souriait à pleines dents. Autour d'elle, ses camarades s'étaient également détendus. Les blagues fusaient, tous affichaient un sourire nonchalant. Les paupières légèrement alourdies, Simone lâchait de temps à autre un rire ingénu.

Gagnée par l'euphorie du moment, elle s'éloigna du groupe, un léger goût d'aventure en bouche. Elle voulait se mêler à la foule, mêler ses mots à ceux des autres. Elle voulait être bousculée par des opinions divergentes. Elle voulait apprécier, détester, rire, s'agacer. Elle voulait partager. Elle voulait vivre, le temps d'une soirée.

Cependant, après une percée dans plusieurs groupes de discussion, un sentiment de frustration la gagna. Une fois les formalités de présentation réglées - prénom, *fait,* matricule, *fait,* emploi au sein de la Colonie, *fait* –, un sujet revenait systématiquement sur le tapis. À savoir : les résultats sportifs. Dans chaque groupe, Simone vécut une expérience sociale identique, assistant chaque fois à un étalage public des performances de chacun. Torse gonflé, gorge déployée ;

on comparait les chronomètres, on se targuait d'avoir les meilleurs temps, on exprimait son désaccord outragé, on argumentait, on se trouvait des excuses. Les esprits s'enflammaient, les échanges aussi. La jeune femme se lassa vite du spectacle et préféra prendre de la distance, se contentant d'observer ici et là le déroulement de la soirée.

Elle déambulait au milieu du hall lorsqu'elle crut distinguer 2333 à l'autre bout de la salle. Son cœur s'arrêta. Elle réalisa alors que, depuis le départ, c'était vers lui que ses pas la guidaient. Simone se hissa sur la pointe des pieds pour ne pas perdre la tignasse dorée de vue. Cette soirée lui offrait l'opportunité de lui parler sans que cela semble étrange à quiconque ; hors de question de laisser filer sa chance !

— Regarde-moi ces deux-là…

Une voix aigre, que Simone mit plusieurs secondes à identifier comme étant celle de l'infirmière, la fit sursauter. Premièrement, parce qu'il était peu probable que cette dernière s'adresse à elle. Deuxièmement, parce qu'elle n'avait ni sa tonalité ni son haut débit habituels. Les mots semblaient trop lourds pour sa langue, si épais qu'ils peinaient à franchir ses lèvres engourdies par l'alcool :

— On n'est pas tous logés à la même enseigne… Madame s'octroie des privilèges que d'autres n'ont pas. Mais j'suis pas dupe, moi ! Je sais ce qu'ils font là-haut.

Simone suivit son regard. Aurore gravissait la dernière volée de marches, Louis dans son sillage.

— Ils vont à l'appartement royal, mais… je croyais que personne d'autre qu'Aurore n'y avait accès ?

— Aurore… et ses élus ! Chaque mois, c'est la même rengaine. Elle jette son dévolu sur une personne et disparaît avec pendant plusieurs heures. Ce soir, son choix s'est arrêté sur Louis, une fois de plus... Son chouchou du moment... Qu'il en profite, rien ne dure jamais avec elle ! Aurore aime varier les plaisirs.

Comme si elle venait d'entendre son prénom, la femme baissa les yeux sur elles. Son regard passa rapidement sur Iris pour se planter dans celui de Simone. Ses lèvres s'étirèrent en un sourire enjôleur tandis que les portes de son ascenseur privatif se refermaient, en même temps que ses bras, sur le dos du docteur. Les yeux d'Iris s'attardèrent encore un instant sur la cabine avant de glisser sur Simone, dont l'infirmière semblait avoir oublié la présence. Le voile vitreux qui drapait son regard s'évapora et une étincelle de lucidité y reprit sa place légitime. Iris renifla avec mépris avant de s'éloigner d'un pas trébuchant.

CHAPITRE 16

Simone chassa Goû, qui insistait pour venir se nicher à sa place - désormais habituelle –, dans son cou. Elle avait beau l'aimer de tout son cœur, ce soir il devrait dormir ailleurs. Dans l'état dans lequel elle était, un rien l'incommodait. Sentir l'animal remuer près d'elle l'indisposait. Respirer son odeur lui donnait la nausée. C'était simple, sa présence n'était pas tolérée. Simone ne souhaitait qu'une chose : qu'on la laisse en paix !

Autour d'elle, les murs tournoyaient dans un sifflement continu. Tout stimulus - le plus infime fût-il - était source de torture. La friction du drap contre sa peau devenait griffure. Un reflet sur sa cornée, une éraflure. De murmure, le plus petit son mutait en agression pour son tympan fourbu.

La soirée avait beau avoir été excellente, le jeu n'en valait pas la chandelle. On ne l'y prendrait plus ! Simone plaqua ses mains contre ses oreilles tout en essayant de poser son regard sur un point fixe. Technique qui, à son grand désespoir, se révéla inefficace. Acouphènes, céphalée, nausées, rien ne lui était épargné ! Elle se recroquevilla en position fœtale. Si seulement quelqu'un l'avait prévenue... Elle se serait montrée plus raisonnable ! Gagnée par la félicité de la soirée, elle avait goûté chaque petit four, chaque verre proposé. Ne se refusant rien, gavant ses papilles de nouveauté. Simone serra les dents, chassa ces souvenirs sous peine de les rendre et chercha une position - si ce n'est confortable - du moins supportable.

Le sort de ses camarades n'était guère enviable. Bilan des victimes ayant succombé à la gueule de bois : la totalité de la moisson 24-1. Incapable de rejoindre son lit, Côme s'était affalé dans le canapé. Perte de connaissance avant même que sa tête n'ait atteint les coussins poussiéreux. Impressionnée par les ronflements qui émanaient d'un si petit corps, Simone jeta un œil sur 2414. L'un de ses pieds, encore chaussé, pendait hors de son lit. Sa présence en ces lieux relevait de l'exploit. Entre jurons et fous rires, l'équipe de bras cassés avait eu un mal fou à la guider jusqu'au dortoir. Promesses, chantage, menaces... Toute une palette de ruses y était passée pour la forcer à avancer. La jeune fille s'était montrée particulièrement têtue, négociant tantôt pour qu'on la laisse retourner s'amuser, tantôt pour qu'on la laisse s'échouer sur place. Une seule de ses requêtes avait été constante : son refus catégorique de rejoindre la chambre.

Simone se retourna, regrettant aussitôt son geste. Rappelé à l'ordre dans son crâne, le marteau-piqueur reprit ses fonctions et augmenta la rigueur ainsi que le tempo de ses coups. Simone ne put se retenir de gémir. Les coups se succédaient, claquaient, rebondissaient d'une tempe à l'autre, percutaient les parois de la caisse de résonance qu'était devenu son cerveau. La douleur pulsatile brouillait le fil de ses pensées. Sous la houle de son imagination, son lit se mit à rouler, tanguer, à la bringuebaler, retournant, à chaque ressac, le contenu de son estomac. Une tempête lui ravageait les méninges. Cependant, après une lutte intense, elle parvint à dompter les vagues de nausée qui déferlaient sur elle à un rythme implacable jusqu'à ce que, petit à petit, le calme revienne.

Simone passa la langue sur ses lèvres sèches. Du liquide, voilà ce dont elle avait besoin ! Il fallait qu'elle s'hydrate. Mais songeant aux obstacles qui se dressaient entre la source d'eau et elle — sortir de son lit, quitter la chambre, atteindre le distributeur –, elle chassa aussitôt le projet de sa tête. Bien trop d'épreuves, bien trop de mouvements, bien trop d'efforts à fournir. Et puis, elle eut un doute. Y avait-elle seulement encore droit ? Quelle ironie ! Ce soir, elle avait été autorisée à consommer à outrance et voilà que, de retour chez soi, les quotas redevenaient un souci. Elle tenta de faire les comptes, mais impossible de se souvenir du nombre de bulles d'eau bues durant la journée. Simone soupira. Sa soif devrait attendre le petit matin pour être étanchée. Elle fit claquer sa langue contre son palais, déglutit avec peine. Des milliers de lames de rasoir tapissaient le fond de sa gorge et aussitôt lui revint l'image des grosses gouttes rondes, dodues, gorgées d'eau et de fraîcheur, prêtes à être absorbées qui n'attendaient qu'elle. Tout près…

Au diable, les quotas ! Prenant son courage à deux mains, Simone se redressa, prête à quitter son lit quand un bruit suspect l'interrompit. Ni une ni deux, elle se tapit dans son sommier. Immobile, en apnée, Simone tendit l'oreille. Rien. Elle laissa filer quelques secondes avant de se décider à jeter un œil dans la chambre. À première vue, rien d'étrange. La porte entrebâillée laissait entrer la lueur de la veilleuse du salon. Tout était calme. Chaque chose était à sa place. Chaque chose ? Pas tout à fait. Un détail avait changé. La porte était entrouverte… Pourtant, lorsqu'elle était allée se coucher, craignant qu'il ne prenne à 2414 la lubie de retourner faire la fête en plein milieu de la nuit, Simone avait pris soin de fermer la porte derrière elle.

Le frottement reprit. Au même instant, Simone vit une

ombre se dessiner sur le mur. Elle étouffa un cri. Elle n'avait donc pas rêvé! Le sommier de Garance grinça. Quelqu'un avait le buste penché sur son amie. Simone devait agir : prévenir Garance, hurler, bondir sur l'intrus, ameuter tout le monde. Une seconde passa. À peine plus. Une seconde durant laquelle des scénarios défilèrent sans qu'elle sache quelle ligne de conduite suivre. *Agis!* se sermonna-t-elle. Qu'importe ce qu'elle ferait, ce serait toujours mieux que de rester figée et laisser son amie à la merci du danger.

Des gloussements crevèrent le silence.

— T'en as mis du temps!

— Je me suis endormi. Aïe! Pourquoi tu me pinces?

— Ça t'apprendra à me faire attendre.

— Je suis là, non?

— Tu n'as réveillé personne? Tu as bien fait attention aux caméras?

— Tu me connais, je suis la discrétion même!

— …

— Ne t'inquiète pas! Je commence à être rodé, maintenant.

— On va finir par se faire prendre. C'est trop risqué.

— Eh, regarde-moi. Tout va bien, d'accord? Je suis là. Il ne m'est rien arrivé.

La voix de Nil était étonnamment tendre :

— Ce n'est pas du tout ce que je souhaite, mais si tu veux qu'on arrête, je respecterai ton choix.

— Non, répondit Garance après une légère hésitation, promets-moi juste d'être prudent.

— Promis.

2414 émit un grognement sourd dans le lit d'en face, réduisant les messes basses au silence. Au bout d'un instant, les ronflements reprirent et la conversation redémarra, mais à une fréquence trop faible pour que ce soit intelligible. Petit à petit, aux paroles succédèrent les rires. Aux rires, les silences. Aux silences, les soupirs.

— Tu es sûre ? demanda Nil d'une voix haletante.

— Oui, viens.

Consciente que ce qu'il se tramait au-dessous relevait de l'intime et qu'elle refusait d'en être le témoin, Simone, les joues en feu, ferma les yeux en priant pour se rendormir au plus vite. Échec, dès la première tentative. « *Allez, tu peux mieux faire* », s'encouragea-t-elle. Bien qu'elle n'y soit jamais arrivée auparavant, c'était peut-être le moment de trouver la clé de la fameuse bulle de sérénité dont Flora les bassinait en cours de yoga, d'y pénétrer et de s'y enfermer à double tour. À chaque inspiration, Simone devait focaliser son attention sur les mouvements de son ventre, mais ce n'était pas son souffle qu'elle entendait. Et tandis qu'elle aspirait au calme, au-dessous d'elle, les draps effleuraient les chairs en émoi, les gémissements se faisaient de plus en plus pressants. Le lit s'agita, comme saisi de spasmes saccadés.

Simone tenta de diriger sa conscience autre part. Au départ, son esprit résista. Puis soudain, elle se retrouva projetée vers un ailleurs, un ailleurs qui lui était familier. Le regard de 2333 plongé dans le sien, elle était de retour dans l'ascenseur. Surprise dans un premier temps que son subconscient ait choisi de rejouer ce souvenir spécifique, la jeune femme ne lui opposa toutefois aucune résistance. Au contraire, elle plongea corps et âme dans la scène. Et cette fois, elle ne repoussa pas les avances du garde.

CHAPITRE 17

Les filles eurent un instant de panique en découvrant l'amphithéâtre vide. Elles arrivaient trop tard. Leurs camarades avaient déserté les lieux. Les journées d'immersion, permettant de découvrir les différents corps de métiers au sein de la Colonie, avaient commencé, et chaque groupe était parti rejoindre son affectation du jour. Elles n'avaient aucune idée de celle qui leur avait été attribuée et donc de l'endroit où aller.

D'ici la fin du trimestre, il était prévu que Flora procède à un bilan de compétences afin de leur garantir un poste adapté à leurs besoins. Savoir leur destin soumis au bon vouloir de l'intelligence artificielle avait ôté un poids chez bon nombre d'entre eux. Qui de mieux placé que Flora pour savoir ce qui était bon pour ses protégés, bon pour Renaissance I ?

Il n'en allait pas de même pour Simone qui, plus motivée que jamais, n'avait qu'une idée en tête : rester maîtresse de son avenir en brillant dans un maximum de matières. Un bruit courait en effet selon lequel l'avis des dix premiers au classement général serait pris en compte au moment du choix de leur future affectation. Et Simone, qui savait déjà ce qu'elle souhaitait faire - et surtout ne pas faire –, comptait bien faire entendre sa voix.

La maintenance, par exemple, ne l'attirait pas. Visiter la salle des générateurs l'avait impressionnée. Tous ces voyants lumineux, ces boutons, ces câbles, ces « bip-bip » discontinus. Comment pouvait-on s'y retrouver ? Côme avait tenté de lui expliquer, avec patience et pédagogie, les flux thermiques… ou électriques ? Elle ne savait déjà plus… Elle avait beau y mettre de la volonté, la matière restait abstraite pour elle. Simone tenta de se rassurer comme elle le pouvait : vu son piètre niveau, il était peu probable que Flora envisage de l'y faire travailler.

Venait ensuite l'univers essentiel de la chaîne alimentaire. Très peu pour elle ! L'agriculture l'intéressait, certes. En revanche, l'élevage était une tout autre affaire. Simone avait encore du mal à ingurgiter le contenu de ses assiettes, alors passer à l'élevage, l'abattage ou la préparation de rats, cafards ou autre bétail lui semblait tout bonnement impossible. D'autre part, elle ne pouvait pas faire cela à Goû. Il en allait de la pérennité de leur relation.

Le domaine médical éveillait sa soif de connaissances. Comprendre le fonctionnement du corps humain, soigner, prêter une oreille empathique aux cœurs lourds. Être utile à l'autre. Elle sentait son cœur palpiter rien que d'y songer. Mais cela impliquait également de travailler avec Iris. Sous les ordres d'Iris. Ce seul argument freinait ses passions.

L'option qui avait retenu son attention était la garde coloniale. Non pas que surveiller ses semblables lui fasse de l'œil ; le concept avait tendance à la braquer. Mais la profession avait d'autres facettes, d'autres qualités qu'il était important de souligner. Le maintien de la paix et de l'harmonie au sein de la Colonie, par exemple. Grâce aux patrouilles, veillant nuit et jour sur eux, au détriment, souvent, de leurs propres heures de repos. Mais ce n'était pas ce qui attirait Simone dans cette voie. Ses raisons étaient moins nobles ;

la garde était l'unique profession à avoir accès à tous les étages sans avoir de comptes à rendre à quiconque. Une profession où l'on pouvait se promener à peu près librement dans la Colonie, sans être vu d'un mauvais œil.

2414 arriva avant ses camarades devant l'écran de contrôle. Les gestes hésitants, elle semblait rechigner à activer Flora, comme si elle craignait de la déranger. Garance se racla la gorge dans son dos, 2414 comprit sa requête muette et lui céda volontiers la place. Mais avant qu'un seul mot ne soit prononcé, la voix métallique les devança.

— Belle journée, Matricules 2411, 2414 et 2415. Dans cinq minutes, vous commettrez une infraction de retard. Veuillez rejoindre le camp de base dans les plus brefs délais.

— La garde coloniale... Super..., bougonna Garance à mi-voix.

— Garance, avez-vous une réclamation à faire remonter ?

— Oh... Euh, c'est que ce n'est pas la carrière vers laquelle je souhaite me diriger.

— Chaque métier a son importance. C'est faire preuve de civilité que de s'y intéresser.

— Bien sûr, je ne voulais pas me montrer désobligeante. C'est juste que je me dis que c'est une perte de temps pour...

— Peut-être ne comprenez-vous pas le terme « civilité » ? Souhaitez-vous que je vous en énonce la définition pour une meilleure compréhension ?

Les joues de Garance se gonflèrent, ses yeux noircirent. Connaissant le tempérament parfois sanguin de sa camarade, Simone, qui craignait que cette dernière ne se laisse aller à des paroles qu'elle regretterait plus tard, répondit à sa place :

— Pas la peine, merci ! Nous n'allons pas vous retenir plus longtemps. La garde coloniale nous attend ! Belle journée, Flora.

— Garance ?

— Il ne faudrait pas rater la journée d'immersion, grinça l'intéressée.

— Gratitude, vous voilà raisonnable ! Belle journée à toutes les trois, chantonna-t-elle, un sourire dans la voix.

Les filles de la moisson 24-1 détalèrent sous un plafond en soudaine pleine floraison d'astres rouges.

Leur instructeur n'était autre que 2333. L'homme, affairé à donner cours, ne fit aucune remarque quant à leur arrivée tardive, se contentant de leur indiquer leurs sièges d'un signe de tête. Lorsqu'elle passa devant lui, Simone remarqua qu'il évitait consciemment son regard. Et, durant l'heure qui suivit, l'homme ne lui adressa la parole que pour les nécessités du cours. À les voir ainsi, personne n'aurait pu deviner qu'ils avaient déjà échangé par le passé.

Dos droit, respiration lente, gestes sûrs… 2333 incarnait la maîtrise de soi. Posément, il énuméra les qualités selon lui primordiales pour entrer dans la garde coloniale. Sens éthique, discipline, forme physique, disponibilité, respect de la hiérarchie, réactivité… La liste était longue.

— Être membre des forces de l'ordre signifie faire preuve d'exemplarité, être irréprochable en toute circonstance. Il en va de la crédibilité de l'insigne. À ceux qui souhaiteront nous rejoindre : croyez en vous, travaillez dur, soyez déterminés ! Et peut-être, alors, parviendrez-vous à rejoindre nos rangs. Certains jours seront plus difficiles que d'autres, mais vous pourrez toujours compter sur le soutien de vos frères.

Le vieil homme noir assis en retrait, menton incliné sur le torse, yeux mi-clos, approuva d'un hochement de tête.

— Il faut avoir un mental et des épaules solides. Lutter contre les injustices. Être apte à faire face aux drames du quotidien. Éteindre les départs de feu - au sens propre comme au figuré.

2333 s'interrompit un court instant. Les ailes de ses narines se pincèrent juste avant qu'il n'ajoute :

— Oubliez le tableau de milice de l'espionnage que certains peignent de nous. Des abus de pouvoir ont été commis par le passé, mais l'image de notre profession ne doit pas être ternie par les erreurs d'une minorité. Je vais maintenant céder la parole à l'homme que je suis fier de pouvoir appeler mon mentor. Récompensé à plusieurs reprises pour sa bravoure durant sa longue carrière, qui de mieux que lui pour vous parler de notre métier? À toi, Pierre.

2333 invita le vieil homme à se lever. Les gestes ralentis par l'arthrose, Pierre prit le temps de se redresser. Une fois sur pied, il impressionna, non tant par sa taille - avoisinant les deux mètres –, que par la force qui rayonnait de son corps. Il rejoignit 2333 d'un pas ferme et salua l'assistance. Le bleu de son uniforme était fané, usé par des décennies de lavages et de raccommodages. Le tissu fripé, cousu avec soin, arborait presque fièrement ses cicatrices, témoins d'une vie bien remplie.

— Belle journée à vous, moisson 24-1. Moisson 24… Que le temps passe! Je suis moi-même né sous le matricule 1821. On peut dire que j'en ai vu, des éclosions!

Pierre leur adressa un clin d'œil malicieux, révélant le

voile opaque qui drapait son cristallin.

— Rassurez-vous, je ne vais pas me mettre à radoter. J'ai perdu la vue, ainsi que quelques cheveux en cours de route, mais mon esprit est bel et bien là.

Il tapota sa tempe du bout de l'index :

— Regardez-vous. Vous êtes jeunes, vous êtes beaux, vous êtes forts. La nourriture que vous trouvez chaque jour dans votre assiette y est sans doute pour quelque chose. Chérissez ces temps de paix ! Cela aurait pu ne pas être. Sans la garde coloniale, et le rôle qu'elle a joué dans l'Histoire, nous ne serions pas là aujourd'hui. Lorsque la guerre 171-174, opposant notre Colonie à celle du Sud, a éclaté, j'étais comme vous. Tout frais sorti de mon œuf. Il m'a fallu me mettre en route et apprendre rapidement. Ça n'a pas été drôle tous les jours, vous pouvez me croire.

Orateur né, il lui avait suffi d'ouvrir la bouche, d'émietter ses souvenirs pour capter l'attention de son auditoire. Il dressa le bilan, sombre, des pertes humaines et matérielles qui avaient découlé du conflit. Ils avaient dû tout reconstruire : les bâtiments comme les nouvelles alliances. Après des mois de misère, le flot tranquille de la vie avait fini par regagner son lit. Mais le redoux n'avait pas duré et le désastre suivant avait déferlé, sans crier gare.

Le palu-4 avait déversé sur eux sa nuée fatale grâce à son nouvel hôte, un moustique mutant. Créé en laboratoire pour lutter contre la prolifération du moustique-tigre, il était censé entrer en compétition avec ce dernier en rendant ses femelles stériles ; malheureusement, la nouvelle espèce avait rapidement échappé à leur contrôle, se révélant bien plus nocive que l'originale.

Malgré l'évocation des faits tragiques du passé,

Pierre se fit un point d'honneur à ne pas faire sombrer les élèves dans la mélancolie et se révéla un maître aguerri de la bonne humeur. Le doyen avait beaucoup d'humour et maniait l'art de la chute à la perfection. À l'instar des jeunes moissonnés, dont les yeux pétillaient de curiosité, 2333 était lui aussi pendu aux lèvres du vieil homme. Simone remarqua que, quelques secondes avant l'instant déclencheur où le mot finement choisi par le conteur provoquerait l'hilarité de l'auditoire, un sourire en coin étirait les lèvres de 2333. Cela ne manqua pas une seule fois. À l'évidence fin connaisseur de ces histoires, le garde prouvait par ses sourires clandestins qu'il en appréciait toujours autant la saveur.

Après une pause déjeuner bienvenue, 2333 distribua à chacun un arceau métallique. Simone mima les gestes du jeune homme en plaçant les six embouts terminaux au-dessus de ses tempes, de ses yeux, ainsi qu'à la base de son cuir chevelu. Elle n'eut pas le temps de chercher à comprendre comment fonctionnait l'appareil que la simulation commençait déjà. Sans crier gare, ses amis, le mobilier, les murs disparurent en fumée et un nouveau décor se matérialisa devant elle.

CHAPITRE 18

Elle était dans l'ascenseur. Cette fois, pas de musique de fond. Elle inspira à pleins poumons, mais ne retrouva pas les senteurs caractéristiques de la cabine - son parfum frais, subtil, dont les particules étaient habilement dispersées par un aérosol. Simone observa le décompte des étages. Moins dix, moins onze, moins douze. On ne pouvait aller plus bas.

C'était la première fois qu'elle mettait les pieds dans les profondeurs de la Colonie. Ici, pas d'effort de décoration. Aucun artifice pour égayer ce qui ressemblait davantage à un hangar qu'à un vaste hall. Était-ce de la terre humide qui couvrait le sol ? Simone voulut se baisser, mais la simulation avait d'autres projets pour elle, dirigeant son regard sur la dizaine de tuyaux qui perçaient le haut plafond, avant de venir s'aboucher au-dessus de tapis roulants. Chaque orifice y rejetait sa part de déjections de la Colonie. Déchets verts, vêtements usagés, matériaux défectueux… Rien n'était perdu. À la fin du circuit, le début d'une nouvelle vie. Des travailleurs assidus contrôlaient la dernière étape du tri, remplissant, à la sueur de leur front, des chariots débordant de détritus. Les containers étaient alors poussés sur de longs rails rouillés par des hommes et femmes qui grimaçaient sous le poids de l'effort et de la chaleur, des gouttes glissant le long de leurs cheveux mouillés.

Un élément singulier lui sauta aux yeux. Ici, les hommes et femmes n'étaient pas vêtus comme le reste d'entre eux, de l'uniforme type, sans plis ni taches. Leurs vêtements, que l'on ne pouvait plus qualifier de tels, ressemblaient à un patchwork difforme de tissus crasseux et sans teinte. La crasse s'était répandue, telle une coulée de boue, sur chaque centimètre carré de leur peau abîmée. Des dépôts noirâtres s'étaient sédimentés sous leurs ongles avec le temps. À la lisière de leurs cheveux gras naissaient de longues rigoles de sueur grise qui creusaient tranquillement leur lit sinueux sur leur visage émacié.

La plupart fuyants, certains regards se levèrent tout de même sur son passage. Les yeux éteints reprenaient alors vie, se teintant, le temps de l'échange, de colère et de révolte. On lui envoya du mépris, de la haine. On la mitrailla de coups silencieux, invisibles. Des coups indolores, destinés à son âme seule.

Un homme cessa son activité quand il aperçut le groupe de jeunes gardes - dont elle faisait partie –, frotta la paume de ses mains contre les pans de son pantalon, réajusta sa chemise, plaqua un sourire de circonstance sur son visage et vint les saluer avant de les inviter d'un geste de la main à le suivre pour la visite guidée.

Après s'être attardé devant chaque machine sous les explications muettes de l'accompagnateur, le groupe déboula dans une volumineuse galerie au milieu de laquelle s'amoncelaient - dans un fouillis organisé - d'immenses tas de compost. Tracteurs, camions, travailleurs… Tout le monde s'activait autour d'eux. Une véritable fourmilière. Pas de temps mort, personne à l'arrêt. Pas de place pour l'indolence. Presque enivrée par cet excès d'activité, Simone ne savait plus où donner de la tête. Au bout d'un moment, elle commença à ressentir une forme de malaise. Les sonnettes d'alarme de son subconscient se mirent à sonner. Quelque chose n'allait pas. Un détail lui échappait. Un calme au milieu de l'agitation. Un défaut dans le paysage. La jeune femme aurait voulu revenir sur ses pas, détourner son regard, mais *elle n'était que la passagère du véhicule et n'avait pas d'autre choix que de subir la simulation.*

Soudain, elle fut bousculée. Plusieurs personnes la dépassèrent en courant. Des collègues, à en juger par leur uniforme. L'un d'eux tenait son bras replié contre son buste. Simone se retourna et découvrit, médusée, deux femmes qui menaçaient quiconque les approcherait en brandissant une pioche pour l'une, une pelle pour l'autre, au-dessus de leur tête.

Simone, qui aurait volontiers déguerpi loin d'ici, fut la première étonnée de voir ses jambes en décider autrement. Tel un automate, elle n'eut d'autre choix que de se laisser porter par son corps qui l'emmenait à pas lents vers l'ennemi. Ses mains tendues en signe d'apaisement ne suffirent pas à convaincre les harpies qui la chargèrent sans une once d'hésitation ni de remords. Cependant, lorsqu'elles ne furent plus qu'à une dizaine de mètres, la plus âgée, celle dont la partie gauche du visage semblait avachie, croisa son regard et s'arrêta net. Elle laissa tomber son arme et coupa l'élan de sa complice de son bras gauche, le seul valide. Le droit pendait, inerte, le long de son flanc. Le regard teinté d'incompréhension, son acolyte tenta de la repousser, mais la doyenne ne bougea pas d'un pouce. Ses lèvres bougèrent rapidement tandis qu'elle désignait Simone d'un mouvement de tête. La femme armée détailla cette dernière avec une attention accrue, passant en revue chaque détail de son corps. Lorsqu'elle croisa son regard, sa bouche forma un rond. Son masque de haine se fendilla. À peine… Elle continua de réfuter, un à un, les arguments de sa camarade en secouant la tête avec force. Cette dernière lui pressa le bras, approcha les lèvres de son oreille - espérant peut-être que la proximité donnerait du poids à ses propos –, tenta de la tirer en arrière. Essayait-elle de l'éloigner de Simone ? Au bout d'un moment, sa ténacité sembla prendre. Les muscles du visage de la plus jeune se détendirent, tandis que la pioche, qu'elle tenait à bout de bras, s'inclinait de quelques centimètres.

C'est à cet instant que Simone commit une tragique erreur par une réaction trop prompte. Un simple pas. Elle esquissa un seul malheureux mouvement dans leur direction qui suffit à réduire à néant tous les efforts de la doyenne ; les doigts ennemis se resserraient déjà autour du manche en bois. La femme, dont une paralysie faciale lissait la moitié de la figure, comprit qu'elle venait de perdre toute emprise sur son alliée. Sa défaite était imprimée sur l'autre face de son visage, là où les joies, les rires, mais aussi les épreuves et les pleurs avaient écrit l'histoire de sa vie. Des larmes dessinèrent des sillons sur ses joues crasseuses. Refusant d'abandonner, elle redoubla d'efforts, supplia, tira sur la manche qu'elle espérait toujours alliée, mais se heurta à un mur.

La doyenne se plaça entre les deux adversaires, faisant de son corps un bouclier. En s'interposant ainsi, le message envoyé à sa complice était on ne peut plus limpide. Elle venait de basculer dans le camp ennemi. Un voile de tristesse drapa brièvement le regard de la plus jeune, avant de s'envoler, emportant avec lui tous les résidus d'émotions qui auraient pu lui rester. Ses yeux se teintèrent d'une lueur bleutée. Ses traits se durcirent. La jointure de ses doigts blanchit et, sans plus se laisser le temps de réfléchir, elle tenta de forcer le passage. Les deux complices entamèrent alors un ballet féroce. Un observateur non averti aurait pu croire à un enchaînement de pas de danse, une chorégraphie faite de rapprochements, puis d'éloignements, toujours en cadence. Bientôt, les deux corps ne firent plus qu'un, se courbant, se trémoussant au rythme des enchaînements jusqu'à ce que l'une des adversaires, la plus jeune, ne se sépare de sa partenaire, avec dans les mains, l'arme qu'elle venait d'extraire du ventre autrefois ami. Regard choqué, pour toutes les deux. L'une bascula, l'autre resta sur pied.

Résiliente ou forcenée ? Cette dernière, pâle comme la mort, ne laissa pas le temps au doute, réorienta sa fureur contre les gardes et fendit le vide devant elle, hurlant, écumant, défiant le premier qui tenterait de l'approcher.

Les voisins de Simone reculèrent d'un pas. Cette dernière aurait volontiers suivi le mouvement, mais l'histoire avait prévu un autre rôle pour elle. Impuissante, elle fonça sur son adversaire. Le corps à corps débuta. En silence, sans douleur. Spectatrice active d'un combat qui n'était pas le sien, elle se résigna à subir un afflux d'images soudain. Les informations lui parvenaient rapidement. Trop rapidement. Poing, plafond, empreinte de roue enlisée dans la boue, et de nouveau, un poing encore. Mitraillée de fragments de son environnement, plus rien n'avait de sens. Une chevelure rousse s'invita alors dans la danse, une âme charitable venue lui prêter main-forte. Son intervention lui permit de reprendre ses esprits et, ensemble, après une lutte acharnée, elles parvinrent à plaquer l'hystérique au sol.

Simone regarda la prisonnière s'éloigner d'un pas instable. Les menottes passées dans le dos, sa silhouette semblait frêle d'un seul coup. Tremblant de tous ses membres, elle vacilla. Tandis que les autres s'écartaient pour éviter tout contact, l'un des gardes passa outre les inconvénients qui s'ensuivraient et l'empêcha de tomber en la rattrapant par le bras. Tout en les observant s'éloigner, presque à l'allure d'un jeune couple, bras dessus, bras dessous, Simone reconnut - et ce, malgré quelques cheveux blancs en moins, Pierre, le mentor de 2333.

La vue de Simone dévia alors vers la gauche tandis qu'elle se dirigeait vers l'attroupement de badauds. Incapables d'effectuer le moindre geste, tous regardaient dans la même direction. Une personne gisait au milieu d'une mare pourpre. Simone écarta les bras. Le groupe obéit et s'éparpilla, laissant respirer la victime. La rebelle était encore en vie. Allongée sur le dos, sa peau était diaphane. Ses lèvres et les extrémités de ses doigts avaient une teinte bleutée, signe de cyanose. La perte de conscience semblait proche, pourtant on la sentait lutter pour rester vigilante.

Simone se mit à genoux et plaqua ses mains sur la plaie pour contenir l'hémorragie. Ses yeux balayèrent le corps de la femme de gauche à droite, puis de droite à gauche, sans interruption. Elle scannait, elle analysait, muée par le besoin impérieux de dresser un bilan. Se rassurer devant l'inévitable. Recommencer, la scanner encore. Elle regarda le ventre, puis le visage de la victime. Le sang qui filait entre ses doigts. Les yeux qui s'accrochaient aux siens, qui la suppliaient en silence. Ce regard perçant vissé au sien lorsque la vérité s'imposa à lui : de l'espoir, il n'en subsistait plus une once. Un étrange sourire se dessina sur les lèvres mourantes. Était-ce un signe d'acceptation ? Les yeux se révulsèrent. Les traits s'apaisèrent. Un délicat filet d'air s'évapora des fines lèvres entrouvertes. Un dernier souffle avant que la vie ne s'écoule des pupilles vers un ailleurs.

Simone resta un long moment sans bouger. C'est à cet instant qu'elle réalisa que ce n'étaient pas ses mains qui reposaient, impuissantes, sur le ventre de la victime. Ni ses avant-bras, dont les veines et les muscles étaient encore tendus par l'angoisse. Le bracelet de corde tressée accroché à son poignet n'était pas le sien.

2333.

Elle venait de vivre l'un de ses souvenirs.

Simone retira le casque de réalité virtuelle. Étourdie, elle mit un instant à retrouver ses repères. Ses camarades, encore plongés dans leur aventure, laissaient parfois échapper des cris de stupeur. Le rythme de leur respiration variait en fonction de l'intensité de l'expérience vécue. Était-ce un pleur que 2414 venait d'étouffer ?

Soulagée d'en avoir fini avec sa simulation, Simone pria pour ne jamais avoir à mettre les pieds au moins douze.

C'était peut-être le but de l'exercice, lui couper toute envie de s'aventurer dans l'étage « interdit » ? Si tel était le cas, 2333 avait réussi son coup ! Simone se frotta les paupières, s'ébroua. Elle avait beau tenter de les refouler, les derniers instants de la femme se rejouaient sans cesse dans sa tête. Impossible de se défaire de la scène, de tout ce sang, de ce regard… Le regard, surtout… Simone comprit que ce souvenir reviendrait la hanter encore longtemps.

CHAPITRE 19

2333 tendit la main, paume tournée vers le ciel, pour récupérer l'arceau de Simone. Mais - maladresse de sa part ou de la sienne –, l'appareil rata sa cible et tomba à leurs pieds. Ils se penchèrent dans un même mouvement pour le ramasser et c'est à cet instant que cela se produisit. Un contact. L'espace d'une seconde, certes, mais une seconde illégale de trop. Simone retira précipitamment sa main, comme si la peau du garde venait de la brûler. En se redressant, elle emporta avec elle d'indiscrètes particules de son parfum. Elle essaya d'ignorer cette soudaine intimité, mais l'odeur entêtante de l'homme l'enveloppa de son doux nuage musqué. À aucun instant, 2333 ne l'avait quittée des yeux. De lui, elle ne connaissait rien. Et pourtant, Simone puisa un étrange sentiment de réconfort en se noyant dans son regard.

— Attention, risque élevé de contact. Simone, reculez d'un pas, s'il vous plaît!

La jeune fille obtempéra sans se faire prier. Entendre son nom dans la bouche de Flora lui avait fait l'effet d'une gifle. Joues rouges, pouls battant, elle n'osait plus bouger, plus respirer; elle présentait tous les symptômes d'un esprit pris en faute. À raison : 2333 avait profité de leur rapprochement pour glisser quelque chose dans sa poche. Elle en aurait donné sa main à couper. Il avait agi avec la dextérité d'un magicien. Elle n'avait ressenti qu'un léger frémissement. À peine. Le contact d'une plume au travers d'un vêtement. Le tour s'était déroulé très vite. Elle avait désormais sur elle un objet qu'elle n'aurait pas dû posséder. Flora allait-elle le remarquer ?

— Gratitude, remercia Flora, juste avant de leur fausser compagnie.

Simone expira longuement, soulagée. 2333 la fixait avec défiance. Elle soutint son regard, sans sourciller. L'ébauche d'un sourire naquit au coin des lèvres du garçon. Leur échange s'étira, sans qu'aucun ne cède. Ce fut le retentissement d'une sonnerie stridente qui mit fin au duel. Tous deux pivotèrent en direction de Nil, dont l'arceau claironnait la fin de l'exercice. Presque à regret, Simone regarda 2333 s'éloigner et rejoindre le garçon pour l'accompagner lors de sa réintégration au monde réel.

Simone relâcha l'air piégé dans ses poumons et, tandis que la salle s'animait autour d'elle, profita de ces quelques minutes de répit pour se ressaisir.

— Incroyable ! Dingue comme ça semblait réel !

Nil ne tenait pas en place. Il se passait les mains dans les cheveux, parcourait la pièce de long en large, poussait des jurons enjoués… Euphorique, le jeune homme se mit à relater, pour la deuxième fois déjà, ce qu'il venait de vivre. Ne faisant l'impasse sur aucun détail. Il semblait impossible de le faire taire. Déjà dépendant de la dose d'adrénaline qui venait de lui être injectée, il n'aspirait qu'à renouveler l'expérience et se mit en tête que ce soit le cas, au plus vite. Il ne lâchait plus l'instructeur d'une semelle, le harcelant de sa volubilité et de son énergie débordante. Sans l'intervention de Flora, lui demandant un retour au calme, il serait encore en train de bourdonner autour de 2333.

Simone détourna son attention. Le reste de la moisson semblait avoir été un peu moins secoué par la virée virtuelle. Quoique... 2414 tremblait comme une feuille, le visage d'une pâleur à rendre jaloux un mort. 2333 la pria de s'asseoir pendant qu'il se servait dans l'armoire à pharmacie de la classe. Il lui ordonna de croquer le carré gélatineux qu'il venait de déposer dans sa main. La jeune fille récupéra aussitôt des couleurs.

Ceux qui s'en sortaient le mieux étaient Garance et Côme. Ayant vécu l'immersion en duo, ils tentaient - à grand renfort de messes basses et de coups d'œil, à peine discrets, aux alentours - de confronter leur théorie en déployant, à tour de rôle, un arsenal d'arguments pour résoudre l'enquête dont ils n'avaient pas eu le dénouement. Sourds et aveugles à l'agitation qui régnait autour d'eux, leur discussion semblait des plus passionnées.

Simone profita de l'inattention de ses camarades pour glisser ses mains dans ses poches. Son esprit était bloqué sur leur contenu et l'envie de sortir l'objet au grand jour commençait à la titiller sérieusement. Elle tâtonna à l'aveugle et n'y trouva... rien ! Son imagination lui avait-elle joué un tour ? Elle doutait encore d'elle-même lorsque son index s'enfonça dans un trou. Bien sûr ! Sa poche était percée. L'objet avait forcément glissé dans la doublure. Poussant ses investigations un peu plus loin, elle entra enfin en contact avec ce qui ressemblait à un mouchoir roulé en boule. Elle fronça les sourcils, déçue par sa découverte. Elle chercha à capter le regard de 2333 pour y trouver, peut-être, un début de réponse, mais Simone ne rencontra que le dos narquois de son complice.

CHAPITRE 20

Simone fit coulisser le verrou en essayant de faire le moins de bruit possible. Elle avait attendu que la nuit tombe pour se faufiler dans les toilettes et comptait sur l'heure tardive pour ne pas y être dérangée.

Elle déplia le bout de chiffon rapiécé avant de le lisser contre le mur. Simone frotta son pouce contre son index. De la poussière verte s'y était déposée, une couleur identique à la poudre de spiruline qu'on leur servait chaque matin. Simone plissa les yeux pour décrypter l'écriture en pattes de mouche. Les mots, aux courbes irrégulières, avaient été tracés d'une main hésitante. Le texte était compact, livré en un seul bloc. Aucun espace libre pour reposer son œil.

« Simone,

J'ai essayé de me tenir à l'écart… Mais je ne peux me résoudre à tirer un trait sur toi. Pas encore. Pas après tout ce que nous avons vécu. J'avais beau être un élève récalcitrant, tu vois, tu avais raison d'insister : « Lire et écrire sont les clés de la liberté. Que devient la pensée quand le langage se perd et devient creux ? »

Qu'en est-il du fil de ta pensée, Simone ? Tes souvenirs ne sont plus, mais je sais que toi, tu es là, quelque part, intel-

ligente, curieuse et combative. Il m'est impossible de croire que tu puisses te satisfaire de cette vie. Il m'est impossible de croire en l'absence d'une lutte derrière ton fier regard. Tu es là, je le sais. Ma louve sauvage va se réveiller. Peut-être pas aujourd'hui, peut-être pas demain. Mais un jour, tu seras prête, et quand viendra le moment, je serai là pour toi. La Simone que je connais ne me pardonnerait jamais de baisser les bras sur elle, sur nous. Je ne me le pardonnerais jamais.

Ne te rappelles-tu vraiment rien ? Bien sûr que non… tu n'avais aucune chance.

Tu viens de l'extérieur, Simone. L'extérieur… Sans toi, témoin vivant d'une existence possible à l'air libre, je ne l'aurais jamais cru possible. L'extérieur, un secret gardé par une poignée d'entre nous. Ne fais confiance à personne. »

La lettre s'arrêtait là. Simone épongea son front. Son cœur battait la chamade. Était-ce un test ? Une épreuve pour évaluer sa fidélité ? Mais sa fidélité envers qui : Renaissance I ou la garde coloniale ? Nil avait entendu parler de mises à l'épreuve. Peut-être était-ce de cela qu'il s'agissait ? Devait-elle entrer en contact avec 2333 ? Montrer ses capacités d'adaptation, faire preuve d'initiative ? Était-on, en ce moment même, en train d'analyser sa réaction ? Une réaction qui validerait ou non sa légitimité à entrer dans la garde ?

Une pensée tout bonnement abjecte lui vint en tête. Était-ce une délation que l'on espérait d'elle ? Qu'elle courût vite auprès de Flora ou d'Aurore pour leur dévoiler la présence d'un agent perturbateur au sein de leur havre de paix… Prouvant par cet acte qu'elle était digne de confiance, digne du « Nous sommes un » ? Ils pouvaient toujours courir. Jamais elle ne s'abaisserait à cela. Elle secoua la tête. La Colonie avait certes ses défauts, mais un scénario aussi tordu ne pouvait lui être imputé. Simone fronça les sourcils et parcourut de nouveau le texte, essayant de lire entre les lignes. Elle porta le bout de tissu à la lumière, espérant y trouver un indice. Elle eut beau le retourner entre ses mains, le lire et le relire, elle n'y trouva aucun message caché.

Les architectes du cône s'étaient pliés en quatre pour qu'ils ne manquent de rien, transformant leur univers synthétique en une véritable ode à la nature. Les musiques bucoliques qui tournaient en boucle dans les couloirs, sanitaires et autres espaces communs. Le grand hologramme du réfectoire qui leur offrait un nouveau paysage à chaque variation de saison. Le planétarium qui les éclairait de ses milliers de constellations la nuit, les réchauffait de ses rayons UV le jour… Et que penser de leur potager artificiel, dont on disait de la surface qu'elle était si vaste qu'elle pouvait contenir la totalité des potagers, toutes colonies confondues ? Pourquoi se donner autant de mal s'il suffisait de sortir de terre et de tendre la main pour cueillir les dons de la nature ? Cela n'avait aucun sens. À quel jeu jouait 2333 ?

Simone plaça ses mains sous la douchette et patienta pour que la brume s'y dépose. Elle aurait tout donné pour humidifier son visage, se rafraîchir les idées, mais c'était sans compter sur les coupures d'eau nocturnes. Économies, économies… L'hygiène n'avait plus sa place au-delà d'une certaine heure. Elle se massa la nuque. On avait beau être en plein milieu de la nuit, la température n'avait pas baissé d'un pouce. Elle hésita à s'allonger sur le carrelage, puiser un peu de fraîcheur là où il en restait encore, avant de se raviser. La félicité serait éphémère. Aussi fugace que la caresse d'une brise matinale. La chaleur finirait par trouver la faille entre son dos moite et le sol et s'y engouffrerait sans vergogne. Le jeu n'en valait pas la chandelle. Simone colla son front contre le miroir au tain abîmé. Au milieu des taches noires, un regard ténébreux la défiait.

Ses yeux, son nez, sa bouche lui semblaient un rien trop grands pour son visage dont les rondeurs juvéniles commençaient à s'effacer. Une fossette dessinait un sourire discret sous sa lèvre inférieure. Son visage n'était pas bardé d'une délicate couche porcelaine - comme c'était le cas pour la plupart des moissonnés. Non, son grain de peau oscillait entre le jaune moutarde et l'olivâtre. Simone sourit. Elle était un peu dure avec elle-même. Elle songea aux séances d'entretien épidermique au planétarium. Ses camarades en ressortaient rouge vif, tandis que sa peau se couvrait d'un enviable hâle cuivré. Ces jours-là, c'est avec une pointe de vanité qu'elle redécouvrait sa différence cutanée. Malheureusement, cela ne durait jamais. Au bout d'une dizaine de jours, les effets du bombardement vitaminé finissaient par s'estomper et elle retrouvait son teint maladif ainsi que ses cernes profonds.

Elle souffla sur la mèche de cheveux qui lui tombait sur le visage. Le paquet humide se souleva avant de retomber lourdement sur son œil droit. Simone cessa de respirer. Elle décida de suivre son instinct, comme si la mémoire de son corps savait où chercher. Son index parcourut l'arc de son sourcil en suivant son implantation naturelle. Son doigt s'arrêta à mi-parcours et dévoila, à rebrousse-poil, la présence d'une cicatrice ancienne dont l'aspect trahissait le recours à des points de suture. Pourtant, Simone n'avait aucun souvenir de s'être blessée ni d'avoir été soignée.

CHAPITRE 21

Simone reprit conscience, comme chaque jour, à la même heure : cinq minutes avant que le clairon ne sonne. Signe que les codes à suivre s'imprimaient dans sa chair. Allongée sur le dos, les paupières alourdies par la nuit, elle attendait Goû qui, elle le savait, viendrait la saluer d'ici peu. La saluer, oui, mais pas avant de s'être attelé à la tâche minutieuse que requérait sa toilette. Monsieur était coquet et son rituel ne pouvait être reporté.

Le rongeur exhiba sa dentition dans un bâillement à n'en plus finir, s'étira de tout son long et, une fois les vertèbres remises en place, frotta son museau avec soin. Enfin prêt, le poil luisant, les moustaches lissées, il trottina vers Simone pour lui chatouiller délicatement les joues. Simone ne bougea pas. Elle voulait étirer au maximum les parois de cette bulle de tendresse - courte éclaircie dans la grisaille de son quotidien.

Outragé de voir ses avances ignorées, Goû lui mordilla l'oreille avant de se sauver par petits sauts. Sa réaction arracha un sourire à Simone, qui décida de le taquiner encore un peu. Elle l'observa à travers la fente de ses cils. Il patientait non loin d'elle, dressé sur ses pattes arrière, les oreilles tendues en humant l'air dans sa direction. Comme rien ne se passait, il revint à la charge, armé de toute sa détermination.

Simone ouvrit grand les yeux, un large sourire aux lèvres, pour surprendre l'animal en pleine course. Goû fit un bond en arrière, puis stimulé par le réveil de son humaine, se mit à faire des allers-retours en poussant des couinements impatients. L'heure était au jeu. Bien que l'y ayant poussé, Simone se hâta de le calmer en le prenant dans ses mains. Elle lui parla d'une voix apaisante jusqu'à ce qu'il cesse de s'agiter. Il pointa ses yeux remplis d'amour vers elle. Elle approcha le nez de son museau. Deux petits coups de langue pour elle. Un baiser pour lui.

Une alarme retentit dans tout le bâtiment. C'était le signal. Le rat fila le long du mur et disparut derrière les casiers. La chambrée montra les premiers signes d'agitation. Simone sauta du lit et se figea. Tout comme ses camarades. Regard fixe, pieds joints, mains sur les coutures. La pause était identique pour tous. Flora entama la charte, puis, une fois l'introduction passée, les filles l'accompagnèrent de leur voix encore rocailleuse.

La tradition accomplie, Simone salua d'un air morne ses colocataires avant de passer au choix de la tenue du jour - identique à celle de la veille et de l'avant-veille. Toujours les mêmes gestes, répétés du matin au soir. En silence. Toujours les mêmes visages familiers pour partager ses journées. Toujours les mêmes banalités échangées. La moisson 24-1 : un groupe d'amis proches qui se tenaient à distance. Cet excès de normalité allait finir par la rendre folle.

Les stages touchaient à leur fin. Un grand nombre de moissonnés avaient reçu leur affectation, telle 2414 qui avait fait ses débuts à l'infirmerie, ou encore Côme, ingénieur en herbe et vivant un rêve éveillé à la maintenance. Ne pas encore faire partie des heureux élus était une source d'angoisse pour les laissés-pour-compte. Garance, pour ne citer qu'elle, n'en dormait plus. Elle n'avait plus d'ongles à ronger et l'ulcère la guettait.

Restée sur le banc de touche, elle aussi, Simone aurait dû partager les inquiétudes de sa camarade, se sentir concernée par le sujet, mais ce n'était pas le cas. 2333 avait balancé une bombe avant de disparaître. Pfft. Évaporé. Invisible. Elle ne l'avait plus revu depuis cette fameuse journée d'immersion. Sa lettre avait généré en Simone un flux de questions impossible à tarir. Elle avait besoin de réponses que seul 2333 aurait été en mesure de lui apporter. Ce n'était pourtant pas faute de l'avoir cherché. Simone avait beau y consacrer toute son énergie, sa quête restait vaine.

Sitôt qu'elle entrait dans une pièce, son œil était irrémédiablement attiré par les silhouettes masculines aux cheveux châtains, par les tignasses épaisses, indisciplinées. Son cœur pulsait, son pouls cognait, l'espoir croissait avec, à chaque fois, la même déception. Le dos pivotait et le visage tant escompté s'effaçait au profit de traits inconnus. Combien de fois avait-elle abandonné sa moisson pour filer un profil trapu ? Et combien de fois sa chasse l'avait-elle conduite au même mirage ?

Simone perdit l'appétit. Dormant peu, ruminant sans cesse. Elle finit par se murer, plus que de raison, dans le silence. Que faire d'autre ? Elle ne pouvait se confier à personne. Désormais, Simone se méfiait de tout, et de tous. Son attitude commença à faire jaser. Et, bien que partager confidences et vague à l'âme ne leur soit pas coutumier, ses amis se mirent à l'assommer d'une bienveillance intrusive. « Tout va bien ? », « Es-tu souffrante ? », « Je peux t'accompagner à l'infirmerie, si tu le souhaites… », « As-tu besoin de quelque chose ? ». Chacun y allait de sa petite question. Simone eut beau nier, jongler avec les excuses, elle ne leurrait personne. Il lui fallait le reconnaître : ses camarades avaient raison. Elle était devenue l'ombre d'elle-même.

Petit à petit, une forme de léthargie s'était emparée d'elle. Tout semblait factice. Les relations - si tant est qu'on pouvait qualifier de relations les interactions au sein de la Colonie –, les discussions, la décoration : fausses, fausses, fausses! Son existence? Insipide. Alors, afin de rendre la monotonie de sa vie supportable et parvenir à traverser ses journées, tel un automate, Simone coupa tout simplement le fil de ses pensées. Pour cela, rien de plus simple, elle se mit à compter. Compter ses pas pour aller d'une pièce à l'autre, compter les individus croisés, compter les portes, les lignes, les coins. Elle comptait tout et tout le temps. Les chiffres devinrent ses alliés. Ils l'assommaient et c'était précisément ce qu'elle recherchait. Malheureusement, sa technique, efficace le jour, montrait ses limites une fois le *soleil* couché. Les questions jaillissaient alors de l'ombre pour récupérer le temps que Simone leur avait volé durant la journée.

Ainsi allait sa vie: amorphe le jour, insomniaque la nuit.

CHAPITRE 22

La jeune femme tiqua en apercevant Louis. Le docteur ne se déplaçait *jamais* à l'infirmerie. En effet, grâce à la coopération, l'efficacité et une redoutable communication de la part de ses équipes - en contact direct avec les malades –, sa présence en salle de consultation n'était plus requise. Les infirmeries tournaient à plein régime, tandis que le médecin pilotait les opérations du haut de ses quartiers - exception faite lorsqu'un acte nécessitait des compétences dont il était le seul dépositaire. Un nombre optimal de patients était ainsi brassé chaque jour. Gain de temps et d'énergie pour tous. Une organisation si bien ficelée que tout le monde en ressortait gagnant.

L'infirmière faisait le pied de grue devant son repaire. Iris releva le menton en les voyant approcher. Sourire pour le médecin, moue figée pour la patiente. Simone sentit le nœud se resserrer au creux de son estomac. Ne rien montrer. Ni son inimitié ni ses craintes. Rester stoïque. La présence de Louis n'avait sûrement aucun lien avec elle, tenta-t-elle de se rassurer. Ces derniers temps, la jeune femme avait tendance à voir le mal partout. Défaut qu'elle avait en horreur et refusait de voir devenir sien. Certes, s'interroger, gamberger, ne pas prendre de vérité pour acquise pouvait être une qualité ; sombrer dans la paranoïa était un cap qu'elle veillerait en revanche à ne jamais franchir.

— Des informations sont remontées jusqu'à nous. Certaines personnes s'inquiètent pour toi, lui annonça Iris tout de go.

Simone jura intérieurement, elle savait que cela allait finir par arriver. Ses camarades s'étaient montrés trop insistants. Qui s'était confié à Iris ? Côme, peut-être ? Sensible et perméable aux humeurs d'autrui, il supportait difficilement les peines de l'autre et était capable de remuer ciel et terre pour tenter de fixer les choses. L'infirmière s'écarta pour la laisser entrer tout en la passant sous l'expertise de son regard professionnel :

— Je ne vais pas tarder à partager leur avis : on dirait bien que tu as perdu du poids.

Simone haussa les épaules d'un air signant autant son ignorance à ce sujet que le peu de cas qu'elle en faisait, sachant que de toute façon, la balance - étape obligatoire lors de chaque passage ici - répondrait bientôt à sa place.

La porte de la salle de consultation franchie, elle tomba nez à nez avec 2414. Évidemment ! Où Iris se trouvait, 2414 se trouvait. « Intelligente, compétente, dévouée... », 2414 ne jurait plus que par son mentor. La liste des éloges était longue. Jamais loin, toujours prompte à rendre service. 2414 s'était approprié la gestuelle d'Iris, empruntant ses tics et manies, avait plagié sa coiffure ; il était rare désormais de la voir autrement qu'avec le célèbre chignon strict. Être le témoin impuissant de ces changements, voir une personnalité en carence de confiance s'effacer au profit d'une autre avait beaucoup chagriné Simone.

Pendant qu'Iris et Louis échangeaient à mi-voix autour du dossier de Simone, 2414 invita cette dernière à s'asseoir tout en s'arrangeant pour ne jamais croiser son regard. La jeune apprentie approcha le tensiomètre de la patiente, prépara les tubes pour la prise de sang, inspecta les piles du thermomètre, reposa l'appareil, revint sur ses pas, le saisit de nouveau. Ses gestes frénétiques, décousus, ses épaules légèrement courbées, ses sourires forcés trahissaient autant un souci de plaire que de bien faire ; une quête de reconnaissance.

— C'est ridicule, je vais bien !

— Pourtant la baisse de tes résultats me dit l'inverse, la contredit Iris en affichant soudain un air concerné et d'ajouter : tout comme le tensiomètre. 9/6 de tension… Tu te sens plus faible que d'habitude ?

Simone hésita avant de répondre. À quoi bon nier ? Les chiffres parlaient d'eux-mêmes. Et puis, aller pour une fois dans le sens de l'infirmière l'aiderait peut-être à précipiter la fin de l'examen :

— Faible non, mais j'ai une légère baisse de motivation… C'est de ma faute, j'ai accumulé pas mal de fatigue ces derniers jours. Je dors mal. Mais ça arrive à tout le monde, une petite baisse de régime de temps en temps, non ? Je vais me ressaisir. Une bonne nuit ou deux de sommeil m'aideront à retrouver la pêche ! Sérieusement, 2414, tu as ameuté tout le monde pour pas grand-chose.

Et voilà, elle n'avait pas réussi à s'en empêcher. Simone se mordit la lèvre. À sa décharge, le regard rempli de pitié dont la couvait la jeune fille commençait à lui taper sur les nerfs.

— L'info ne vient pas d'elle, intervint Iris. Quoi qu'il en soit, tu es là maintenant, autant en profiter et te laisser dorloter.

Simone tenta de se défiler, une fois de plus. Peine perdue. Tenir compte de l'avis d'autrui semblait incompatible avec le caractère de l'infirmière.

— Tss, tss, tss. Les petits maux n'existent pas.

Simone serra les dents et tenta de se calmer en déviant son attention sur 2414. Au fond, elle ne lui en voulait pas. Iris pouvait dire ce qui lui chantait, Simone savait que son amie était responsable de sa présence ici. Avec un tempérament soucieux tel que le sien, il était même étonnant que 2414 eût tenu aussi longtemps. Simone comprenait que cela soit parti d'un bon sentiment et n'aurait pas souhaité être dans ses souliers. Rester fidèle à sa conscience ou trahir la confiance d'une amie ? 2414 s'était retrouvée prise entre deux feux et avait sûrement tourné le problème dans tous les sens, sachant que, quel que soit son choix final, la culpabilité ferait partie de l'équation.

Qui plus est, la décision n'avait sans doute pas été de son seul ressort ; Simone soupçonnait l'infirmière de l'y avoir poussée à son insu. Cette dernière maniait l'art de la manipulation à la perfection. Obtenant ce qu'elle voulait par le biais de messages subliminaux. Le plus souvent : des accusations aigres enrobées de paroles sucrées ainsi que de la chaleur d'un sourire. Sa cible ressortait d'une conversation avec elle avec une piètre estime de soi, un sentiment d'avoir mal fait et une volonté pressante de la satisfaire. Le tout sans même avoir conscience que l'état de mal-être dont elle était victime avait été causé par l'infirmière. Naïveté et souplesse d'esprit étant ancrées dans les gènes de 2414, cela la prédisposait malheureusement à être une proie rêvée pour ce genre de personnalité narcissique.

Mais Louis, on ne pouvait pas le duper aussi facilement ! Le médecin finirait par se rendre compte qu'ils perdaient leur temps. Que rien ne justifiait une telle agitation autour d'elle ! L'homme balaya ses espoirs d'un sourire poli. En retrait jusqu'à présent, il fit un pas vers elle et enchaîna les questions auxquelles elle répondit d'un hochement de tête. Louis dut la voir loucher vers la sortie, car il ajouta d'une voix compatissante :

— C'est un peu long, mais je ne voudrais pas passer à côté de quelque chose. Courage, on arrive au bout. Quand as-tu commencé à perdre du poids ?

— À vrai dire, je n'avais pas réalisé que j'en avais perdu.

Ce n'était qu'un demi-mensonge. Certes, son appétit avait baissé. Avait-elle triché en volant des portions pour Goû ? Oui. Avait-elle laissé un peu de restes dans son assiette en essayant de les étaler afin que ce soit moins flagrant ? Oui. De là à en faire tout un plat ? Non ! Ses vêtements lui allaient toujours, ses joues s'étaient à peine creusées. Rien de dramatique à tout cela.

— Pourtant, c'est le cas. Tes rations ne sont pas consommées entièrement.

Le contrôle des plateaux n'était donc pas un mythe…

— Une raison à cette perte d'appétit ?

— Euh, non.

L'homme sourit :

— Je t'en prie, prends le temps de la réflexion.

— Non. Mais, euh, je ferai moins la fine bouche dorénavant et finirai mes assiettes, c'est promis.

Voilà qui devrait le satisfaire.

— Hmm, marmonna-t-il en guise d'acquiescement,

d'autres changements à nous signaler? Même ce qui te semble anodin peut se révéler significatif. As-tu des maux de tête, des vertiges, des bouffées de chaleur?

— Non, non. Rien de tout ça.

— Des sautes d'humeur?

Simone soupira et nia d'un signe de tête. Ses épaules cédèrent sous le poids de la lassitude. Contrairement à ce qu'il avait annoncé, Louis n'allait pas la lâcher de sitôt.

Les questions s'enchaînèrent. Personnelles, méthodiques, minutieuses. L'examen médical devint un entretien psychologique. L'entretien psychologique, un interrogatoire. Fréquentations, habitudes de vie, aspirations. Simone vit sa vie entière être étalée sous la loupe du médecin. Son existence était en permanence épiée. Son corps, investigué chaque lundi. Et voilà que, maintenant, on cherchait à disséquer son esprit.

Simone sentit venir la vague de chaleur. La sueur d'abord, perlant sur son front. Sa vue se troubla. Puis ce fut son souffle qui lui joua des tours. Saccadé et court. La crise de panique arrivait et les trois paires d'yeux braquées sur elle n'arrangeaient rien. Louis, sans doute conscient de la bataille qu'elle livrait en silence, cessa son interrogatoire pour se tourner vers Iris et 2414, qu'il congédia.

— Vous avez mérité votre pause déjeuner. Allez-y, je n'en ai plus pour longtemps, insista-t-il en les voyant hésiter.

Une fois qu'ils furent seuls, il la laissa reprendre des couleurs avant de tapoter le dossier du brancard, invitant Simone à s'y allonger. La jeune femme, qui pensait en avoir fini avec les examens médicaux, hésita malgré elle. Le sourire engageant du docteur finit par la convaincre. Louis se frotta les mains vigoureusement avant de soulever son haut et de palper son abdomen. Du coin de l'œil, il guetta une éventuelle réaction de sa part. Il plaça les embouts de son stéthoscope dans ses oreilles, l'incita à se redresser et laissa remonter sa main jusqu'à son torse. Simone toussota pendant l'opération. Lorsqu'il eut fini d'écouter, et contrairement à ce que Simone s'attendait, il ne retira pas sa main. D'un geste rapide, il la glissa sous son soutien-gorge qu'il rabattit sur son buste et se mit à palper son sein, avant de passer au suivant tout en poursuivant leur entretien, comme si de rien n'était. Mal à l'aise, Simone chercha un point au plafond sur lequel fixer son regard. Elle aurait préféré qu'il la prévienne avant de passer à l'acte. Elle compta les secondes, impatiente que l'examen s'achève. Quand il eut fini, elle bondit sur ses pieds, mais le médecin la retint par la manche.

— Tu es vraiment pressée d'en finir ! Un peu de patience, jeune fille. J'ai encore une échographie à faire. Allonge-toi.

Saisie par le ton directif, Simone obéit. Il lui demanda de retirer le bas et, malgré son incompréhension, elle obéit, tel un automate. Pourquoi un contrôle gynécologique ? Il n'était pas censé avoir lieu aujourd'hui. À moins qu'elle ne se soit trompée dans le compte des semaines ? Le médecin soupçonnait-il une pathologie grave ? Si quelque chose clochait chez elle, elle voulait le savoir. Pourquoi ne lui disait-il rien ? Attendait-il d'écarter tout problème avant de la rassurer ? Pourquoi ne procédait-il pas de la même façon qu'Iris ? Était-ce normal qu'il s'attarde autant ? Pourquoi était-elle incapable de desserrer les dents ?

Ses oreilles bourdonnaient. Elle avait la chair de poule. Simone n'aurait su dire si son souffle était rapide ou lent. Si elle avait chaud ou froid. Simone répondit aux questions sur son cycle d'une voix monocorde. Une voix qui lui semblait lointaine. Une voix qui n'était pas la sienne. Comme si elle ne jouait aucune part à la scène. Un rôle limité à celui de spectatrice. Le médecin fit une moue. Il avait l'air… déçu ? Déçu de ses réponses ou de ce qu'il avait vu sur l'écran ? Simone n'en sut jamais rien.

Quand tout fut fini, il lui tourna le dos et se remit à faire la conversation sur un ton léger, la laissant se rhabiller avec toute la dignité qu'il lui restait. Il la salua et Simone se retrouva seule dans le couloir.

CHAPITRE 23

Dix coups cinglants firent trembler les murs du bâtiment. Réactives, les salles se vidèrent en un instant de leurs occupants.

« Ne reste pas plantée là », pensa Simone sans esquisser le moindre geste, tandis que le couloir, un fleuve d'individus aux contours flous défilant à une vitesse vertigineuse, reprenait vie autour d'elle. Parmi eux, une silhouette familière remontait le flux de piétons. 2333.

Sa poitrine céda. L'air qui emplissait ses poumons lui sembla moins épais. L'avenir, plus léger. Du revers de la main, la jeune femme essuya les larmes salées qui lui brouillaient la vue. Son cœur s'emballa à mesure que la distance entre eux se réduisait. Doucement, Simone amorça un pas, puis deux, puis trois. D'abord rouillées, les foulées suivantes devinrent plus fluides, plus rapides. Progresser en suivant le courant n'était pas compliqué. En revanche, il lui faudrait traverser le couloir, couper en angle droit sa trajectoire, si elle espérait avoir une chance de le contacter. Elle tenta de se faufiler entre les passants, mais la foule compacte, les badauds qui, effrayés par un risque de contact, pilaient devant elle, sans plus savoir s'ils devaient basculer vers la gauche ou vers la droite pour l'éviter, la ralentissaient. À plusieurs reprises, elle dut se retenir de les saisir par les épaules pour les presser de libérer la voie. Elle se dressa sur la pointe des pieds, tendit le cou, tenta de se grandir le plus qu'elle le put. 2333 allait - forcément - lever les yeux vers elle, prendre conscience de sa présence... Mais l'homme, perdu dans ses propres tourments, passa son chemin en ne lui laissant que le filin de son odeur boisée auquel se raccrocher. Simone ferma les yeux.

Non ! Il était hors de question de laisser filer cette occasion de lui parler. Plus tard serait déjà trop tard. Simone le sentait au fond de ses tripes : la dépression couvait, collante, prête à laisser éclater son nuage noir sur elle. Les jours vécus sans but étaient révolus. Simone fit demi-tour, déviant du cours de sa journée programmée à la minute près, sans songer à la façon dont elle aborderait 2333, ni aux conséquences que cela pourrait impliquer pour elle ou pour lui. Peu lui importaient les dangers encourus. Parfois, il suffisait d'un seul acte pour impulser le tracé d'une existence plate. Son quotidien devait changer - il en allait de son bien-être - et cette responsabilité n'incombait qu'à elle seule.

2333 s'arrêta devant une porte qui détecta son matricule avant de coulisser pour le laisser entrer. Simone pressa le pas, tendit le buste, le bras, la main, le plus loin qu'elle put... et manqua d'y perdre les doigts. Quarante millimètres de métal blindé venaient de se refermer sur 2333.

— Merde ! jura-t-elle entre ses dents en se gardant de tambouriner sur la porte.

Sans trop y croire, la jeune femme passa l'arête du pouce devant le détecteur en priant pour que cela fonctionne, mais la lumière rouge, accompagnée d'une sonnerie stridente, lui refusa l'accès dans la seconde.

Simone hésita, regarda autour d'elle. Flora n'allait pas tarder à la remettre sur le droit chemin. Elle avait déjà trop tiré sur la corde. Pourtant, elle décida de rester encore un peu. Juste une petite minute pour nouer ses lacets qu'elle savait déjà liés. Procédant par gestes lents et appliqués, elle manipula les cordons tout en gardant un œil sur la porte. Elle jouait avec le feu. Son attitude allait finir par attirer l'attention - si ce n'était pas déjà fait. Elle passa à l'autre pied, revint sur le premier. Elle ne pouvait plus rester. Contrariée, elle se résolut à battre en retraite. Au bout d'une quinzaine de mètres, ce fut plus fort qu'elle, Simone jeta un dernier regard en arrière.

2333 était de nouveau là, se dirigeant d'un pas hâtif vers l'ascenseur. *Leur* ascenseur ! Ni une ni deux, elle fit demi-tour.

— Qu'est-ce que tu fais là ? Tu ne devrais pas être en…

— Il faut m'en dire plus.

— Tu as lu la lettre ! s'exclama-t-il en s'éclairant d'un sourire.

— Évidemment, que vouliez-vous que je fasse d'autre ?

— Est-ce que ça t'a aidée ?

— M'aider ?! Vous voulez rire ! À part m'embrouiller la tête et me torturer l'esprit, non, on ne peut pas dire que ça m'ait aidée. Vous êtes-vous seulement demandé si j'avais envie de savoir tout ça ? De l'impact que ça aurait sur moi ? Vous vouliez que j'en fasse quoi, moi, de votre *confession* ?

Simone était consciente de l'image de harpie qu'elle devait renvoyer : les poings serrés sur les hanches, les joues en feu, un regard féroce, prête à attaquer… Cela lui était égal. La tension accumulée avait besoin d'être évacuée et 2333 était tout désigné pour en être le réceptacle. Ce dernier l'observa du coin de l'œil. Simone n'apprécia pas ce qu'elle lut sur ses traits. Un mélange de peine et de culpabilité. Avait-elle l'air aussi misérable que cela ? Qu'il réserve sa compassion à quelqu'un d'autre, elle voulait juste rassembler les pièces de son passé pour se reconstruire un semblant d'avenir.

— Tu as raison : c'était important pour *moi* que tu saches la vérité. Je n'ai pas réfléchi à la suite… J'ai eu la naïveté de croire que ça allait te faire un déclic. Éveiller quelque chose… Un premier souvenir, peut-être, qui en enclencherait d'autres.

Simone secoua farouchement la tête avant de pointer le menton dans sa direction.

— Bon… Maintenant que je suis là, je vous écoute !

Un éclat rieur illumina le regard de 2333.

— Qu'est-ce qu'il y a de drôle ? demanda-t-elle avec humeur.

— C'est juste que ton tempérament *légèrement* sanguin me rappelle quelqu'un…

Simone ne releva pas l'allusion enrobée de nostalgie.

— Alors ? Vous pouvez m'en dire plus ? Pourquoi n'ai-je plus de souvenirs, pour commencer ?

— Je ne peux pas. Pas ici. Pas maintenant.

Simone le menaça de son index :

— Je vous préviens, je ne vais pas vous lâcher ! Je peux être très…

— Tu auras bientôt tes réponses : fais-moi confiance.

Il se tourna pour commander l'ouverture des portes, mais Simone l'en empêcha en lui attrapant le poignet. Bien que surpris par l'élan de la jeune femme, 2333 ne chercha pas à s'y soustraire, comme s'il craignait qu'un mouvement de sa part ne l'effraye. Un étrange hululement, fruit du passage d'un courant d'air entre la gaine et la cabine, perça le silence. Quelque part au-dessus d'eux, la suspente émit un craquement peu rassurant. 2333 ne la lâchait pas du regard. Simone rougit violemment et retira sa main.

— J'ai déjà assez attendu, avança-t-elle d'une voix qui se voulait le plus neutre possible, avec ou sans vous, je découvrirai ce qu'il se passe ici.

— Je suis déjà en retard…

Le corps de 2333 oscillait entre la sortie et Simone, tiraillé entre son devoir et la tentation de rester auprès de cette dernière.

— Vous ne comprenez pas… Je ne dors plus. Je me méfie de tout le monde. Qu'est-ce qui est vrai ? Je ne sais plus quoi croire. Tout me semble… vide de sens ! insista-t-elle, des trémolos dans la voix.

Simone baissa les yeux, pour ravaler ses larmes. Des larmes de confusion, de frustration, mais aussi de colère envers elle-même. Elle détestait se laisser aller devant témoin, ne pas maîtriser ses émotions. 2333 tendit une main vers sa joue, mais la jeune femme recula.

— Je te promets de tout t'expliquer… bientôt !

Elle soutint son regard et décida de le croire. Il avait une façon unique de la regarder. Mélange de bienveillance, d'empathie… D'autre chose aussi. Simone hésita avant d'ajouter :

— J'aimerais qu'on puisse se voir plus souvent.

— Ne t'inquiète pas pour ça.

— Comment ?

— Flora doit annoncer les affectations en fin de semaine. Tu as validé tes tests et es acceptée à la garde coloniale. Tu commences lundi… dans mon service, précisa-t-il avant d'ajouter d'un clin d'œil : ne me remercie pas !

Simone resta sans voix. Un poids énorme venait de s'envoler de ses épaules. Non seulement elle avait l'affectation ciblée, mais, chose inespérée, elle allait le voir tous les jours. Fini les heures passées à se torturer l'esprit. En l'ayant à portée de main, de nouvelles voies s'ouvraient à elle. Cette fois, elle le laissa appuyer sur le bouton.

— Oh, un dernier truc : arrête de vouvoyer tout le monde ! On croirait entendre Flora.

CHAPITRE 24

Les entraînements de 2333 étaient redoutables, commençant aux aurores et terminant souvent très tard. Pompes, grimper de corde, sauvetage d'un mannequin immergé à deux mètres de profondeur, gestes de premiers secours, techniques de combat… Ils devaient être parés à toute éventualité. Rigoureux, têtu, ambitieux, 2333 exigeait de ses élèves la rigueur que lui-même mettait à la tâche. Si un exercice n'était pas acquis, ils recommençaient. Une erreur, ils recommençaient. S'ils n'étaient pas contents, ils recommençaient. « Arrêtez de vous plaindre ! Quand on a assez de force pour râler, c'est qu'il en reste aussi pour les muscles. Allez, on reprend ! Et avec le sourire, s'il vous plaît ! », s'amusait-il à leur répondre en poursuivant lui-même l'effort avec une facilité provocante.

Ce soir-là, Simone quitta la garde d'un pas lourd, lent, engoncé dans le silence de la Colonie endormie. Seule son ombre mouvante animait l'opacité des couloirs désertés. Seule, Simone ne l'était pas tout à fait. Elle était attendue.

Fidèle à son poste, le visage éclairé par la lumière d'une veilleuse, Sylvestre guettait son retour. Impossible de passer devant la vitre de sa loge sans être apostrophé. Comme chaque soir, il patienterait jusqu'à ce que le dernier de ses locataires soit rentré au bercail avant d'aller lui-même se coucher. L'homme, pourtant au fait des contraintes horaires de la garde, exigeait une justification *dans les règles* pour tout retour tardif. Simone le soupçonnait en réalité de combler sa solitude ainsi. Alors, l'apprentie garde veillait chaque fois à agrémenter leurs échanges d'un salut poli ou de la chaleur d'un simple sourire.

Simone trouva l'appartement endormi. Elle quitta ses souliers d'un coup de talon avant de se laisser tomber dans le canapé. Assise en tailleur, elle massa la plante de ses pieds, qui l'avaient tant fait souffrir tout au long de la journée, renversa la tête en arrière et laissa échapper un soupir d'aise. Ses muscles tendus se décontractèrent peu à peu. Le rythme de sa respiration ralentit pendant qu'elle savourait l'instant suspendu, seule, au milieu des bruits de la nuit.

Elle rouvrit les yeux en sursaut.

Regard hagard, palpitations, nausées, perte de repères. Simone abhorrait l'état vertigineux provoqué par ce genre de réveil impromptu. Sensation d'être prise en faute, sans savoir pourquoi. Crainte d'un danger imminent, pourtant inexistant. Elle décolla son dos du fauteuil et patienta encore un peu, les yeux fermés, pour que le salon cesse de tournoyer autour d'elle. Son cœur ralentit. Son esprit aussi. Le calme était revenu. Elle s'étira. Ce n'était pas la première fois qu'elle manquait de passer la nuit dans le salon. Et ce ne serait sans doute pas la dernière. Simone jeta un regard envieux en direction de la pièce du fond. Sa chambre cherchait à l'envoûter par les chants ronronnants de ses occupantes endormies. Elle bâilla. Son lit avait beau l'appeler, il devrait attendre. Elle avait encore à faire. Simone se fit violence, frotta ses paupières brûlantes, s'étira et quitta une bonne fois pour toutes les bras cajoleurs du fauteuil pour aller se brancher sur le réseau où elle passerait une partie de la nuit.

C'est dans le mutisme et la solitude qu'elle ingurgita des noms, des dates, des évènements et des personnages marquants de l'Histoire pendant l'heure qui suivit. Elle avait des lacunes à combler dans cette matière. Matière ô combien importante de par son coefficient le plus élevé ! Aurore mettait un point d'honneur à ce que le passé ne soit pas oublié. Elle tenait à ce que ses élèves le remuent, s'y plongent, s'en gavent jusqu'à plus soif. Elle voulait *qu'ils sachent ce qui n'était plus pour apprécier le bonheur du présent*.

Les leçons, très sombres, mettaient Simone mal à l'aise et elle avait un mal fou à en retenir les grandes lignes. Guerres, épidémies, catastrophes climatiques... Simone était bombardée par la mort. Elle frisait l'overdose, priant pour qu'on la soulage dans son apprentissage par une courte éclaircie. Il devait bien y avoir eu des périodes fastes entre deux tempêtes, un peu de joie distillée au milieu de tous ces malheurs ? Mais non, les actes de barbarie s'enchaînaient et les charniers étaient dépeints à l'excès. Elle découvrait, effarée, leur passé peu glorieux et morbide, où vivre consistait à survivre à des conflits stériles, inutiles et pourtant immuables. Un passé où les erreurs commises, jugées puis condamnées, étaient malgré tout réitérées par la génération suivante. Le simple fait d'imaginer vivre durant ces périodes létales réveillait en elle des angoisses ancestrales. Humanité en perdition. Comment l'Homme avait-il pu survivre ? Simone commençait à comprendre Aurore et l'accent qu'elle mettait sur l'Histoire. Ne pas apprécier ce que la Colonie avait à leur offrir serait indécent une fois tout ce savoir acquis.

Simone se frotta les yeux. Se concentrer devenait difficile. Avant de se décider à attaquer, ou non, le dernier chapitre, elle interrogea l'insomniaque Flora pour avoir une estimation du temps d'étude restant. Une demi-heure. L'annonce lui décrocha la mâchoire. Une demi-heure de persévérance, d'attention, de mémorisation avant un repos plus que mérité.

2414 s'inquiétait souvent de son état de fatigue et Simone s'empressait de la rassurer en minimisant boiteries, cernes ou autres nouveautés qu'elle ramenait du camp de base. Elle refusait d'admettre le moindre signe de faiblesse, craignant que cela ne lui coûte sa place, d'être réorientée dans un autre service. Mais ce qu'elle redoutait par-dessus tout était d'être éloignée de 2333, dont elle appréciait de plus en plus la compagnie.

Compagnie n'était pas le terme approprié. Ils dialoguaient peu, uniquement pour la forme. Économes en mots, ton neutre. Des échanges basiques, comme l'exigeait toute relation au sein de ces murs. Ils faisaient bonne figure pour les caméras et autres témoins oculaires. Bien que frustrée d'être ainsi bridée, Simone savait tenir sa place, en silence, au milieu de la masse. Une élève rangée parmi les autres. Mais puisque le bavardage était mal vu, rien ne lui interdisait d'utiliser sa vue.

Ce qui dénotait le plus chez 2333 était la richesse de ses émotions, qu'il semblait incapable de masquer. Le visage de l'homme était un livre ouvert pour qui prenait la peine de s'y intéresser. Sa mâchoire, lorsqu'elle se crispait, trahissait ses variations d'humeur. Son regard rieur et ses sourires retenus témoignaient d'un précieux sens de l'humour. Déceler des indices d'humanité, trop souvent absents des visages de marbre cultivés par les autres résidents, réchauffait le cœur de Simone qui se sentait moins à part, et de ce fait, moins seule.

Elle avait encore laissé dévier le cours de ses pensées. Simone soupira et se résigna : elle ne mémoriserait plus rien ce soir. Il était inutile de s'acharner en gaspillant plus d'heures de sommeil. Il était temps de battre en retraite. La jeune femme bâilla à n'en plus finir, reposa l'arceau dans la niche murale et se dirigea vers la chambre des filles.

Simone se hissa sur la couchette, au ralenti. Ses jambes pesaient une tonne. Une fois en haut, elle s'effondra immédiatement. Sa joue épousa le quadrillage du sommier sans que cela l'incommode. Le confort était le dernier de ses soucis, elle voulait juste dormir. Sa main partit à la recherche du plaid qu'elle tira en grimaçant par-dessus ses épaules endolories.

Goû sortit de sa cachette et la rejoignit en quelques bonds. Il se mit à lui lécher frénétiquement la main, réclamant, à coups de langue, les miettes de son dîner. La jeune fille souleva une paupière. Songer à aller récupérer le repas de l'animal l'épuisa. Elle n'avait plus la force de bouger et referma les yeux malgré les protestations de son ami. Le rat pouvait se débrouiller tout seul. En fouinant un peu, le rongeur finirait par trouver le trésor. Il avait des ressources - aussi bien intellectuelles que graisseuses. Un sourire se dessina sur le visage à moitié assoupi de Simone. Un adorable bourrelet avait élu domicile à la base de la queue de l'animal. Un petit coussin potelé que Simone s'amusait à grattouiller, pour le plus grand plaisir du rat. Tout bien considéré, une diète lui serait bénéfique. Une diète, ou remplacer sa maîtresse durant l'une de ses interminables journées. Perte pondérale pour lui, repos assuré pour elle, songea-t-elle avant de sombrer.

De la roche grise. De la roche grise. Et encore de la roche grise. Au plafond, face à elle, autour d'elle. Simone recula jusqu'à buter contre les barreaux de sa cellule. Ses orteils gelés plongèrent dans une flaque d'eau terreuse. La pièce insalubre de neuf mètres carrés serait-elle sa dernière demeure ? Elle cria pour de l'aide, injuria ses geôliers invisibles, frappa contre les parois de sa prison, finit par supplier pour qu'on lui rende sa liberté… Tout cela, en vain. Elle était l'unique locataire de cet étrange couloir. Les autres cellules obscures, vides, lui renvoyaient l'image froide de sa solitude. Sa seule source de lumière était l'ampoule qui se balançait, au bout de son fil dénudé au- dessus de l'écriteau « sortie », clignotant par spasmes comme pour l'avertir qu'elle aussi pouvait la lâcher à tout moment. Un courant d'air la fit frissonner. L'humidité lui transperçait les os. Simone se frictionna les bras. Sur le sol, trois plateaux-repas intacts. Elle remarqua les traînées de miettes qui s'en éloignaient. Indices d'une compagnie autre que la sienne pour peupler ces quatre murs. Un bruit métallique la fit sursauter. Simone reconnut le bruit familier de la lourde porte que l'on poussait. Elle saisit les barreaux de ses deux mains et y appuya son front, espérant entrevoir les traits de son visiteur.

Simone se réveilla en sursaut, le corps en sueur. Le cauchemar, désormais récurrent, perturbait la plupart de ses nuits. Le décor, l'histoire, le dénouement étaient toujours les mêmes. Jamais un élément supplémentaire pour enrichir le scénario de ses nuits. La jeune femme se massa les tempes. Ses journées étaient suffisamment pénibles comme cela, et voilà que désormais son subconscient lui-même se mettait à titiller son esprit pourtant déjà bien occupé. Y avait-il une quelconque interprétation à tirer de ces images répétitives afin que cela cesse enfin ? Pourquoi maintenant ? En y réfléchissant bien, cela avait commencé avec les lettres de 2333.

La lettre ! Comment avait-elle pu être aussi étourdie ? Elle chercha autour d'elle, soudain complètement éveillée. Son cœur cognait dans sa poitrine tandis qu'elle se repassait chaque étape de sa soirée en mémoire. Il lui était difficile de se souvenir de tout avec certitude, tant ses gestes pouvaient être machinaux. L'avait-elle dans sa main en allant se coucher ? L'avait-elle seulement sortie de sa poche ? Elle pria pour ne pas l'avoir fait tomber dans l'appartement, pire, dans le couloir... La panique commença à tisser sa toile autour d'elle. Une arborescence de scénarios, plus sombres les uns que les autres, émergea dans son esprit. Que se passerait-il si leurs échanges clandestins étaient découverts ? Tombées entre de mauvaises mains, quelles conséquences auraient les informations que 2333 lui avait livrées ? Et lui ? Que risquait-il ? Simone songea avec honte qu'elle ne s'était jamais posé la question. Elle avait dévoré les informations qu'il lui apportait, en réclamant toujours plus, sans jamais réfléchir aux risques que lui-même prenait.

Simone déglutit. Trouver un écrit serait curieux dans un univers où l'écriture n'existait pas... Un éclair de lucidité la frappa. Sans écriture, pas de lecture ! Personne ne pourrait remonter jusqu'à 2333. La jeune femme se rallongea dans un soupir. Elle parvint à rester immobile cinq secondes, en tout et pour tout, cinq petites secondes avant que ses jambes prises d'impatiences ne s'agitent de nouveau. Le coup de départ avait été donné. Elle passa le reste de son temps à se tourner, et se retourner encore, incapable de se rendormir.

Simone expira bruyamment. Il lui serait impossible de fermer l'œil. Elle n'avait pas d'autre choix que de retrouver cette fichue lettre ! Elle inspecta de nouveau son sommier, avec le même résultat décevant. Il n'y avait rien ici. Peut-être dans sa veste ? Simone bascula en dehors de sa couchette, mais un grognement l'interrompit en pleine descente. Elle se rattrapa in extremis au cadran du lit, n'osa plus respirer, ni bouger ne serait-ce qu'un orteil, avant de se rendre compte que Garance était assise au milieu de son lit, les yeux grands ouverts. Simone ouvrit la bouche, prête à s'excuser de l'avoir réveillée, elle prétendrait avoir une envie pressante... Cependant, elle se ravisa au dernier instant. Un voile invisible drapait le regard de Garance. Simone, perchée en équilibre précaire sur l'échelle, se mordit la joue. Elle ne tiendrait pas longtemps dans cette position instable. Finalement, sa camarade se laissa retomber sur le dos. Quelques secondes passèrent. Garance remua, gesticula, gigota avant de replonger enfin dans un sommeil profond. Simone en profita pour tendre la main, les doigts en extension pour atteindre sa veste. Elle y perdit quelques gouttes de sueur, mais atteignit son objectif. Le reste de sa quête fut rapide. La lettre était bien là, dans la poche de son blouson, où elle était censée se trouver depuis le départ, tenant compagnie au bout de biscotte que Goû se ferait, quelques instants plus tard, un plaisir de lui chiper des mains.

Le carré de tissu rejoignit sa place auprès des autres, juste à côté du petit tas de brins de lavande collectés par Goû et dans lequel il aimait régulièrement venir se nicher. Avant de refermer la grille, Simone posa sa main sur la pile de lettres. Sentir leur présence sous ses doigts la rassurait. Goû, les lettres, 2333 étaient ce qu'elle avait de plus cher. Les seuls aspects de sa vie à avoir un sens.

CHAPITRE 25

Lettre une

Flora. Tout a commencé par elle. L'initiative de lancer une analyse de terrain « au-delà des frontières » est venue d'Aurore, mais c'est bien l'IA qui a scellé ton destin en détectant une activité inhabituelle à l'extérieur. Les images infrarouges ont appuyé ses dires et sa réponse n'a pas tardé : « Confirmation d'une présence humaine à la surface. L'individu de sexe féminin semble isolé. La femelle progresse dans son environnement sans aucune protection. »

Les yeux de la Colonie étaient braqués sur toi, il n'y avait plus qu'à venir te cueillir.

Lettre deux

J'ai été mandaté par Aurore pour venir te chercher. Les seules autres personnes à connaître ton passé sont Louis, Iris, et Pierre, bien sûr. À défaut de pouvoir m'accompagner, il a guidé mes pas à chaque instant lors de ma sortie. Enrobé de ma combinaison de protection, j'ai été le premier depuis les années Cormatin, à m'aventurer hors du nid. Colon moderne de ma propre planète.

Trois jours. C'est le temps qu'il m'a fallu pour te trou-

ver. Tu étais mal en point : affaiblie et dénutrie. Apeurée aussi. Passé la surprise de voir un être humain, autre que toi à l'extérieur, ta seconde réaction a été la fuite. Mais tu n'étais pas en état d'aller bien loin. Je t'ai suivie à distance, sans chercher à me cacher ni à t'attraper. Peut-être en as-tu été rassurée ou encore n'avais-tu plus la force de courir ? Toujours est-il que tu m'as laissé venir à toi. Je t'ai proposé de me suivre, tu ne m'as opposé aucune résistance. Pauvre pion d'un jeu dont tu ignorais les règles, ton sort était joué d'avance... Durant le trajet, pas une fois tu n'as desserré les dents ; pourtant, il était indéniable que tu comprenais ma langue. Une fois que j'étais rentré, ma mission était finie. Pierre a pris le relais auprès de toi.

Lettre trois

Je veux que tu saches que j'ai beaucoup de respect pour Pierre. Sa mission est de servir la garde, de protéger les hommes. Il ne vit que pour cela. Que tu respires, que tu sois en bonne santé... Ton existence, tout simplement, « mon petit miracle » comme il te nomme, est à ses yeux un espoir majeur pour le futur de notre espèce.

Que les choses aient mal tourné, que tu aies fini privée de souvenirs et qu'il ne s'y soit pas opposé - pire, qu'il y ait même contribué ! - s'explique par sa foi en Aurore. Jamais il ne mettra en cause l'autorité, tant il est persuadé du bien-fondé de ses valeurs : la paix et la sécurité avant tout ! Un engouement dont j'ai moi-même été victime avant de te connaître... Pierre a adhéré à la version officielle : tu étais devenue incontrôlable. Une menace pour la sécurité de tous. Il fallait te formater. Mieux : Aurore t'offrait un avenir parmi nous en te faisant don d'une vie normale !

PS : Est-ce que cela t'aide ? Des souvenirs te reviennent-ils ?

Lettre quatre

Je comprends ta frustration de recevoir les informations au compte-gouttes, mais trouver un support pour écrire n'est pas évident. Je fais au mieux, avec ce que j'ai sous la main ! Puisque nous sommes au temps des reproches, on en parle, de tes réponses ? Je ne serais pas contre un peu de lecture, moi non plus !

En arrivant, tu étais sévèrement déshydratée et n'avais pas dû avaler de réel repas depuis plusieurs jours. Iris m'a dit que tu présentais des plaies éparses sur tout le corps, signes d'une longue errance à la surface.

L'équipe médicale t'a reçue à bras ouverts. Oui, même Iris ! Rien dans leur attitude n'aurait pu t'inciter à la méfiance. Pour leur âme de scientifiques, tu étais le Saint Graal. Ils ont pris soin de toi. Mise en confiance, tu t'es volontiers pliée à leurs demandes et à leurs tests.

Lettre cinq

Après avoir enchaîné les examens médicaux sans jamais quitter l'univers du laboratoire ni côtoyer de personnes autres que le médecin ou l'infirmière, tu as pris conscience du piège qui se refermait sur toi. Tu t'es mise à argumenter avant chaque nouvel examen, à mettre en doute la véracité de leurs propos. Tu as commencé à te braquer, chaque jour un peu plus.

Et puis, un jour, Iris est apparue avec un œil tuméfié. Sa version : tu te serais jetée sur elle, sans prévenir. Cet incident, cumulé à d'autres agressions supposées, t'a conduite en cellule d'isolement. C'est à ce moment qu'on a de nouveau fait appel à mes services.

Lettre six

Je m'étais préparé à affronter une hystérique : je ne pouvais pas être plus éloigné de la réalité ! Une seconde t'a suffi pour réduire mes préjugés à néant. En te voyant face à moi, calme, posée, une lueur cependant redoutable dans le regard - mélange de pugnacité, d'intelligence et de fierté, de curiosité aussi –, il m'a été impossible de me détourner. J'ai tout de suite été subjugué par ton charisme. Les nuances auburn de ta crinière foncée, ta peau caramel, tes yeux noirs qui me fixaient… je pense que c'est à cet instant que je suis tombé amoureux.

Je t'ai sentie en phase d'observation, d'analyse, me donnant parfois l'impression d'avoir troqué ta place contre la mienne. De sujet, tu es devenue expérimentatrice. Il m'a fallu plusieurs jours avant d'entendre le son de ta voix. Cette petite victoire m'a permis de rassurer l'équipe. Tu refusais toujours de passer leurs tests, mais tu t'étais assagie.

PS : Ton regard se serait-il adouci ? Ne me réponds pas, j'ai décidé de le croire.

Lettre sept

Les premiers retours labo se sont révélés normaux. Rien qui puisse expliquer ta capacité à survivre dehors. Tu semblais de la même trempe que nous et, pourtant, l'atmosphère toxique t'avait épargnée. Pourquoi ? Comment ? Cela rendait folle Iris. D'autant que tu n'as jamais rien voulu lâcher. Que ce soit sur ton lieu de vie, tes habitudes alimentaires… Venais-tu d'un groupe ? Où, quand, comment aurais-tu appris à parler, sinon ? Motus et bouche cousue. Ayant épuisé toutes ses ressources et sa patience avec toi, Louis a pensé qu'un nouveau visage aiderait peut-être, te mettrait en confiance.

Gagner ta confiance. J'ai honte de le dire, mais j'ai agi

exactement comme demandé. Les premiers jours du moins. Rapportant au détail près tout ce qui avait été dit ou fait lors de nos échanges. Je suis sincèrement désolé, Simone. Je ne vaux pas mieux que les autres…

Te connaître a ébranlé mes certitudes. Tu m'as bousculé avec tes questions, intrigué par tes réactions. Tu ne prenais rien pour argent comptant. Chaque réponse générait une nouvelle interrogation. Tu étais insatiable. Tu as été effarée de découvrir notre mode de vie. Travailler, suer, manger. Dormir. Travailler, suer, manger. Dormir. Échanges sociaux minimaux. Activité cérébrale minimale. « Quelle place pour la culture, l'inattendu, la nouveauté, l'amour ? », m'as-tu demandé. Tu nous as comparés à des robots. Des machines menant une vie sans intérêt autre que le rôle qui leur était imputé à l'amorçage. Grâce à toi, j'ai eu une prise de conscience. La Colonie tenait grâce à la collectivité, mais pouvait-on réellement parler de collectivité lorsqu'elle consistait en un regroupement d'individus isolés les uns des autres ? Sans échanges, pas de turbulences. Pas de heurts entre deux tempéraments opposés. Un seul courant de pensée semblait autorisé, la positivité. La confrontation de points de vue avait été abolie. La paix régnait. Sur les visages, pas de colère. Mais pas de joie. Pas de rage dans les cœurs, pas d'amour dans les regards. Aucun élan passionnel pour remuer les âmes.

Tu m'as montré que si on la bousculait, la vie pouvait être bien plus riche que je ne l'aurais jamais imaginé. Apprendre à comprendre l'autre. N'y a-t-il rien de plus essentiel ? J'ose croire que tout n'est pas perdu pour l'ensemble des moissonnés.

Lettre huit

Gagner ton amitié n'a pas été une mince affaire. Tu m'en as fait baver. Mais, petit à petit, nous nous sommes apprivoisés. C'était moi qui parlais au départ. Beaucoup. Ce qui n'était pas au goût d'Aurore. Elle est devenue nerveuse, impatiente.

Un jour, une évidence m'a sauté aux yeux. Tu détestais les caméras. Tu les évitais comme la peste, cherchant à t'y soustraire sans arrêt. Cela m'a beaucoup surpris. N'importe qui ici te dirait que c'est le moyen le plus efficace pour assurer la sécurité des citoyens. À chaque problème décelé, une résolution rapide et adéquate apportée. Quoi qu'il en soit, j'y ai vu une opportunité de gagner des points auprès de toi. J'ai donc suggéré la coupure des caméras. Tu étais enfermée, il ne pouvait pas t'arriver grand-chose. Aurore a accepté.

C'est ainsi que tu as commencé à t'ouvrir, un peu, lâchant par-ci par-là des données sur la faune, la beauté de la flore, les odeurs, la douceur d'une pluie d'été... Je n'ai jamais su, en revanche, si tu avais de la famille, une tribu... C'est un point que tu n'as jamais voulu franchir.

Plusieurs semaines sont passées. Des semaines de pur bonheur durant lesquelles tu m'as parlé des pépiements d'oiseaux, du bruissement des feuilles, de l'odeur de la rosée. Une nature, riche et luxuriante, dont les miens et moi-même étions privés, mais dont je rêvais chaque nuit. Une nature dont nous te privions, toi, la seule humaine en mesure d'en profiter !

Tu m'as appris à lire et à écrire. À chaque visite, tu m'attendais, un nouveau récit à la main. Tu retranscrivais les contes de ton enfance. Sous ta plume, j'ai découvert la curiosité, la joie, mais aussi la colère, l'injustice.

Tu m'as donné le plus beau cadeau qu'il m'ait été permis de recevoir, ton amour.

Lettre neuf

Le temps a pris une nouvelle saveur. Précieuses minutes que celles d'une idylle naissante ! On savait que ces instants ne dureraient pas. La réalité allait nous rattraper, mais on ne voulait pas y penser. Dehors se trouvait ma mort, ici-bas ton trépas. Les effets du confinement se voyaient déjà dans ton regard, qui se ternissait à petit feu. On voulait être ensemble, sans savoir comment.

Et puis, un jour, tu n'étais plus là. Aurore m'a dit qu'il n'était ni humain ni décent de t'enfermer plus longtemps, que ta vie t'avait été rendue. L'annonce m'a fait l'effet d'une douche froide. Je ne sais pas comment j'ai fait pour ne pas m'effondrer devant elle. J'étais sidéré. Je ne me rappelle pas avoir regagné mon étage, ni de quoi que ce soit d'autre de ce jour-là. Excepté ma peine, ce coup de poignard dans mon cœur. On venait de m'amputer d'une partie de moi-même.

Au bout d'un moment, j'ai compris que mon chagrin était égoïste. Tu avais retrouvé ta liberté, je ne pouvais espérer mieux pour toi. Il me fallait continuer à aller de l'avant. J'allais terminer ce que tu avais commencé : raviver, à mon tour, la flamme des esprits assoupis.

Mais quelques jours après, tu es née, 2411. Une moissonnée parmi les autres…

La Colonie t'a volé ta vie, t'a enfermée tel un vulgaire rat de laboratoire. Ils t'ont observée, manipulée, analysée… ont extrait de ton être les secrets de ton existence. Et une fois qu'ils en avaient fini avec toi, dans leur grâce, ils t'ont offert le même destin que celui de notre jeunesse. Une jeunesse à qui l'on vole espoirs, souvenirs, devenir… Ils ont fait de toi, de moi, de nous tous, une pierre parmi tant d'autres. Une pierre pour bâtir leur société factice. Édifice dont la solidité repose sur les fondations d'une vie de travail sans attentes ni questions. Une vie sans heurts ni passion.

Le cœur de Simone accélérait chaque fois qu'elle pensait au contenu de la dernière lettre. Les mots de 2333 ne la laissaient pas indifférente. Sa façon de la regarder non plus. Les sentiments de la jeune femme étaient confus. Tout cela était nouveau pour elle. Il eût été hypocrite de nier le lien qui la reliait au garde. Un lien impossible à tisser avec quiconque vivant sous le cône. 2333 était le seul en qui elle pouvait avoir confiance, en cela, elle était désormais certaine.

Au fur et à mesure qu'elle s'était nourrie des informations transmises par 2333, il lui avait semblé que sa capacité de raisonnement avait grossi, mûri et, évidemment, elle en voulait toujours plus ! Le brouillard ouateux dont on l'avait voilée se dissipait, tandis que son regard acéré s'affûtait. Certes, elle avait toujours eu l'intuition que cette harmonie molletonnée n'était qu'illusion, une réalité édulcorée dont elle avait été gavée, mais elle était loin d'imaginer les vérités sous-jacentes qui lui étaient soigneusement cachées. L'autocratie dissimulée derrière le bienveillant « Nous sommes un », son esprit critique anesthésié par des agendas planifiés à la minute près, par une culture de l'ignorance… Recouvrer la vue lui avait permis de respirer à nouveau.

Malheureusement, le savoir avait un coût. Céphalées, remontées acides, insomnies et autres symptômes écourtaient ses nuits. Un rien la faisait sursauter. La suspicion était devenue sa meilleure amie. Elle pesait chaque acte, chaque parole, avant de les poser. Agir avec prudence, en permanence. Flora veillait, les gardes veillaient, les amis veillaient. La paranoïa la guettait.

Les rares personnes qui s'étaient rebellées, avaient énoncé des opinions divergentes, ou ne serait-ce qu'osé marcher en dehors des sentiers battus, avaient fini dans les tréfonds de la Colonie. Les originaux - terme utilisé pour les désigner - étaient refourgués au sous-sol. Accès interdit aux étages supérieurs. Pour les bannis, le moins douze était leur nouvelle maison. Une fois là-bas, ils savaient qu'ils n'en ressortiraient jamais. Foyer aujourd'hui. Tombeau demain. Interdiction pour quiconque d'interagir avec eux. Les seuls à avoir l'autorisation de mettre les pieds au moins douze étaient les membres de la garde.

Ce qui dissuadait les originaux de se rebeller, malgré les inégalités et le souvenir amer de la douceur de vie qu'ils avaient connus jadis ? La menace d'être expulsés du cône, autrement dit : une sentence de mort. Les originaux travaillaient au recyclage des déchets, étaient soignés, nourris, logés - menaient, en somme, la même vie que le reste de la Colonie, les avantages en moins - et en échange, on les laissait en paix.

Ce n'était peut-être pas le pire. Simone songea aux disparitions dont Garance lui avait parlé. Inenvisageable, il y a encore quelques semaines ! Qu'en penser, maintenant ? Était-ce le futur qui l'attendait, si elle ne faisait pas preuve de prudence ? Allait-elle réussir à réfréner son envie de déployer ses ailes, maintenant que 2333 l'avait aidée à percer son cocon de naïveté ?

CHAPITRE 26

— Ne bougez pas ! Mes lunettes sont tombées.

— Où ça ? Il ne faudrait pas que quelqu'un marche dessus.

Le pied au-dessus de l'objet convoité, Nil singea une perte d'équilibre sous les yeux effarés de son ami. Une amitié aux jours incertains, songea Simone en voyant les traits de Côme se crisper.

— Oups, c'était moins une !

— Nil, déconne pas ! supplia Côme, aussi paniqué qu'agacé.

Les lèvres de Nil s'étirèrent en un fier sourire. Cesser de taquiner les nerfs sensibles du grand blond ne semblait pas au programme. Pour le comprendre, il suffisait de jauger son regard. Provocant, goguenard, brillant de défi. « Cela va mal finir », pressentit Simone. Les deux garçons avaient une relation en dents de scie : ennemis aujourd'hui, complices demain. Une amitié souvent mise à mal par le caractère espiègle de Nil. Ce dernier ne savait jamais s'arrêter à temps et avait une propension à pousser la blague au-delà des limites fixées par sa cible.

Lassée par les jérémiades de l'un et les persiflages de

l'autre, Simone décida qu'il était temps d'intervenir lorsque le train s'en chargea à sa place par une secousse que Nil ne sentit pas arriver. Le garçon perdit l'équilibre - rien de simulé cette fois-ci - et s'écrasa contre une barre métallique qui lui broya l'épaule.

— Merde ! jura-t-il en massant la zone endolorie.

— Ça t'apprendra à jouer avec ton karma, lâcha Côme, un sourire effronté placardé sur le visage.

Il se hâta cependant de ramasser la paire de lunettes qui gisait encore à ses pieds. Tentation alléchante pour les semelles de son adversaire vexé. La rame de métro s'ébranla, propulsant Simone contre la vitre. Elle chercha à retrouver ses points d'appui, mais déjà, la rame attaquait un nouveau virage. Déséquilibrée, la jeune fille se cogna hanche et coude contre un siège. Une douleur aiguë irradia jusqu'à l'extrémité de ses doigts. Elle voulut saisir le dossier en plastique, mais une nouvelle secousse la fit vaciller dans la direction opposée. Le sol glissa sous ses semelles lisses. Il lui fallait une prise sans quoi ce serait la culbute assurée. Une poignée triangulaire ballottait au-dessus de leurs têtes au milieu d'un rideau de sangles en nylon effilées. Simone parvint à s'y accrocher *in extremis,* juste avant la secousse suivante qui eut raison de voyageurs moins chanceux qui se retrouvèrent au sol en un rien de temps.

Sous ses pieds, les vibrations des kilomètres de rails parcourus. La carcasse métallique du métro craquait, criait, vibrait pour ne pas dérailler. Agrégat de boulons, de vis et autres ferrailles rouillées, lancé à toute vitesse sur un chemin de fer sans âge. Brinquebalés, les passagers affichaient une mine concentrée. À l'instar de Simone, leurs muscles chauffaient, suaient, tétanisaient pour ne pas basculer. Les joues étaient rouges, les gorges desséchées. Témoins probants de la mauvaise circulation de l'air, des auréoles de moisissures avaient colonisé l'intérieur du véhicule. Simone tenta un regard dehors, mais ne trouva que l'obscurité du tunnel pour y poser ses yeux. Frustrée, elle revint dans le wagon, où les passagers observaient le temps qui passe en silence. La lassitude se lisait sur leur visage. Certains, dont la tête dodelinait au rythme du métro, essayaient, cahin-caha, de récupérer les heures de sommeil qui leur avaient été volées. Depuis combien de temps avaient-ils quitté la Colorie ? Une heure ? La matinée entière ? Impossible à dire. Nil fit craquer son cou sous le regard agacé de sa plus proche voisine. L'inconfort du trajet commençait à peser sur le moral de tous.

Simone se tortilla, la vessie prête à éclater. Elle se fraya un passage, à coups d'excuses polies, pour découvrir, une fois arrivée au bout du compartiment bondé, un écriteau « hors service » punaisé sur la porte des toilettes. Inutile de pousser les investigations plus loin, elle se trouvait dans l'unique rame dédiée au transport du vivant. Le second - et seul autre wagon - renfermait toutes sortes de sacs, cartons, caisses, entassés les uns sur les autres. La jeune femme dut se résoudre à rejoindre sa place en s'excusant une nouvelle fois auprès des passagers harassés.

Le roulis accentuait, à chaque à-coup, la pression dans son abdomen. Simone ôta discrètement le bouton de son pantalon pour gagner quelques millimètres de tour de taille. Soulagement immédiat, qu'elle savait malheureusement limité dans le temps. Un borborygme remonta vers elle. Simone baissa les yeux sur Garance et vit immédiatement que quelque chose n'allait pas. Plus pâle que de coutume, cette dernière paraissait à deux doigts de tourner de l'œil. Le port de la combinaison de contact - obligatoire le temps du voyage - semblait avoir figé le visage de son amie dans la gélatine. Ses traits étaient exagérément tirés en arrière. Il en résultait une expression étrange et fixe. Simone s'inquiéta de son sort. Garance balbutia une réponse, mi-souriante, mi-grimaçante, censée rassurer son amie.

Simone n'était pas la seule à avoir remarqué le mal-être de sa camarade. Louis l'observait, lui aussi, depuis plusieurs minutes. La main sur la bouche, Garance réprima une nausée. Iris lâcha un petit cri. Un vide se créa autour de Garance. La pauvre luttait de toutes ses forces. Chaque fois qu'elle reprenait son souffle, une nouvelle salve de haut-le-cœur la mitraillait de plus belle, ne lui laissant pas une seconde pour recharger ses batteries. Œil creux, poings serrés, corps agité de spasmes. Après de longs efforts et non sans un dernier hoquet ronflant, Garance parvint à garder son déjeuner. Consciente d'être la cible de toutes les inquiétudes, la malade se redressa en tentant de faire bonne figure malgré les gouttes de sueur froide qui lui coulaient le long des tempes.

— Tout va bien, tout va bien ! C'est cette chaleur, la promiscuité, le manque d'air… Mais tout va b…

Nouveau hoquet pour la contredire. Le diamètre de vide s'élargit autour d'elle. Une moitié des regards posés sur Garance étaient empreints d'une inquiétude sincère. Les autres, aux pupilles dilatées par l'anxiété autant que par un soupçon de réprobation, se tracassaient davantage pour leur propre santé, jugea Simone.

— Je vous promets que ça va ! Je ne respire pas très bien avec cette chose : ça ira mieux si je découvre juste un peu ma bouche…

Garance glissait déjà les doigts sous la couche protectrice transparente à la base de son cou, prête à retrousser la partie haute de sa combinaison lorsqu'Iris lui aboya dessus.

— Je te l'interdis! Non, mais qu'est-ce que t'as dans la tête? T'étais à deux doigts de repeindre le sol, il y a une seconde à peine! Tu veux tous nous contaminer, c'est ça?!

L'infirmière marqua une pause avant de se reprendre :

— On est presque arrivés. Fais en sorte de te retenir d'ici là. Tu iras en isolement dès l'arrêt du convoi.

Louis, qui s'était jusqu'alors contenté d'assister à la scène en silence, jugea sans doute qu'il était temps pour lui d'intervenir :

— Voyons, Iris, un peu de sang-froid! Je ne te savais pas hypocondriaque. Ce serait un comble, pour une infirmière, plaisanta-t-il, cette jeune fille souffre du mal des transports. Voilà tout!

Il avait dû parler d'une voix forte pour couvrir le capharnaüm ambiant. Un sourire bienveillant aux lèvres, il s'accroupit auprès de la souffrante et lui posa une main sur l'épaule. Garance tiqua. Son premier réflexe fut de s'écarter, mais l'autorité douce du docteur l'en dissuada. Docile, bien que le dos raide, elle le laissa abattre les dernières barrières que leur imposait la distance sociale. Les lèvres presque collées à son oreille, il lui murmura des paroles qu'elle seule entendit. Garance écarquilla les yeux, entrouvrit les lèvres sans qu'aucun son en sorte. Au départ, elle fit un non énergique de la tête. Elle semblait en pleine détresse. Puis, peu à peu, la prise du docteur se fit plus ferme, ses doigts s'enfoncèrent dans la chair de son épaule, tandis que ses lèvres continuaient de frémir pour elle seule. Le chant commença à faire son effet. Les épaules de la jeune femme se décontractèrent. L'expression de son visage devint sereine. La médecine douce avait agi.

CHAPITRE 27

Le métro se mit à ralentir. Le terminus devait être en vue. Simone tendit le cou vers l'extérieur. Son œil, comme bombardé par les flashs d'un stroboscope, saisissait au vol des fragments d'image. Encore un peu timoré, le tunnel divulguait ses secrets au compte-gouttes. Les parois rocailleuses et ses grappes de chauve-souris qui y avaient élu domicile, une affiche au papier jauni, à l'encre délavée et aux bords dépenaillés, signaient leur retour à la lumière.

La rame reprit vie. Simone sentit, dans son épiderme, la frénésie gagner les voyageurs. Une rumeur, d'abord calme, timide, presque, s'éleva dans le wagon. Et tandis que la tension grimpait dans l'air, Aurore prit soudain la parole, ramenant aussitôt le calme dans le convoi.

— Mes chers amis, merci pour votre patience. Je sais que certains auront trouvé le voyage éprouvant. Rassurez-vous, il touche à sa fin ! Je tenais à partager mon bonheur avec vous. Quel privilège que de participer à la journée d'échanges entre colonies! Cet évènement ne se réitère que tous les dix ans et j'éprouve une joie sincère à faire ce voyage avec vous. Gardons à l'esprit que certains n'y participeront malheureusement jamais. Pas une fois durant leur existence… Jamais. Tandis que d'autres, plus fortunés, verront leur nom tiré au sort et pourront découvrir les merveilles que leur réserve la gare centrale. Parfois à plusieurs reprises ! Oui, cela arrive ! Alors, tout en savourant notre chance, ayons une pensée pour nos amis restés à la Colonie. Si le cœur vous en dit, méditons un instant.

Aurore joignit les mains. La foule réprima son instinct d'applaudir et céda à son invitation. Les têtes s'inclinèrent. Simone tarda à obtempérer. Les mises en garde de 2333 sur cette journée résonnèrent en elle. Il lui avait dit de faire profil bas, de ne surtout pas participer aux jeux ou défis sportifs qu'il ne manquerait pas d'y avoir. Cela pouvait être tentant, mais ce qu'Aurore leur taisait était que son peuple serait soumis au regard des élus. Et cela, Simone ne le voulait pas ! Elle lui avait promis de ne pas faire de vague et comptait bien respecter sa parole. Simone se contenterait de découvrir le marché, de profiter de sa journée de temps libre. Ce qui était un évènement extraordinaire en soi.

Bientôt ne restèrent émergés au-dessus de la marée capillaire que les visages de Simone et Aurore. Leur tête ballottait au gré des remous du métro. Seul leur regard était immobile. Amarré à celui de l'autre. Un sourire énigmatique traversa le visage d'Aurore. Un sourire auquel Simone ne répondit pas. Son rythme cardiaque grimpa, le rouge lui monta aux joues. Elle étouffait. Se faire remarquer était le dernier de ses souhaits et, pourtant, sans savoir ce qui la poussait à agir ainsi, elle refusait de capituler. Placide, Aurore continua de l'observer, une lueur d'amusement dans les yeux. Toutes deux savaient qu'elle seule détenait les clés du jeu. Une minute de silence passa. Et toujours, ce sourire aux lèvres. Aurore : un visage angélique, une peau de velours, une bouche pulpeuse. Un sourire généreux dont la chaleur s'évaporait, au fur et à mesure que l'on remontait les traits délicats, pour atteindre une température glaciale au contact de son regard. Aurore. Qui se cachait derrière le battement de ses cils ? Le temps lui appartenait. À contrecœur, Simone baissa les yeux.

— Bien ! Je vous souhaite à tous une magnifique journée. Profitez du marché, goûtez, sentez, prenez-en plein les yeux ! On se retrouve ici dans dix heures. Départ du convoi pour vingt heures tapantes, ne soyez pas en retard.

À la sortie du train, Simone manqua de poser le pied sur les croisillons en fer, rongés par la rouille. La fragile épaisseur du marchepied n'aurait pu supporter son poids. La jeune femme prit son élan avant d'atterrir sur le quai, où elle rejoignit sa moisson. Seule 2414 manquait à l'appel. La déception d'être exclue de l'aventure avait rapidement été remplacée par la satisfaction de se voir confier les clés de l'infirmerie. Simone avait vu la joie et la fierté inonder le visage de sa camarade.

Une foule grouillait autour d'eux. Tous se dirigeaient dans la même direction. Les voies ferrées convergeaient vers la place du marché, tels les fils d'une toile d'araignée. La gare centrale, terminus pour tous. Une seule destination, un seul arrêt. Avant de rejoindre le noyau palpitant du marché, Simone s'assura une dernière fois de l'état de Garance.

— Tu ne veux pas te poser un instant ? Rien ne presse, tu sais, insista Simone en lui indiquant un banc.

— Me poser ? Non, merci ! Ça fait des heures qu'on macère dans ce fichu train, la seule chose dont j'ai envie, c'est de bouger et qu'on arrête de me regarder comme une bête de foire.

— Tu es sûre ? Moi, ça ne me déplairait pas d'être au centre de toutes les attentions.

Le ton était taquin, mais Simone n'était pas dupe. Nil s'inquiétait sincèrement pour leur amie. Pour preuve, le regard dont il la couvait.

— Je vous ai dit que ça allait, s'agaça Garance. Cette journée ne sera pas ruinée à cause d'un malaise idiot ! Je n'ai rien bu ce matin, c'était très bête de ma part. Merci…

Elle saisit la bulle d'eau que lui tendait Côme et la goba d'une traite.

— Et grâce à Côme, c'est chose faite maintenant !

— Vas-y mollo quand même, d'accord ? lâcha Nil.

— Oui, soupira-t-elle en levant les yeux au ciel. Bon, on peut y aller maintenant ?

Le garçon leva les mains en l'air, en signe de reddition.

— Très bien, très bien. Mais je te préviens, je t'ai à l'œil.

— Promis, je serai sage, plia-t-elle, adoucie.

Sa carapace se serait-elle fendillée sous les marques d'attention de son camarade ? Autre hypothèse : très bonne actrice, elle n'avait tout simplement plus d'énergie pour argumenter, songea Simone tandis qu'ils se dirigeaient vers l'escalier roulant. Quoique le terme de « roulant » fut sans doute excessif. L'appareil avait cessé de fonctionner depuis belle lurette. Elle devança le groupe et en entama l'ascension, marche après marche, en prenant son temps, permettant ainsi à Garance de tenir la cadence sans que sa fierté soit mise à l'épreuve.

Des années de mousse étaient venues combler les rayons métalliques des marches qui avaient désormais disparu. Le coussin moelleux, dans lequel s'enfoncèrent ses pieds, était une invitation à ôter ses souliers, à goûter au plaisir puéril de nicher ses orteils dans un tapis de lichen. La surface lisse des mains courantes avait également subi les affres du temps et s'était creusée de rides, de plus en plus profondes au fil des âges. Absorbée par ses pensées, Simone arriva au terme de son ascension sans en avoir conscience et resta bouche bée en découvrant ce qui l'attendait au bout.

CHAPITRE 28

Grandiose, sublime, colossal… Les adjectifs étaient trop faibles pour qualifier les murs de l'immense galerie, taillés à même la pierre. Simone opéra un tour sur elle-même, lentement. Son regard chemina le long de la frise, remonta le temps, s'accrochant aux détails qui y étaient illustrés. Les personnages mis en scène arboraient leurs vêtements avec dignité. Quelle que soit l'époque, un seul mot était à l'ordre : diversité. Diversité des tenues. Braies, robes, blouses… Diversité des textiles. Dentelle, lin, laine… Diversité des accessoires. Bracelets, bagues, boucles… Jeu de motifs, jeu de couleurs, jeu de reliefs. Se vêtir était un art, un jeu, un choix, un outil, une arme.

Simone poursuivit sa lecture des lieux, grimpant toujours plus haut, toujours plus loin. Bientôt, ce ne fut plus possible. Le tableau mural s'arrêtait là où naissait une interminable voûte en vitrail. Le sommet de la mosaïque culminait loin au-dessus de Simone. Éblouie par l'éventail de couleurs qu'elle n'aurait jamais espéré voir, même dans ses rêves les plus fous, Simone n'osa plus bouger. À peine respirer. Une pluie d'éclats lumineux, aux couleurs de l'arc-en-ciel, ruissela sur elle, l'éclaboussant de ses poussières étincelantes. Submergée par un trop-plein d'émotions, la jeune femme ferma les yeux, retenant à elle la larme qui menaçait de perler.

Une ombre passa. Simone perçut le changement au niveau de ses paupières closes, qu'elle rouvrit aussitôt. Les milliers de carreaux microscopiques entamèrent alors une nouvelle gamme de couleurs.

Son cœur palpita, comme s'il revenait soudain à la vie. Sa cage thoracique se déploya, prête pour un nouveau souffle. Un souffle de liberté. Le ciel - pas celui du planétarium. Non. Le véritable ciel - se trouvait juste là, au-dessus de Simone. À un battement d'ailes. Elle se surprit à caresser l'espoir de jours meilleurs, d'une vie haute en couleur. Ses pensées s'envolèrent par-delà le vitrail, essayant de rejoindre la voûte céleste qui ne lui avait jamais semblé si proche. La voûte céleste… Un mirage pour l'âme, désespérément inaccessible derrière ces panneaux de verre. Anodine, fine et fragile pellicule de verre qui les gardait en cage. Simone se tourna vers ses camarades. À défaut de pouvoir les verbaliser, elle voulait partager avec eux, d'un regard ou d'un simple sourire, les émotions qui l'agitaient. Mais autour d'elle, il n'y avait que grisaille. Les visages étaient tournés vers le sol. Mines désabusées, éteintes, poursuivant leur chemin, ignorant le spectacle qui se jouait au-dessus d'elles, le buste alourdi par le châle de mélancolie qui reposait sur leurs épaules. La réalité frappa Simone. Jamais elle ne sortirait d'ici. Ni elle ni personne. Ce n'était pas à l'intérieur de la Colonie que les individus étaient piégés, mais au plus profond d'eux-mêmes. Une camisole de peine enclava sa poitrine. Elle suffoquait dans cet univers sous cloche.

Le contact de la combinaison contre sa peau titillait chacune de ses terminaisons nerveuses. Simone s'agita, indisposée. La membrane gélatineuse resserra son étau autour de sa peau moite, comme si le vêtement cherchait à fusionner avec son épiderme. Simone se mit à hyperventiler. Son pouls accéléra et, évidemment, la température de son corps grimpa. Ainsi que sa transpiration… Catalysant le phénomène de succion entre la gélatine et sa peau. Simone se tortilla, mais cela ne fit qu'empirer la situation. Plus elle se focalisait sur le contact indésirable de la combinaison, plus son port lui était insoutenable, et plus elle transpirait, alimentant elle-même le cycle infernal.

Simone secoua la tête. Elle ne gagnerait rien à se laisser aller de la sorte. Elle prit quelques secondes pour faire le vide. Inspirer. Expirer. Calmement. Recommencer. La petite voix dans sa tête, d'habitude si volubile, se fit tout d'abord plus discrète, jusqu'à devenir muette. Voilà qui était mieux. Simone allait peut-être réussir à profiter des surprises que lui réservait cette journée - extraordinaire. Elle porta toute son attention sur l'immense galerie.

C'était donc cela, le grand marché? Un ensemble d'étals, débordant de marchandises exotiques, éparpillés au milieu d'une forêt virtuelle. La modernité mêlée au passé. Alliage improbable dont le résultat éprouvé était pourtant parfait. Au centre du décor grouillaient une centaine d'individus dont les teintes ternes des uniformes variaient peu. Simone dénombra six peuples. Six colonies, donc. Seule une minorité de personnes, incluant Aurore et Louis, se démarquaient par l'extravagance de leurs tenues. Distinction par le rang, probablement, se dit Simone.

Les heures défilèrent. Entre la diffusion, en boucle, de reportages qui ouvraient une lucarne sur le quotidien de chaque communauté, les ateliers de dégustation, les découvertes étonnantes aux rayons gadgets, Simone réalisa qu'au-delà de l'esprit de convivialité et de partage - prôné pour justifier la réunification des colonies - se déroulait en silence, à travers le déballage de richesses, de savoir et de technologies nouvelles, une féroce compétition.

Les moissonnés avaient reçu carte blanche pour approcher leurs congénères. Une nouvelle qui les avait ravis, promettant une journée riche en rencontres. En théorie... En pratique, la réalité fut tout autre. La méfiance prima sur la chaleur humaine. Peu de paroles furent échangées. Les distances furent maintenues. Les groupuscules restèrent solidaires, méfiants, dévisageant « l'autre » de loin. Les seules véritables conversations avaient lieu entre les agriculteurs - pour chiner graines ou techniques de culture –, les chercheurs - qui, dubitatifs, se penchaient sur les percées scientifiques de leurs homologues. Pour le reste, le silence était de mise.

Portés par le courant, Simone et ses amis se retrouvèrent devant l'arène, où un tournoi sportif s'organisait. Trois univers y avaient été créés par la magie du virtuel. Une route de campagne défiait les vélos de sa surface pavée. Les tapis de course avaient été déroulés pour un trail montagnard. Et enfin, les couloirs de nage promettaient, le temps d'une brasse, une plongée dans des eaux turquoise. Simone ne put s'empêcher d'être admirative. L'installation du stade avait dû demander un travail titanesque. Des gradins avaient été montés pour l'occasion. Aurore et Louis y firent leur apparition en compagnie du même groupe croisé précédemment et s'installèrent dans la tribune qui leur était réservée. L'ambiance semblait joviale. Verre à la main, amuse-bouches pour les petites faims, sourires éclatants ; ils étaient prêts pour le spectacle.

L'estomac de Simone se noua. Elle se trouvait exactement à l'endroit que 2333 lui avait fait promettre d'éviter. La lettre était tombée le soir même des résultats des tirages au sort : « Quand tu seras là-bas, change-toi les idées, amuse-toi, balade-toi où tu veux, mais n'approche le stade en aucun cas ! » Évidemment, elle avait cherché à en savoir plus, mais il s'était contenté d'explications nébuleuses. « Le troc ne se limite pas à la place du marché. On passe à un tout autre niveau. Crois-moi, te faire remarquer est la dernière chose que tu souhaites. »

Et pourtant, la voici qui s'était laissé mener aux frontières de la fameuse zone interdite. Elle s'immobilisa et hésita un instant en voyant ses camarades continuer de marcher le long des garde-corps. Simone observa la foule. Qu'il était agréable d'assister à la floraison de sourires, voir les étincelles de joie tirer de leur hibernation des âmes jusque là endormies ! Garance se retourna en cherchant Simone du regard, qui leva la main pour attirer son attention. Son amie haussa les sourcils, semblant lui demander ce qu'elle attendait pour les rejoindre. Le visage serein de sa camarade aida Simone à se décider : si Garance elle-même était capable de lâcher prise, noyée au milieu d'une marée de gens, c'est qu'il ne devait pas y avoir grand-chose à craindre. Ses épaules se détendirent. 2333 avait parfois une légère propension au pessimisme… Et puis, elle ne faisait rien de mal. Elle savait se tenir, ne pas faire de vagues… Que risquait-elle, mêlée à la foule ?

Elle réduisit ses remords au silence et rejoignit ses camarades au pas de course. Elle aussi voulait savourer ces quelques heures loin de la pression habituelle de la Colonie. Passer du temps avec sa moisson. Tisser des liens avec ses camarades. Si ce n'était pas aujourd'hui, quand alors ? L'évènement était trop rare pour ne pas partager la liesse avec eux. Elle n'en prenait conscience que maintenant, mais son cœur, son corps, son âme lui réclamaient plus de légèreté. Elle vivait en permanence sous tension ; pour preuve, les contractions musculaires qui la faisaient souffrir chaque nuit lorsque son corps tentait en vain de se relaxer. Il était temps qu'elle fasse le vide dans sa tête, qu'elle se laisse aller et goûte aux plaisirs d'une journée sans responsabilités, sans attentes, sans comptes à rendre.

Les garçons semblaient avoir enterré la hache de guerre. L'ambiance au sein de leur groupe était légère. Les langues s'étaient déliées. L'audace avait fait place à la timidité. Des rires francs furent lâchés.

L'accalmie ne dura pas. Ce que Simone prit au départ pour une piqûre de culpabilité, un bruit de fond gênant, serrant sa poitrine, l'empêchant de savourer pleinement l'instant, ne provenait pas de son ego. Non, l'impression de malaise était bien réelle.

À une quinzaine de mètres de là, sur les hauteurs des gradins, les lèvres du docteur bougeaient, libérant une série d'informations aussitôt recueillies par l'oreille tendue de son voisin. Pull kaki. Coudières. Col rond. L'homme au long cou acquiesçait tout en la disséquant de ses prunelles noires. Il réajusta ses lunettes rectangulaires sur son nez et inclina la tête. La mèche de cheveux blancs, jusque là plaquée sur son front, se souleva à la verticale. L'homme se hâta de remettre le leurre à sa place, trop tard, cependant, pour cacher l'éclat d'un crâne dégarni.

L'instinct de Simone lui hurla de partir. S'éloigner, disparaître, ne faire qu'un avec la foule. Elle opéra un tour sur elle-même pour évaluer ses possibilités. Un barrage humain, plus dense que jamais, continuait de grossir dans son dos. Devant elle : la fosse, dont un simple garde-fou en métal la séparait. Simone envisagea de franchir l'obstacle, traverser l'arène et s'éclipser de l'autre côté. C'était l'option la plus rapide. Cela signifiait aussi se mettre à nu devant tout le monde. Bien que tentée, la jeune femme rejeta l'idée, tourna le dos à la vaste étendue libre et tenta de se frayer un passage dans la masse populaire qui ne cessait d'enfler.

Alternant excuses polies et coups de coude, la jeune femme ne réussit qu'à grappiller quelques centimètres de terrain. Une poussée de claustrophobie, aussi soudaine qu'intense, surprit Simone. Elle se sentit alors dans la peau d'un animal acculé et sans défense, luttant contre la pulsion bestiale qui menaçait de prendre les commandes de son cerveau. Crier, hurler aux gens de s'écarter, les pousser... Les mordre, s'il le fallait!

— T'es d'accord, alors, Simone? On s'inscrit à la compétition?

La tête de Nil entrava son champ de vision.

— Eh oh, il y a quelqu'un là-haut?

L'excitation du garçon, dont la voix débitait un flot de paroles à la seconde, la ramena à la réalité.

— Imagine un peu : Côme, toi et moi... À nous trois, c'est certain, on va tout déchirer! Faut s'inscrire avant qu'il n'y ait plus de place. Magnez-vous, bon sang!

On ne le tenait plus. Nil sautillait sur place, les pressant d'avancer. Le regard réprobateur de Garance atténua un peu ses ardeurs.

— Eh, c'est pas contre toi, hein! Comme ils demandent des équipes de trois, je me suis dit qu'avec ton malaise... Il vaut peut-être mieux que tu ne participes pas, non?

Garance râla pour le principe, mais le cœur n'y était pas. Sans doute soulagée d'être tenue à l'écart - bien qu'elle ne l'avouerait jamais - la négociation ne dura pas.

— Simone, où vas-tu? C'est dans l'autre direction, les inscriptions! la retint Nil, le doigt pointé dans la direction opposée.

La jeune femme fit semblant de ne pas l'entendre et

s'éloigna du groupe d'un pas décidé. Sa tentative de fuite avorta trois mètres plus loin lorsqu'elle tomba nez à nez avec Louis. L'œil brillant, les joues légèrement rosies, ce dernier semblait moins dans la retenue que de coutume, plus jovial.

— Ah, les voilà enfin! Éole, approche, que je te présente mes champions, Simone et Nil! À eux deux, ils cumulent les plus beaux palmarès jamais vus à la Colonie! Ah ! Ah ! Ah, d'accord, j'enjolive un peu, mais une chose est sûre : ce sont les meilleurs de leur moisson. Ton équipe ne tiendra pas une seconde face à eux!

Simone reconnut l'homme des gradins. Tout était rigide en lui. Sa démarche, son port de tête, son regard, fixe. Il approcha de Côme pour le saluer.

— Enchanté, Côme, se présenta l'intéressé.

L'expression d'Éole changea dès qu'il comprit sa méprise. D'avenant, son regard devint pur mépris. En une seconde, Côme n'avait plus aucun intérêt et le chef de Renaissance II, la Colonie du Sud, se détourna de lui pour se rapprocher de Nil, qu'il jaugea d'un regard appréciateur. De haut en bas. Profil gauche. Profil droit. L'inspection fut méticuleuse. Sans se soucier de la grossièreté de son attitude, Éole, satisfait, donna au garçon plusieurs tapes dans le dos comme s'il flattait un cheval de course prometteur. D'abord saisi par le contact, Nil, amadoué par la pluie d'éloges qui se déversèrent sur lui, finit par se décontracter. La flatterie illumina son visage d'un large sourire et il bomba son torse de fierté.

Éole s'attarda, s'intéressa, écouta, lâcha même un rire sommaire. Un son étrange, grinçant, rouillé. Un son qu'il ne devait pas avoir pour habitude de produire. L'homme devait grandement apprécier la compagnie de Nil, car il ignora à plusieurs reprises les signaux de Louis pour l'introduire auprès de Simone. De toute évidence réticent à l'idée de délaisser Nil, Éole poursuivit sa conversation comme si de rien n'était, étirant les limites de la courtoisie jusqu'à ne plus avoir le choix.

Quand il daigna enfin diriger son attention sur elle, Simone n'eut pas le privilège d'une accolade, encore moins d'un bonjour. Éole la passa sous le scanner de son regard d'acier. Aucun commentaire. Ce qu'il pensait d'elle, il le garderait pour lui. Louis, l'humeur toujours au beau fixe, clama haut et fort à l'attention d'éventuels adversaires qui passeraient par là :

— Avec de tels champions, ce soir, la coupe rentrera à Renaissance I !

— Au risque de vous décevoir, on ne s'est pas inscrit... Le monde... La file d'attente... Il est sûrement trop tard... Une prochaine fois, peut-être ? tenta Simone d'une petite voix.

Louis balaya ses arguments d'un geste tout en lui administrant son plus beau sourire :

— Je m'en suis chargé pour vous, voyons ! On se retrouve après pour célébrer votre victoire.

Et il s'éloigna dans un grand éclat de rire.

CHAPITRE 29

Les tribunes étaient noires de monde. Excitation, stress, pronostics. On anticipait les résultats autant qu'on les redoutait. Loin de leur placidité habituelle, les esprits s'échauffaient. On criait, on acclamait, on postillonnait. La foule libéra son trop-plein d'émotions en direction des concurrents et, telles des spores fertilisant de nouveaux territoires, les contamina à son tour; à quelques minutes du départ, la fébrilité générale avait atteint son paroxysme.

Simone s'installa sur le vélo, les mains moites, le cœur en feu. Ses membres, parcourus de décharges électriques, étaient la preuve physique que son corps réagissait à la pression joyeuse de la foule, comme s'il absorbait l'énergie autour de lui pour mieux la restituer pendant l'effort à venir. Gagner la course était le cadet de ses soucis et pourtant chacune de ses fonctions vitales s'y préparait. Circulation sanguine, respiration pulmonaire, système nerveux central… L'envie de passer à l'action la démangeait. Elle eut chaud, elle eut froid. Elle eut le trac, elle frissonna. Son cerveau reptilien avait pris le dessus. L'attente du départ devint vite insupportable. Que Simone le veuille ou non, la machinerie s'était mise en route.

Des écrans flottants se matérialisèrent au-dessus d'eux et des images brossant le portrait des équipes y furent projetées au rythme d'une musique endiablée pour un public toujours plus déchaîné. Ce que Simone redoutait arriva : la vue de son visage, exposé aux yeux de tous, lui noua l'estomac. La compilation de ses plus belles performances fut diffusée tandis qu'une voix aussi enjouée qu'artificielle parait son matricule de qualités dignes des plus belles promotions :

— Rapide, endurant, pugnace, le matricule 2411, membre de Renaissance I, saura vous faire vibrer !

La foule scanda son prénom. Les pieds battirent la mesure. Les tribunes vibrèrent. Elle, qui une heure auparavant ignorait tout de sa propre participation, devint l'élue de la foule. L'élue de la foule… Jusqu'au portrait suivant où l'engouement glissa sur le nouveau champion.

Simone se redressa et essuya ses mains sur les coutures de son pantalon. L'attente avant le coup de sifflet lui semblait interminable quand soudain le temps s'arrêta. 2333 était posté à quelques mètres d'elle. Le garde avait été affecté à la sécurité du stade et venait lui aussi de l'apercevoir. L'incompréhension la plus totale peignait son regard. Une fois l'étonnement premier passé, une goutte de colère sourde apporta des nuances bleutées à la teinte de son regard sombre.

Elle n'avait pas tenu parole. Le rouge lui monta aux joues. Elle détestait ne pas tenir ses engagements, cela ne lui ressemblait guère. Elle s'imagina un instant dans la peau de Goû, lui envia sa petite taille et ainsi sa faculté à pouvoir se faufiler en toute impunité au milieu du troupeau. Invisible aux yeux de tous, elle aurait ainsi pu déguerpir, loin d'ici, et se soustraire à la compétition. Pur fantasme, malheureusement.

Si seulement elle avait écouté les conseils du garçon, elle n'en serait pas là… Simone n'avait jamais voulu de ce concours et aurait volontiers troqué sa place contre celle d'un autre. Elle ne voulait pas être là, n'avait que faire de cette mise en lumière. Or sa réalité était de subir les évènements, d'être le pion d'un jeu dont les ficelles étaient tirées par d'autres. Elle se détestait pour cela. D'être restée indolente face à Louis. Elle détestait son incapacité à faire entendre sa voix. Qu'aurait-elle risqué, après tout, à ouvrir les lèvres pour un seul mot ? Trois petites lettres. Un simple « non ». Simone soutint le regard de 2333, priant pour qu'il lise ses pensées. Il comprendrait alors… Peut-être. Simone soupira, se contentant d'un haussement d'épaules, d'une mine penaude, en espérant que cela ne soit pas pris pour de l'insouciance.

— À toutes les équipes : en position !

Elle cessa de se préoccuper de 2333 et jeta un coup d'œil rapide à ses adversaires. Masque de concentration, doigts agrippés au guidon, oreille à l'affût ; ils redoutaient le faux départ tout en rêvant de victoire. Le compte à rebours débuta. Nil encouragea une dernière fois son équipe. Un coup de feu retentit. Les garçons partirent sur les chapeaux de roue.

— Qu'est-ce que tu fous, Simone ?! lança nerveusement Nil par-dessus son épaule.

Ce qu'elle faisait ? Simone le savait parfaitement. Son objectif était clair : éloigner d'eux les projecteurs en les précipitant vers l'échec. Néanmoins, elle avait conscience de la complexité de sa mission. Perdre oui, mais avec brio ! Un autosabordage tout en finesse. Elle devrait respecter ses moyennes, sans jamais les dépasser. Flirter avec le succès. Ne jamais l'atteindre. Son plan était jouable… si ce n'était la niaque que mettaient ses camarades à l'effort. Les deux garçons, motivés comme elle ne les avait encore jamais vus, n'allaient pas lui faciliter le travail. Simone eut un léger pincement au cœur. Qui était-elle pour leur voler une possible victoire ? Son égoïsme allait leur coûter la joie d'un moment de gloire. Qui plus est, Simone savait qu'une fois de retour à la maison, le mauvais perdant qu'était Nil allait être sur son dos sans relâche, traîner sa mauvaise humeur des jours durant. Un futur qui serait lourd pour tous et que Simone appréhendait, mais un futur vers lequel elle fonçait, tête baissée.

— Camarades, la partie va se jouer sous nos yeux ! Une partie entre le Sud et… le Sud, ma foi ! Qui franchira la ligne d'arrivée ? Qui saura nous faire rêver ? Plus que quelques secondes avant que le verdict ne tombe. Attention, c'est… Eh oui, c'est bien le Sud qui l'emporte, mes amis ! tonna le présentateur artificiel avec une touche d'humour avant de poursuivre. Pas moins méritante, avec un départ certes difficile, applaudissons l'équipe de la Colonie du Nord qui vient de se saisir de la troisième position !

Résultat inacceptable à en juger par la mine déconfite de Nil qui, à peine le pied à terre, reporta sa frustration sur la responsable. Des noms d'oiseaux volèrent. Incapable de lui en tenir rigueur, Simone subit les remontrances en silence. Côme, en revanche, ne supporta pas longtemps la réaction excessive de Nil qu'il écourta en s'interposant entre ses camarades. Son dos mit un terme aux admonestations de Nil.

— Il va se calmer, ne t'inquiète pas. Il n'y a pas mort d'homme, ce n'est qu'un jeu. Ne te mets pas la pression. Et puis, ça peut arriver à n'importe qui d'avoir un coup de mou. La deuxième manche est pour toi, tu vas voir. Tu vas défoncer tout le monde ! En tout cas, moi j'ai confiance. Et ne te prends pas la tête pour Nil. Si quelqu'un a quelque chose à se reprocher, ce n'est certainement pas toi.

Côme lui fit un clin d'œil. Une touche d'humour autant pour elle que pour lui-même, comprit Simone. Il avait besoin de courage pour l'énergumène en furie qu'il s'apprêtait à affronter. Nil recula d'un pas, hermétique. Inutile de discuter, il avait raison, point. C'était sous-estimer Côme, qui savait faire preuve d'obstination.

— Tu peux dire ce que tu veux, tu n'arriveras pas à me convaincre du contraire. Elle l'a fait exprès !

— Tu délires, mec. Pourquoi aurait-elle fait ça ?

— Qu'est-ce que j'en sais ? Elle doit avoir ses raisons. Compte sur moi pour le découvrir, répondit-il en jetant un regard menaçant à Simone.

— Bon, comme tu veux, capitula Côme, qui savait qu'il était inutile de discuter une fois que son ami avait une idée ancrée dans la tête. On fait quoi alors, on arrête, on déclare forfait ?

— Certainement pas ! s'indigna Nil dans un éclat qui le surprit lui-même.

Ce dernier lança un regard inquiet autour de lui avant de reprendre, d'une voix étouffée :

— Simone va arrêter ses conneries, je vais me calmer et on va l'emporter.

— Parfait, c'est la réponse que j'espérais. Allez, souffle un coup, pour ne pas te suggérer autre chose.

La colère se décanta doucement sur le visage de Nil. Douceur, diplomatie et surtout, beaucoup de patience. Les talents de Côme avaient fait leur petit effet.

La course à pied était le point fort de Simone… À ce jour, personne n'avait réussi à la battre. Elle n'avait pas le choix. Cette fois, pas de triche. Elle donnerait tout ce qu'elle avait. Le jeu fut plié rapidement et leur équipe gagna haut la main. Ce qui les fit remonter en deuxième place.

Le score final se jouerait entre eux et l'équipe du Sud, constituée de deux filles et un garçon au même physique. Courts sur pattes, traits grossiers, les os lourds. Pas de centimètre superflu pour leur cou de buffle qui disparaissait dans les reliefs de leurs trapèzes surdéveloppés. La fille, que Simone devina être la meneuse du groupe, était la plus hargneuse, ne cédant rien, ni à son équipe ni à elle-même. Dès que sa tête sortait de l'eau, elle vociférait sur ses camarades. À peine pensait-elle à reprendre son souffle. Parfait, se dit Simone, impressionnée par son déballage de force. À ce rythme-là, la victoire reviendrait à l'équipe du Sud sans qu'elle ait besoin de faire quoi que ce soit. Mais, alors que l'équipe adverse avait acquis une bonne longueur d'avance, d'un coup, le corps de la forcenée lâcha. Plus un son ne sortit de sa bouche. Ses traits se tordirent de douleur. Elle perdit toute couleur. Prise d'une crampe, elle n'était plus capable de produire le moindre effort. Les cris de rage de son équipe furent vite couverts par la foule qui encensa les vainqueurs.

CHAPITRE 30

À peine eurent-ils reçu la coupe que des gardes se postèrent devant eux pour les inciter à les suivre. On leur octroyait, le temps d'une soirée, une place dans le carré des élus.

— Fierté et bonheur sont les premiers mots qui me viennent à l'esprit ! Je ne vais pas me perdre en grands discours, vous avez assez fourni d'efforts pour aujourd'hui, blagua Aurore avant de lever son verre. Place à la détente ! Buvez, mangez, dansez ! Ce soir, chers athlètes, un seul mot d'ordre : festoyez !

Aurore avala son verre d'une traite avant de tournoyer sur elle-même tandis que la musique reprenait de plus belle.

— Un dîner parmi les élus ! Vous vous rendez compte de la chance qu'on a ? s'exclama Nil, la mine rayonnante.

— À nous ! clama Côme.

Simone laissa un sourire étirer ses lèvres et leva son verre. Le trio trinqua au succès, à l'amitié, à la vie. Face au bonheur contagieux de ses camarades, elle ne se sentait pas l'âme de jouer les rabat-joie. Pourquoi se sentir toujours coupable ? Elle pouvait bien s'octroyer un moment de partage avec ses amis. Se forger des souvenirs en leur compagnie. Cinq minutes, pas plus... Juste le temps de célébrer ensemble la victoire. Ensuite, elle retrouverait 2333 et lui prouverait qu'aucun malheur ne lui était tombé dessus. Qui sait, elle s'enhardirait peut-être même à lui suggérer de lâcher un peu de lest de temps en temps…

Les cinq minutes s'étirèrent en dix minutes, puis en un quart d'heure, et puis… le brouillard. Elle flottait soudain dans un univers ouateux où la notion du temps et de l'espace s'effilochait. Le sourire de Nil, le liquide qui remplissait son verre, la musique, le rythme, la danse : tout se mélangea. Les lèvres de Côme laissèrent échapper des paroles dont elle ne perçut que des bribes. Les syllabes hachées parvenaient à elle sans qu'elle en saisisse le moindre sens. Les codes de son monde lui étaient devenus étrangers. Et pourtant, elle riait. Elle riait à s'en tordre le ventre. Nil riait, alors elle riait. Côme buvait, alors elle buvait. La petite voix moralisatrice de 2333 s'était tue, sa propre voix s'était tue. Ses angoisses, disparues. Pour la première fois depuis longtemps, elle se sentait calme, détendue. Plus rien n'avait d'importance.

Quelqu'un referma la main sur son avant-bras pour l'inciter à le suivre. Simone fronça les sourcils, entrouvrit les lèvres, mais elle avait déjà oublié ce qu'elle s'apprêtait à dire. Son corps se mouvait lentement, son esprit davantage. Quand avait-elle perdu ses camarades de vue ? Simone voulut savoir où ils étaient passés. Elle interrogea la main qui la dirigeait, mais seul un magma confus franchit ses lèvres. La sensation de bien-être dans laquelle elle avait flotté jusqu'à présent commença à s'étioler. Elle voulut s'arrêter un instant. Faire une pause. Permettre à ses idées de revenir au clair. Dire stop à l'agitation autour d'elle.

Tout allait trop vite. Ou était-ce elle qui bougeait trop lentement ? Elle ne savait plus. Le visage de Nil apparut dans son champ de vision. Il l'observa sans vraiment la voir. Pas d'étincelle dans son regard. Aucune joie dans son sourire.

Il ressemblait à une coquille vide. Une seconde plus tard, il avait de nouveau disparu. Simone s'arrêta, mais l'homme tira sur sa main d'un geste impatient. Elle reconnut aussitôt le visage anguleux d'Éole. La suffisance transpirait par tous les pores de sa peau. Il sentait la naphtaline. Étrange pour quelqu'un ayant des yeux de mite. Il s'agaça ; elle traînait trop. Docile, Simone hâta le pas.

Le volume de la musique baissa. Un couloir. Le son de leurs pas cadencés. Où était passé le monde ? Avaient-ils tous quitté la fête ? Sa mémoire se fragmenta en souvenirs diffus. Le passé, le présent, le futur… Plus rien n'avait de sens. Sa tête dodelina, soudain trop lourde pour elle. Ses yeux se fermèrent, tandis que ses jambes continuaient d'avancer. Elle se laissa guider. Le reste était trop compliqué. Une porte se referma. Les mains d'Éole sur ses épaules. Des mains fines aux doigts acérés qui se plantèrent dans sa chair tandis qu'il la faisait pivoter face à lui.

— Voyons cela de plus près, marmonna-t-il d'une voix aigre.

Il pogna dans ses cheveux, tira sa tête en arrière. Ses mains envahirent son visage. Lorsqu'il lui souleva une paupière, elle eut une brève vision de sa pupille noire, sadique, inquisitrice. Il lui pinça la joue, plus fort qu'il ne l'aurait dû. Il écarta sa mâchoire inférieure, fit pivoter son visage dans un sens, puis dans l'autre, reluquant sa dentition jusqu'au plus infime détail.

— Mmh, j'étais sceptique, mais elle a du potentiel. Le doc a bien fait d'insister pour que j'y jette un œil. Un peu de sang frais à la banque ne sera pas du luxe.

— Je valide la transaction, alors ?

Une deuxième voix. Masculine, elle aussi, mais beaucoup moins affirmée. Presque soumise.

— Non. Pas de précipitation. Faut-il vraiment tout t'apprendre ? Toujours, toujours, toujours vérifier la qualité du produit avant l'achat ! Et même quand tu décides d'acheter, ne jamais oublier la phase de silence. Pas trop longtemps pour ne pas braquer ton verdeur, mais si tu sais le laisser mijoter juste le temps qu'il faut, alors tu feras des affaires ! Bon, le matos est prêt ?

Le ton était plus à l'ordre qu'à la question. Tout en gardant sa contention serrée, Éole s'écarta légèrement pour céder la place à son subalterne. Simone sentit qu'on lui ouvrait de nouveau la bouche. On frotta quelque chose sur sa langue, contre l'intérieur de ses joues. Ses narines subirent le même sort. Sensation fugace de piqûre sur son bras.

Soudain, une voix. Une voix familière surgie de nulle part et qui réchauffa son cœur. La voix de 2333.

— Lâche-la !

— Sors d'ici. Tu n'as rien à faire là.

« Non ! Ne pars pas ! », aurait voulu hurler Simone, mais son corps ne lui appartenait plus. Pire, elle sentait sa conscience qui commençait à la lâcher, elle aussi. Suivre l'échange verbal fut de plus en plus difficile. Elle dut user de toute sa concentration.

— … contact il y a deux jours… malade. Rien de grave, mais… dois suivre la piste… Contamination… Ta responsabilité.

La main moite resserra sa prise, la fit reculer de quelques pas. Elle obéit.

— … accord de Louis… n'ai pas terminé.

Le ton monta. La pression dans l'air également. L'ambiance devint électrique, tandis que le destin de Simone oscillait entre les deux camps. Elle voulut soulever ses paupières, mais ces dernières étaient faites de plomb. Ses mots, piégés dans sa gorge. En surface, le calme plat. Personne n'aurait pu se douter de la tempête qui grondait en elle. Simone voulut crier, supplier 2333 de ne pas la laisser, faire entendre sa voix. Mais son corps disait le contraire, traîtreusement harnaché à celui d'Éole. Elle voulut récupérer sa main. Elle voulut… Pourquoi n'entendait-elle plus rien ? Ne ressentait-elle plus rien ? Ses pensées lui échappèrent de nouveau. Tantôt elle était là, une seconde après elle s'éclipsait.

— Je suis là, tout va bien.

La voix chaude de 2333 fut comme une caresse sur sa joue. Dans un ultime sursaut de lucidité, elle réalisa que les doigts qui enlaçaient les siens n'étaient plus des entraves. Ce lien ferme, solide, elle s'y accrocha en toute quiétude avant de sombrer dans le néant.

CHAPITRE 31

Une fissure fendait le plafond en deux. La lézarde zigzaguait de son centre jusqu'à l'un de ses coins d'où elle attaquait sa descente le long du mur. Simone reconnut l'amas de points noirs qu'une mouche avait laissé derrière elle. Vestige de son existence fugace. La toile bombée d'humidité, que l'on nommait plafond, avait pris la forme d'une échappatoire pour Simone, lors de ses longues nuits d'insomnies ; elle s'était amusée à donner vie aux formes de son ciel encaissé et les taches étaient devenues ses nuages. Tantôt oiseaux, tantôt moustaches. Peintures abstraites un jour, réalistes le lendemain.

Quelle étrange sensation que de se réveiller dans son lit, alors qu'un clignement de paupières plus tôt, elle se trouvait à des kilomètres de là ! Simone se redressa avec peine et grimaça, agressée par l'odeur rance qui émanait des murs, meubles et tissus.

La chaleur. Le premier souvenir à lui revenir fut la chaleur. La chaleur et l'inconfort d'une journée suffocante. Sa soif intarissable, sa peau collante. L'air chaud et épais qui, en forçant le passage jusqu'à ses poumons fanés, avait attisé les piqûres de sa gorge asséchée… Chacun de ses sens avait été malmené. La chaleur, la promiscuité, l'air parfumé de l'acidité des aisselles en surchauffe… Simone s'ébroua comme si ce geste - plus symbolique qu'utile - allait chasser toute sensation d'inconfort, puis ferma les yeux afin de permettre aux images de remonter à elle.

Garance. Le marché, ses stands. Les souvenirs allaient et venaient selon leur gré. Simone revit les étranges fruits à coque qu'une femme débordante de joie avait tenté de lui troquer jusqu'à réaliser que sa cliente potentielle avait les poches vides. Le constat avait aussitôt gommé toute trace de cordialité de son visage qu'elle avait détourné en quête d'une nouvelle cible. Changement de lieu et de décor. Simone se contorsionnait maintenant dans une étroite cabine, luttant à grosses gouttes pour enfiler le maillot de bain aux couleurs de Renaissance I. *Concentre-toi,* se morigéna-t-elle. Ces souvenirs futiles ne lui étaient d'aucune aide. Elle devait les chasser, alléger son esprit et remonter le fil du temps. Elle se rappela Nil et Côme. Elle se rappela la liesse autour de la compétition. La montée des marches. L'arrivée dans le carré des élus. Elle se rappela… Plus rien… Elle eut beau se concentrer, s'exhorter à faire le vide : si soirée il y avait eu, elle n'existait tout simplement pas dans ses souvenirs.

Garance. Elle pouvait toujours interroger Garance. Certes, elle n'avait pas été conviée à la petite fête d'Aurore, mais elles avaient sûrement fini par se retrouver à un moment donné. Simone se pencha par-dessus sa couchette, mais son élan fut coupé par une douleur lancinante. Elle porta la main contre sa tempe et laissa échapper un gémissement plaintif. Finalement, elle avait tout de même ramené un souvenir de la veille. Et quel souvenir ! Elle était bonne pour se coltiner une maudite migraine le restant de la journée. Ce n'était pas sa première et elle savait qu'une fois installée, l'indésirable invitée ne quitterait pas les lieux avant vingt-quatre longues heures, si ce n'est plus. Les antidouleurs ne lui seraient d'aucune aide. Qui plus est, Simone savait par expérience qu'il était inutile d'espérer une aide quelconque venant de l'infirmerie. Iris allait lui servir ses arguments habituels selon lesquels les anti-inflammatoires lui causeraient davantage de tort à l'estomac que de bien à son crâne, que le meilleur moyen d'éloigner un mal de tête était de s'hydrater en suffisance et de pratiquer une séance de sport dans le but de décrocher une miraculeuse dose d'endorphine. Servir un baratin pareil ne témoignait que d'une chose, l'infirmière n'avait jamais vécu d'épisode migraineux. Le simple fait d'utiliser le terme « mal de tête » était une insulte à toutes les victimes de migraine.

Luttant contre une furieuse envie de rendre, Simone descendit la courte échelle, le regard fixe, la nuque raide, les gestes lents. Elle cherchait à s'épargner tout à-coup inutile qui décuplerait la douleur pulsatile.

— Bonjour, Garance, est-ce que tu peux me dire si hier soir…

Simone ne termina pas sa phrase. Le lit était vide. Tout comme celui de 2414 dont le plaid avait été plié en deux avec soin. Simone tendit une oreille vers les sanitaires dont la porte grande ouverte suffit à lui répondre. Elle vérifia, malgré tout, que la pièce fût inoccupée avant de se précipiter chez les garçons. C'était la première fois qu'elle y mettait les pieds depuis l'éclosion. Hormis l'espace plus généreux dont ils disposaient, les filles n'avaient pas grand-chose à leur envier. Le décor était similaire au leur : chaste. Pas de superflu pour égayer la pièce.

Nil et Côme dormaient. Le premier sur le dos, pieds et bras en dehors du lit. Du second, on ne voyait que la masse de boucles blondes poindre en dehors de la couverture. Simone opta pour un réveil doux. Elle s'approcha à pas lents et les interpella à mi-voix. Les oreilles se tendirent, les paupières frémirent, les secondes passèrent, mais ses appels furent savamment ignorés. Les garçons ne quitteraient leur paillasse que contraints et forcés. La jeune femme revint sur ses pas et, une fois l'encadrement de la porte atteint, elle plongea la main dans l'anneau de commande et activa, non sans une certaine satisfaction, l'éclairage *maximal* de la pièce. Nil se retourna d'un bloc et enfouit son visage dans ses bras, tandis que la partie émergée de Côme disparut sous la couverture qu'il rabattit sur lui d'un geste vif. Des protestations étouffées s'échappèrent du cocon de fortune.

L'assaut lumineux lui avait fait autant de mal qu'aux garçons. Les vibrations dans ses tympans, le manque d'aération, les pulsations dans les tempes, le besoin impérieux de s'allonger - peu importe l'endroit tant que cela lui permette de s'alléger du poids de sa tête –, le goût âcre sous sa langue… Les couleurs, les odeurs… Son corps n'était que douleur. Simone était à deux doigts de flancher. Il fallait qu'elle tienne ; hors de question d'atterrir chez Iris ! Elle se fixerait des objectifs, avancerait petit pas par petit pas, mais elle survivrait à cette infernale journée. Et sa première victoire serait de découvrir la vérité. Côme la fixait d'un air hagard. Nil vacilla en tentant un premier lever et préféra rester assis au bord de son lit.

— L'un de vous deux peut-il me raconter comment s'est terminée la soirée, hier ? J'ai une absence de plusieurs heures.

Le processus d'analyse de leur cerveau anesthésié devait avoir du mal à se mettre en route, car ils laissèrent la question flotter dans les airs.

— S'il vous plaît, vite, avant que Flora ne débarque…, les supplia Simone.

— Aucune idée. Pareil que toi : trou noir total…,

grommela Nil en frottant son visage chiffonné.

Aussi vert qu'elle-même devait l'être, il semblait incapable d'aligner plus de cinq syllabes à la fois. Soudain, il se redressa. L'arc de ses sourcils fit un pli. Simone pressentit qu'il allait parler, mais réfréna son envie de le bousculer. De toute évidence, Nil faisait de son mieux pour rassembler ses idées. Ses yeux balayaient le vide devant lui. De fines rides marquaient le coin de ses paupières, ainsi que son front. Il ne pouvait pas être plus concentré et Simone ne voulait surtout pas court-circuiter ses efforts. Un peu de patience. Malheureusement, juste au moment où ses lèvres s'entrouvrirent, Flora s'invita dans la pièce.

— Simone, vous n'êtes pas loin de la mise en danger d'autrui ; rien ne justifie votre présence ici. Veuillez regagner l'espace commun et évitez de toucher quoi que ce soit en retournant sur vos pas.

La jeune femme obtempéra immédiatement.

— Gratitude. C'est une chance que je sois passée jeter un œil. Je vais ignorer l'infraction pour aujourd'hui, mais ce sera la seule et unique fois. Dorénavant, je vous prierai de faire preuve de moins d'insouciance.

— Je m'inquiétais de ne pas avoir entendu le réveil et j'ai foncé sans réfléchir dans leur chambre pour voir si j'étais la seule dans ce cas…, mentit Simone.

Il était impossible que l'IA puisse la croire tant sa voix, haut perchée, avait sonné faux. Pourtant, à sa plus grande surprise, sa réponse fit mouche. Et ce fut avec un timbre chargé de bonne humeur que Flora lui répondit.

— Il n'y a effectivement pas eu de réveil pour vous ce matin. Pour vous remercier d'avoir mis Renaissance I à l'honneur hier, quelques heures de sommeil vous ont gracieusement été offertes. Je suis joie de vous trouver tous trois en pleine forme, les batteries rechargées! Ainsi, je vous laisse finir de vous préparer pour rejoindre le réfectoire.

Simone scruta les caméras du coin de l'œil. Elle avait remarqué que la proportion d'appareils mis en veille variait selon les occupations du peuple. Plus une activité humaine suscitait un rapprochement physique et plus le plafond s'illuminait d'astres pourpres. Les repas en étaient un parfait exemple. Entre les gardes en surnombre et les multiples yeux de Flora, il leur était quasiment impossible de tisser des liens. Les séances de sport en revanche - où chacun enregistrait ses exploits sur une machine individuelle - se déroulaient sous l'égide d'un globe unique qui balayait la pièce avec flegme, passant de l'un à l'autre sans réellement les voir, comme s'il était, depuis longtemps déjà, blasé par sa routine. Parfois, un sursaut de vitalité saisissait le cyclope. De lent, son va-et-vient virait au vif. Il pilait sur une cible, sa pupille rouge s'embrasait, puis constatant toute absence d'échange entre ses sujets, il reprenait sa ronde aléatoire.

La majeure partie de la Colonie étant attablée ou de retour à ses tâches, la quantité de points rouges allumés dans les couloirs était dérisoire, alors Simone décida de tenter sa chance. Elle inclina la tête pour dissimuler ses lèvres et, tout en gardant ses distances, interrogea Côme de nouveau.

— Je ne vois pas ce que je peux te dire de plus, chuchota-t-il, pressé d'en découdre, c'était une super soirée, on s'est bien marrés. Le retour s'est fait dans les ronflements pour Nil et, désolé de te le dire, mais pareil pour toi, Simone. Pas un pour rattraper l'autre, vous teniez une sacrée couche. Rien d'anormal à ce que tes souvenirs soient flous…

— On a passé toute la soirée ensemble, alors, tu me le jures?

— Oui…

— Tu es sûr de toi ? insista-t-elle en percevant son hésitation.

— Mais oui… Nil a vite disparu. Pour le coup, lui, je ne sais pas ce qu'il a fait de sa soirée et, en même temps, ça ne me regarde pas ! En revanche, en ce qui nous concerne, toi et moi, on a dansé toute la nuit. Il y a bien un moment où tu as disparu du côté des toilettes. Comme tu t'éternisais, j'ai voulu te rejoindre pour m'assurer que tout allait bien, mais finalement je n'en ai pas eu besoin, car tu revenais déjà avec 2333. Je t'assure que tu te fais du souci pour rien ! Oui, tu avais un peu trop forcé sur l'alcool, mais comme beaucoup de monde, à vrai dire. Tu n'as rien fait ou dit de scandaleux, si c'est ça qui te stresse. On a pris le train pour rentrer. Les filles t'ont aidée à te coucher. Fin de l'histoire ! Maintenant, chut ! Pas envie d'avoir de soucis…

Côme s'écarta et, afin de la dissuader de poursuivre ses investigations, se rapprocha des derniers flâneurs à peupler le couloir, laissant Simone seule, en proie à ses incertitudes. De lui, Simone ne vit bientôt plus qu'une tête inclinée parmi les autres. Pas d'autre choix pour elle que de faire le reste du trajet en silence.

Refuge idéal quand il se faisait rare, le silence pouvait devenir une pénitence pour celui qui y était assujetti. Quelle étrange sensation que de replonger dans le calme après l'effervescence de la veille ! Simone était revenue bourrée de doutes, l'esprit en pagaille, tandis que Côme ainsi que les autres voyageurs semblaient paisibles, presque soulagés d'avoir retrouvé la quiétude de leur quotidien.

Une vérité frappa la jeune femme. La veille n'avait-elle été rien d'autre qu'une catharsis ? Une purge de quelques heures en offrande à un peuple muselé pour qu'il se déchaîne avec force et plaisir avant la reprise de son existence plate et tranquille ? Était-elle donc la seule à être harcelée par cette petite voix intérieure ? Une voix insatiable pour qui chaque réponse obtenue soulevait aussitôt un flux croissant de questions. Une voix qui, depuis que Simone lui avait cédé du terrain, refusait de se taire ou de capituler. Jamais satisfaite, toujours en quête. Une voix source de stress, de doutes, de remises en question incessantes. Une voix qui la bousculait, l'encourageait, la poussait à se dépasser. Une voix paradoxale qui rêvait de liberté tout en jalousant la sérénité de l'ignorance. Une voix qui la malmenait, mais que - pour rien au monde - Simone ne souhaiterait réduire au silence.

CHAPITRE 32

2414 leur adressa un sourire retenu. Polie, comme toujours. Mais le changement subtil dans son attitude n'avait pas échappé à Simone. Son dos s'était raidi dès qu'elle les avait aperçus à l'entrée du réfectoire. Autre fait notable : leur camarade avait troqué sa place habituelle contre celle que tout le monde délaissait, à l'autre bout de la table, au plus près de la sortie. Une place peu agréable où l'on était perpétuellement dérangé par les retardataires pressés de retourner à leur emploi du temps chargé. Lorsque Simone et les garçons s'installèrent, 2414 attaquait déjà son dessert, prenant à peine le temps de respirer entre deux bouchées.

— Est-ce que tu sais où est Garance ? demanda Simone sans s'attarder en politesses.

Pas de réponse.

— 2414 ?

— Je ne veux pas d'ennui, murmura 2414 entre deux bouchées.

— Mais tu sais où elle est, alors ?

— Notre moisson en a assez fait comme ça. Laisse-moi, je t'en prie, supplia-t-elle sans oser la regarder.

La peur de 2414 était évidente, mais Simone refusa

de se laisser émouvoir.

— Personne ne regarde, ça ne te prendra que deux secondes. S'il te plaît…

Simone avait parlé si bas qu'elle n'était pas certaine que 2414 l'ait entendue ; ses traits lisses semblaient avoir été sculptés dans le marbre, aucune émotion ne filtrait. Seule l'observation de ses prunelles tourmentées permettait d'effleurer le sens de ses pensées. Elle ne parlera pas, songea-t-elle, contrariée. Trop de monde. Trop risqué. Pourtant, bien que la tête inclinée de 2414 restât parfaitement immobile, Simone surprit un va-et-vient méticuleux de son regard. Après une longue hésitation, la jeune femme entrouvrit les lèvres.

— Bon, tu craches le morceau ? intervint Nil dont l'intérêt avait été piqué au vif à l'énonciation de Garance.

— Elle est en quarantaine…

Un garde passa près d'eux. 2414 se tut, blafarde. Cinq minutes passèrent avant qu'elle n'ose achever sa phrase.

— Pour délit d'Acte.

Le couperet était tombé.

Un froid glacial s'empara de Simone. Nil ne fit aucun commentaire. Figé, comme si son cerveau, incapable - ou refusant - d'analyser les informations reçues, avait décidé de se mettre en veille. Puis la surcharge émotionnelle fut trop forte. Le système jusqu'alors si bien rodé craqua. Angoisse, culpabilité, détresse. Les sentiments se mirent à défiler sur son visage désormais à nu. C'était la première fois que Simone le voyait ainsi. Authentique. Sans écran derrière lequel se cacher. Nil lui sembla soudain plus jeune, presque fragile. La femme aurait voulu le rassurer d'une parole. Qu'il ne se sente pas seul. Qu'il sache qu'elle non plus n'était pas indifférente au sort de Garance. Au lieu de cela, elle conserva un masque froid tout en priant pour que Nil se ressaisisse lui aussi au plus vite. 2414 dut prendre leur silence pour du scepticisme, car elle poursuivit en se justifiant.

— Iris a collecté toutes les données pour le prouver. C'est très grave! Garance a mis... Elle *met* la Colonie en danger en refusant de donner le nom de son complice.

Ce fut le coup de grâce. Nil n'aurait pu sembler davantage mortifié. Convaincue qu'il ne tarderait pas à se dénoncer, Simone lui lança un regard dissuasif. Il comprit qu'elle savait et resta muet, la laissant parler à sa place.

— Comment va-t-elle?

— Elle se repose.

Simone se retint d'exploser. Mille questions se bousculaient dans sa tête et les réponses laconiques de 2414 l'irritaient. 2414 avait mentionné la quarantaine; Garance était-elle souffrante? Sa vie était-elle en danger? Pourquoi ne les avait-on pas tenus informés? Ils faisaient partie de sa bulle sociale, après tout! Où l'avait-on installée? Elle devait se sentir terriblement seule... Une idée lui vint. Doutant que son amie accepte, elle laissa passer un long moment avant de tenter sa chance.

— Est-ce que tu pourrais lui transmettre quelques mots de soutien de notre part? Avec ton poste à l'infirmerie, tu pourras peut-être l'approcher? Sans te mettre en danger, évidemment. Ça pourrait l'aider; si ce n'est physiquement, au moins moralement.

2414 ouvrit de grands yeux effarés.

— Hors de question! Je vais suivre les consignes de rester en retrait et laisser les professionnels gérer son cas. Je t'encourage à en faire de même.

2414 se ferma. Son regard devint impossible à accrocher. Ayant déjà trop bravé les interdits, elle n'avait plus rien à leur dire. La jeune femme goba ses dernières cuillerées, se leva de table et s'éloigna d'un pas rapide.

Le vendredi s'écoula sans nouvelles de Garance. De même que le samedi. La vue du lit vide le dimanche matin n'aida pas à calmer les nerfs de Simone. Si seulement elle pouvait interroger 2414 ! Ne serait-ce qu'avoir le minimum d'informations sur l'état de santé de leur amie ! Mais 2414 gardait ses distances. Partie aux aurores, elle rentrait tard le soir et filait vite se coucher, drapée d'une froideur inhabituelle. Le besoin de réponses et les regards insistants de sa moisson étaient sans doute devenus trop lourds pour ses épaules et Simone finit par abandonner l'idée de se tourner vers elle.

On mit fin à leur attente le dimanche soir. Flora leur annonça qu'ils étaient tous les quatre convoqués au planétarium, *sans délai*. Un décor maritime les accueillit à la coupole. Aurore ainsi que le docteur étaient déjà arrivés. Derrière le contre-jour de leur silhouette, un soleil couchant teintait le ciel de ses nuances orangées, faisant miroiter la surface de l'eau. Simone ralentit le pas. Elle ne voulait plus de réponses, tout d'un coup. L'ignorance laissait place à l'espoir et Simone soupçonnait que toute cette vénusté, loin d'avoir été mise en scène par hasard, allait y mettre un terme d'un instant à l'autre.

« Garance est morte. »

On leur annonça comme cela. Sans détour. Elle avait contracté une infection et y avait succombé. Pas de détail. Pas d'émotion. Il fallait l'oublier. Fin de l'histoire. À l'avenir, il serait préférable de ne plus parler d'elle. La maladie avait fort heureusement été contenue et elle en était la seule victime. Interdiction d'ébruiter le sujet afin d'éviter toute panique inutile.

Tels furent leurs recommandations et le réconfort pour leur perte. Tandis qu'elle prenait congé en compagnie de Louis, Aurore se retourna et, dans un dernier élan de compassion, les invita à s'attarder, autant qu'ils le souhaitaient, pour prendre le temps de faire leur deuil. Le rire d'une mouette l'accompagna jusqu'à la sortie de la salle.

Ils se tenaient en arc de cercle. Immobiles. Aucun ne souhaitait parler. Nil avait accusé le coup, en silence, avant de plonger dans une déprime noire. 2414 n'avait pas cillé. La nouvelle, qui avait arraché un cri de déchirement à Côme, n'en était pas une pour elle. Pourquoi les avoir laissés dans l'ignorance? Par peur? Par simple obéissance?

Simone, quant à elle, refusait d'y croire. La gorge nouée, elle écrasa la chaude larme qui coulait le long de sa joue. Il n'était pas question de laisser la peine l'envahir. Elle n'avalerait pas un traître mot de la mélasse qu'on venait de leur servir. Les mois à se laisser endormir étaient révolus. Sans preuve, Garance restait en vie. Aucune autre réalité n'était envisageable. Simone ne savait pas encore où ni comment, mais elle retrouverait sa camarade et l'emmènerait loin d'ici.

Flora - dont l'humanité semblait avoir supplanté celle d'Aurore et de Louis - leur témoigna son soutien, immédiatement après leur retour dans leurs appartements. Préoccupée par leur bien-être - et afin de les aider dans leur gestion du deuil —, elle promit de les épauler dans ces moments difficiles. Désormais, assurer le bien-être de la moisson 24-1 serait sa mission première. Elle veillerait sur eux et mettrait un point d'honneur à ce qu'à aucun moment, ils ne se sentent seuls ou délaissés. Ils seraient sa priorité. Elle s'assurerait que jamais, au grand jamais, l'un d'entre eux ne pourrait de nouveau contracter une infection.

Autrement dit : ils étaient cernés et Flora voulait qu'ils le sachent. En quelques mots, elle venait de réduire leur marge de manœuvre - pourtant déjà limitée - à néant. Les piqûres ardentes des caméras pointées sur eux étaient là pour le rappeler.

CHAPITRE 33

Non mécontente d'attaquer une nouvelle semaine, Simone pressa le pas à l'approche du camp de base. Elle avait hâte de revoir 2333. Les derniers jours avaient été éprouvants et elle ressentait un besoin viscéral de renouer avec celui qu'elle considérait comme sa seule relation non artificielle. Certes, leurs échanges seraient brefs et courtois. S'octroyer le luxe d'une discussion qui sorte du cadre de la politesse était inenvisageable. Se confier, encore moins. Pourtant, elle savait que, dès qu'elle se retrouverait dans la même pièce que lui, sa confiance en l'avenir reviendrait. Parfois, le langage du corps suffisait. Retrouver son regard franc, sa force tranquille, son air serein ; auprès de 2333, aucune épreuve ne lui semblait infranchissable. Leur lien allait au-delà des lettres, au-delà de l'amitié. Il était le seul à la connaître, à l'accepter pour ce qu'elle était. Elle lui avait livré ses doutes, ses peurs, ses colères. Et jamais il ne l'avait jugée pour cela.

Garance, sa perte de mémoire le soir des jeux : les deux évènements étaient-ils liés ? Elle devrait faire preuve de patience avant d'en savoir plus. Parfois, ils ne parvenaient pas toujours à échanger leur courrier. Il fallait alors mettre ses attentes en veilleuse et espérer que la chance soit de leur côté au cours suivant. Parfois, la transaction se déroulait sans encombre, mais c'était la réponse qui se faisait alors prier. Simone enfonça les mains dans ses poches et entra en contact direct avec le haut de ses cuisses. Trouver de la matière pour écrire relevait du parcours du combattant. Elle en était arrivée à se fournir sur ses propres vêtements, dont elle avait sacrifié l'intérieur des poches. En espérant que le personnel de la laverie ne s'aperçoive de rien. Un vêtement usé passait encore, mais toute une garde-robe privée de poches pourrait sembler louche à qui s'en apercevrait.

Comme avant chacune de leurs rencontres, ses sens se troublèrent. Ses gestes devinrent nerveux. Les contradictions s'enchaînèrent : elle était impatiente, mais frileuse. Un frisson électrisa son échine malgré la chaleur de ses joues. Une fois devant la porte, Simone prit une profonde inspiration, repoussa une mèche de cheveux rebelle et pénétra dans la salle. Le sourire destiné à son instructeur se figea sur ses lèvres ; dans le carré habituellement réservé à 2333 se tenait Pierre, bras croisés, prêt à attaquer son cours.

Interdite, Simone fouilla la pièce du regard. Pas de 2333 en vue. La vingtaine d'apprentis, déjà installés derrière leurs pupitres, patientaient assis, les pieds joints, les paumes des mains posées bien à plat devant eux ; Simone mise à part, personne ne semblait perturbé par le changement de professeur. Personne ne cilla. Personne ne questionna. À croire que la matinée se déroulait comme les précédentes. Un garçon de la moisson 24-3 nota tout de même un trouble dans l'ordre des choses et tourna la tête en direction de Simone tout en fronçant les sourcils, l'air de se demander ce qu'elle attendait, plantée au milieu du passage. Une fille se racla la gorge dans son dos. Une autre expira exagérément. Simone revint à elle et se hâta de gagner sa place.

Absence. Disparition. Garance. Le raccourci fut vite fait. Accablée par la vision d'un futur aussi pessimiste qu'hypothétique, Simone sentit ses yeux se remplir de larmes. Le stress, tout d'abord, qui prendrait ses aises pour grignoter insidieusement son corps, autant que son esprit. Les pensées morbides, dont elle serait incapable de se prémunir. La peur de l'avoir perdu pour toujours. L'attente du verdict. L'incertitude, tortueuse et torturеuse. L'annonce du décès. Puis la souffrance. Intolérable et suffocante souffrance.

Simone tenta de déglutir, mais un nœud au fond de sa gorge l'en empêcha. Son nez et ses yeux avaient gonflé. Si elle ne se ressaisissait pas maintenant, un sanglot incontrôlable et bruyant finirait par éclater. Elle serra les poings. Ses ongles s'enfoncèrent dans ses chairs. S'il le fallait, elle puiserait dans la douleur pour ne pas craquer devant tout le monde. Simone releva le menton tout en s'interdisant de cligner des yeux. « Pense à autre chose, pense à autre chose… », se répéta-t-elle jusqu'à ce que la frimousse de Goû s'impose à elle. L'image du gros rat au caractère facétieux parvint à rallumer un timide sourire dans son cœur. Elle s'y accrocha de toutes ses forces tout en se délestant de sa peine. Petit à petit, elle réussit à se focaliser sur sa respiration, se recentrer sur l'instant présent et retrouver un semblant de calme.

Allait-elle questionner Pierre sur l'absence de 2333 ? En avait-elle seulement le droit ? L'interroger sur un sujet autre que celui abordé en cours était délicat. L'échange d'instructeurs était sûrement ponctuel. Que penserait le vieil homme en la voyant paniquer ainsi ? Pourtant, Simone savait déjà qu'elle ne tiendrait pas. À la pause, sa décision était prise.

— Oui, Simone ?

Sa capacité à distinguer chacun des élèves malgré sa déficience visuelle ne finissait pas de la surprendre.

— 2333 est absent et… je m'inquiète pour sa santé.

— Pourquoi un grand gaillard comme lui aurait-il des soucis de santé ? demanda-t-il avec un étonnement sincère.

Pierre pencha soudain la tête sur le côté, ses sourcils broussailleux formant un pli. Gestuelle que Simone avait appris à décoder comme un signe de concentration de sa part.

— Approche, Nil.

Simone sursauta. Elle n'avait pas entendu le garçon arriver. À l'instar de Simone une seconde avant lui, la perspicacité du vieil homme cloua Nil sur place.

— Eh bien, mon garçon, qu'attends-tu ? Je n'ai encore jamais mangé personne, que je sache.

L'intéressé échangea un regard avec son amie avant de se poster à ses côtés. Pierre se gratta le menton. Sans doute peu habitué à ce que l'on vienne le trouver à la fin d'un cours, il semblait déstabilisé par la démarche des deux jeunes gens. Soudain, un déclic se fit dans son esprit.

— Oh, je vois… Vous êtes de la moisson 24-1.

Le vieil homme les invita à s'asseoir.

— Toutes mes condoléances pour votre camarade. Ce genre… d'accident se produit parfois. C'est rare, mais ça arrive. Le corps, surtout à votre âge, est sans cesse stimulé ou soumis à des tentations auxquelles certains choisissent de céder. Et malheureusement, ils finissent *toujours* par se brûler les ailes. Loin de moi l'idée de porter un jugement ; je ne fais que relater un fait. Si l'on songe au passé : l'Humain a traversé une période d'insouciance sociale - sens de la famille, cercle d'amis –, d'insouciance sexuelle - chacun disposait de son corps comme il l'entendait –, de fécondité… Une fécondité qui était telle que la planète a frôlé la surpopulation !

Il lâcha un rire sans joie avant de poursuivre.

— Difficile d'imaginer cela de nos jours, n'est-ce pas ? Quoi qu'il en soit, certains verront cette époque comme une ère triviale, où l'Homme était dirigé par ses instincts primaires, tandis que d'autres y verront une forme de liberté avec laquelle ils pourraient être tentés de vouloir renouer... Finalement, peu importe le point de vue adopté... Ce choix, nous l'avons perdu depuis longtemps. Avec l'avancée du savoir et de la science, quel être sensé envisagerait aujourd'hui de pratiquer l'Acte n'importe où, n'importe quand, ou avec n'importe qui ? Ce n'est tout simplement plus acceptable. Pas avec nos connaissances médicales. Pardonnez ce mauvais jeu de mots, mais votre amie est la preuve vivante que cela représente un réel danger sanitaire.

— J'ai pourtant cru comprendre qu'Aurore s'octroyait ce droit de temps à autre ? répliqua Simone.

Pierre eut un hoquet de stupeur. Ses paupières se soulevèrent, dévoilant ses pupilles nacrées. Il marqua un temps de réflexion.

— Je ne demanderai pas comment tu sais cela et je ne vais pas te faire l'affront d'un mensonge. Il est vrai qu'elle s'offre parfois une coupure : sous contrôle, évidemment ! Ses partenaires sont systématiquement validés par le conseil médical. Cela peut sembler injuste, pourtant il faut comprendre qu'Aurore fait un remarquable travail afin que nous puissions jouir d'un environnement sain et équilibré. Elle tient la barre d'un poste à hautes responsabilités qui l'isole du commun des mortels. Alors oui, elle bénéficie de certains privilèges. Voyez cela comme une soupape de décompression. En ce qui concerne la Colonie, la vie est plus légère pour ses membres. Tout est dicté. Pas de responsabilités. Pas de comptes à rendre. Pas les mêmes besoins, donc.

Croyez-moi, une fois les pulsions primaires du corps domptées, on réalise que ce ne sont rien d'autre que des plaisirs ponctuels et éphémères. Rien que ne puisse apporter une intense séance de sport.

Les arguments avancés par le garde mirent Simone mal à l'aise, mais n'ayant pas encore obtenu ce qu'elle était venue chercher, elle préféra ne pas le contredire et le laissa poursuivre.

— Ainsi, puisque vous êtes au courant - et parce que, au vu de la perte que vous venez de subir, autant éviter d'ajouter tout stress inutile - c'est en âme et conscience que je vous certifie de la bonne santé de 2333 ! Aurore lui a justement offert un instant en sa compagnie. Il sera de retour à son poste demain, au meilleur de sa forme, termina-t-il avec malice.

Simone reçut la confession comme un coup de poignard et quitta Pierre en bredouillant un vague « au revoir ». Elle qui n'avait jamais répondu aux témoignages d'affection que 2333 avait eus pour elle était mal placée pour émettre quelque jugement que ce fût. L'homme ne lui devait rien. Pourtant, elle ne put s'empêcher de vivre l'annonce comme une véritable trahison.

— L'Acte, un danger sanitaire : des conneries, tout ça ! Quelle hypocrisie ! J'ai l'air d'aller mal, moi ? Elle gouverne par la peur, faut pas chercher plus loin..., grogna Nil en aparté.

Simone l'observa du coin de l'œil. Son corps était une boule de nerfs. Une veine pulsait sur sa tempe. Ses yeux renvoyaient de la pure haine. La jeune femme décida qu'il était temps de lui faire confiance.

CHAPITRE 34

Sa silhouette souple glissait le long des murs. Seul retentissait l'écho de sa respiration saccadée.

Au premier bruit, Simone se figea. Le corps fondu dans le décor, elle patienta, l'oreille tendue, le cœur prêt à exploser. Pas un son. Pourtant, son intuition lui hurlait qu'elle n'était pas seule. Ne pas bouger, ou décamper ? Deux possibilités. Rationnelle, Simone choisit la première et, immobile, compta jusqu'à dix. Ses épaules se détendirent, son pouls ralentit. Prête à se remettre en marche, elle ressentit soudain de vives piqûres au niveau de la cheville. L'onde de son cri vibra, loin devant elle. Prise de panique, Simone se secoua dans tous les sens, sauta sur place, tapa du pied… Bien que consciente de céder à l'affolement et de manquer foncièrement de discrétion, elle était incapable de se réfréner. Au diable, le risque de se faire surprendre hors de son lit pendant le couvre-feu ; pour l'instant, la priorité était de se débarrasser de la chose qui, bien agrippée à sa jambe, non seulement refusait de lâcher prise, mais pire, en entamait désormais l'ascension ! Simone balaya ses vêtements à coups de main énergiques tout en pinçant les lèvres pour retenir les cris qui demandaient à sortir lorsqu'un couinement plaintif mit un terme à sa danse tribale. Elle reconnut un peu penaude l'assaut inoffensif de Goû.

Flora réagit au quart de tour. Dans un cliquetis métallique, ses caméras pivotèrent dans leur direction. Efficacement. Militairement. Simone se jeta face contre terre en espérant avoir été suffisamment rapide. Elle tendit le bras pour retenir Goû qui, effrayé par la chute, fuyait le danger. Sa main happa le vide tandis que l'animal, trop vif pour elle, fila à toute allure. Aussitôt alertée par les couinements affolés, Flora braqua son attention sur le rat. Les points rouges remontèrent la piste avec un léger train de retard avant de piler sur la porte sous laquelle Goû venait de disparaître. Simone jura intérieurement. Pourquoi, entre toutes les portes, avait-il eu besoin de choisir celle-ci ? Nil était censé l'y attendre, juste derrière, et Goû venait d'attirer l'ennemi droit sur lui.

Flora hésita. Les secondes passèrent, tandis que les yeux de la machine restaient bloqués sur la porte. Simone pouvait presque percevoir le raisonnement de l'IA. Cette dernière savait qu'au-delà de ces murs, il n'y avait pas de caméra. Sans visibilité, pas d'accès. Or, Flora ne laissait jamais rien au hasard. Elle agissait de façon pragmatique. Un bruit suspect avait été perçu ; son devoir était d'en connaître l'origine. Préserver la Colonie de toute menace. Oui, mais… son champ d'action avait des frontières et elle venait de s'y heurter le nez. Pour aller au fond des choses, il lui faudrait l'aide d'un tiers. Avoir recours au monde humain. Montrer ses limites. Était-il possible que Flora ressente de la frustration, voire de la colère ? L'éclat de son regard pourpre n'avait jamais semblé aussi incandescent qu'en cet instant.

Après un dernier balayage du couloir, les voyants s'éteignirent. Simone resta le nez collé au sol jusqu'à ce que ses membres s'engourdissent. Le souffle court, elle respirait sa propre haleine ; chaude, humide, saturée de CO2. Son corps en stress réclamait une plus grosse quantité d'oxygène, mais Simone le lui refusait, s'interdisant de happer la moindre goulée d'air. Pas tant que l'IA n'aurait pas *totalement* quitté les lieux. Flora avait, certes, clos les paupières, mais Simone n'était pas dupe. L'IA restait tapie dans l'ombre. Tout ouïe. Prête, au premier soupçon, à relancer sa vigilance optimale.

L'ambiance s'allégea d'un seul coup et Simone put respirer en toute sérénité. Elle était seule désormais et Flora, enfin partie. La jeune femme aurait été incapable d'expliquer comment elle le savait. Elle le savait. Point.

Peut-être était-elle trop sensible ? Elle avait remarqué avoir développé un certain degré de perméabilité aux émotions des autres. En effet, si l'un de ses camarades dissimulait une peine - en la taisant ou en feignant un bonheur exacerbé –, s'il tentait de la refouler ou s'il n'en avait tout simplement pas conscience, Simone ressentait immanquablement de la mélancolie au contact de cette personne. De même que son esprit était plus léger en compagnie de gens au tempérament joyeux. Pour autant, cette *capacité* pouvait-elle s'appliquer à une machine ? Simone commençait à le croire... Chaque fois qu'elle s'était retrouvée en présence de Flora, Simone avait été saisie par la faculté qu'elle avait à remplir l'espace par son simple charisme. L'IA n'était pas faite de chair et d'os, mais une vague énergie l'accompagnait indubitablement dans ses déplacements.

Simone se faufila dans la réserve. La bouche tordue par une moue concentrée, elle accompagna, tout en douceur, la fermeture de la porte. Le léger déclic la fit tiquer, puis l'obscurité l'avala. Sans *leds* d'appoint, ni la moindre lueur à laquelle accrocher son regard, Simone eut l'impression qu'elle allait se noyer dans un océan de ténèbres. Elle devait vite reprendre pied. À tâtons, Simone partit à la recherche des commandes du système d'éclairage - tout en se maudissant de ne pas avoir pensé à les repérer avant de s'enfermer dans la pièce.

La chaleur de la journée semblait s'être accumulée ici, plus que n'importe où ailleurs. Sa peau moite retenait son T-shirt contre ses chairs. Sa cage thoracique se resserra autour de ses poumons. Un mal-être diffus la gagna. La jeune femme se sentait à l'étroit dans sa vie, dans la pièce, dans ses vêtements... Réalisant qu'elle était en train de céder à une montée de claustrophobie et qu'il fallait absolument la réprimer avant qu'il ne soit trop tard, Simone se força à se concentrer sur les éléments concrets qui l'entouraient.

Des odeurs de rouille et de poussière flottaient dans les airs. Un mélange auquel se mêlaient de discrets effluves de désinfectant. Simone aurait pu choisir un autre lieu de rendez-vous. Plus proche, plus facile d'accès. Comme les sanitaires, par exemple. Mais elle avait tenu à s'éloigner autant que possible du reste de la chambrée. Elle n'avait plus confiance en 2414. Non pas qu'elle lui prêta de mauvaises intentions, mais après l'avoir vue s'épanouir aux côtés d'Iris, Simone craignait que ses valeurs soient davantage similaires à celles de l'infirmière qu'aux siennes, et la jeune femme n'avait aucune envie de tester sa fidélité. Vers qui pencherait son cœur si elle venait à surprendre ses camarades? Qui aurait le plus de poids : la loi ou l'amitié? Simone craignait de connaître la réponse... Et puis, elle n'avait plus la force - ni l'envie - d'essayer d'ouvrir les yeux de sa camarade. 2414 était libre de mener sa vie comme elle l'entendait. Que ses choix lui plaisent ou non, Simone devait les respecter.

— Nil, tu es là? lança-t-elle à l'aveugle, d'une voix étouffée.

Pas de réponse. Elle allait renouveler son appel lorsqu'elle perçut un pas rapide dans le couloir. Instinctivement, Simone se plaqua contre le mur. Son cœur accéléra au fur et à mesure que l'individu se rapprochait. Flora avait finalement décidé de mener son enquête à son terme. Ses battements cardiaques atteignirent leur paroxysme au moment où les foulées volontaires martelèrent le sol, au plus près de la porte, pour… poursuivre leur route. Une goutte de sueur coula le long de sa tempe. Une minute passa sans que Simone bouge le moindre centimètre carré de peau. Lorsqu'elle fut certaine que le danger fut passé, la jeune femme se détendit légèrement - ce qui n'était pas dur, son corps n'était que contractures. Elle laissa échapper un soupir involontaire.

Nil avait-il changé d'avis? Avait-il eu un empêchement de dernière minute? S'était-il fait surprendre alors qu'il aurait dû se trouver dans son lit ? Pire… Avait-elle eu tort de lui faire confiance? Venait-elle de foncer, tête baissée, dans un piège qu'elle s'était tendu à elle-même? Rien de plus simple, en effet, que de venir la cueillir dans cette pièce étroite et sans issue!

Simone tendit l'oreille, redoutant d'entendre la cavalcade de la garde. Agacée de laisser ses doutes lui tenir compagnie, la jeune femme se força à les réduire au silence. La situation était assez pénible comme cela, inutile de se rajouter un ulcère à l'estomac. De multiples raisons pouvaient expliquer son retard. Simone patienterait encore cinq minutes. Pas une de plus. Ensuite, elle déguerpirait loin d'ici.

Soudain, la lumière fusa autour d'elle, l'aveuglant de son halo lumineux. Simone sentit la présence, avant de la voir. Les yeux mi-clos, elle esquissa un mouvement de recul, trébucha, tenta de se rattraper à l'étagère sur sa gauche, ce faisant, envoya valser un récipient métallique que Nil rattrapa *in extremis*, à un centimètre du sol, évitant un tintamarre de tous les diables. Évidemment, qui d'autre que lui cela pouvait-il être ?

Nil reposa le récipient avec délicatesse en lui jetant un regard mi-accusateur, mi-triomphant.

— Bravo pour la discrétion ! Je t'ai entendue venir à des kilomètres. Bon, qu'as-tu de si important à me dire ?

Son visage, parcouru de tics compulsifs, contrastait avec le flegme de sa voix. Ses traits s'étaient creusés. Des cernes violacés obscurcissaient son regard. Un sentiment de profonde lassitude semblait s'être emparé de lui. Le langage de son corps criait son envie d'être ailleurs. Pourtant, il était bien là, debout, devant elle. Il avait répondu présent à son appel.

Simone se lança sans plus tarder. Ses origines extérieures, 2333, les lettres, son envie de s'enfuir… Elle n'omit aucun détail. Les sourcils de Nil se levèrent, sa bouche se crispa, ses narines se pincèrent, mais jamais il ne chercha à l'interrompre. Un silence de plomb accueillit sa confession.

— Dis quelque chose ! finit-elle par craquer.

Impossible de savoir s'il accusait le coup ou s'il la prenait pour une déséquilibrée. Simone pensa alors au brin de lavande qu'elle portait en permanence sur elle, le sortit de sa cachette et le lui tendit… sans qu'il sache quoi en faire. D'un geste, Simone l'incita à le porter à son nez. Bien que circonspect, le garçon comprit ce qu'elle attendait de lui. Elle vit alors ses pupilles se dilater et ses yeux s'illuminer de plaisir. Un sourire candide se dessina sur ses lèvres.

— Qu'est-ce que c'est ?

— Une fleur de lavande, répondit Simone, saisie par l'ignorance du garçon autant que par ses propres connaissances.

Comment avait-elle associé le nom à l'odeur? Elle l'ignorait. Pourtant, elle était certaine de ce qu'elle avançait.

— Je ne rêve pas... C'est vraiment une fleur?! De celles du monde d'avant? Où l'as-tu trouvée?

— Pas moi, mon rat.

Nil l'interrogea du regard.

— J'ai trouvé un rat. Euh, je devrais plutôt dire qu'un rat m'a trouvée. On est devenus copains, Goû et moi.

À l'énonciation de son prénom, l'animal pointa le bout de son nez.

— Oh, te voilà! Je suis désolée pour tout à l'heure.

La confusion se dessina sur le visage de Nil. Il suivit le regard de Simone et découvrit, effaré, un gros rat - plus jaune que blanc - perché au-dessus de son cuir chevelu. En équilibre sur ses pattes arrière, l'animal tendit son museau curieux vers le front du garçon. Sans se soucier de l'avis de ce dernier, Goû sauta sur l'épaule de Nil et commença à s'y promener, tout à fait à son aise. Le visage de sa monture se délita en une mimique assez étrange, mélange de dégoût et d'effroi. Simone s'amusa du spectacle, jusqu'à ce que Goû décide d'investiguer les oreilles du garçon à petits coups de langue. Bien que ce fût une marque de sympathie et de confiance de sa part, Simone douta que Nil vît les choses de la même manière et se dépêcha de mettre fin à son calvaire. Elle saisit délicatement le petit animal dont elle caressa le dos d'un geste tendre.

— Ne t'inquiète pas, tu ne risques rien. Il est gentil comme tout.

— Mouais, tu parles d'une bestiole... Je suis sûr que ça mord et que c'est bourré de maladies. Pile quand tu t'y attends pas : « Crac! », il te croque. Plus efficace qu'une injection bourrée de microbes. Regarde-moi la taille de ses incisives!

— Ce n'est pas à toi que je parlais, le taquina Simone en déposant un baiser sur la tête de Goû, mais s'il faut aussi te rassurer, je jure que Goû est un amour.

— Si tu le dis, avança Nil d'une voix peu convaincue.

— Je ne te donne pas une journée avant de fondre sous son charme. N'est-ce pas que tu vas le faire changer d'avis, mon ratounet?

Goû ramena ses pattes avant sous son menton, frétilla du nez et posa ses deux billes rouges empreintes de gentillesse sur Nil.

— Euh... Son charme, c'est vite dit, mais tu marques un point; c'est vrai qu'il n'a pas l'air bien méchant. On devrait réussir à s'entendre. Tant qu'il reste loin de moi! se dépêcha-t-il d'ajouter en voyant le rat, qui de toute évidence avait pris cela pour une invitation, trottiner dans sa direction.

— Je pense qu'il s'est échappé d'un laboratoire. Regarde toutes ces cicatrices sur son corps. Elles ne peuvent avoir été faites que par la main de l'Homme. Je suis persuadée qu'il a trouvé un moyen d'aller à la surface, et que l'air y est viable. Car, en plus de la lavande, il m'est parfois revenu avec des brindilles ou de la terre incrustées dans les poils.

Nil huma le brin de lavande d'un air songeur.

— Tu me crois?

— Je... Admettons, mais quel rapport avec Garance? Tu m'as dit être sûre qu'elle était en vie et pourtant, pas une fois tu n'as prononcé son nom. Parce que si tu m'as fait venir ici pour un rat et des fleurs, c'est pas comme ça que tu obtiendras quoi que ce soit de moi.

— *Toi,* déjà ! Tu es la preuve que la *soi-disant* maladie dont est morte Garance est la plus grande des fumisteries. On nous cache d'autres choses. La soirée au marché, par exemple. Ça ne te dérange pas de n'en avoir gardé aucun souvenir ? J'ai vu les traces d'injection sur ton bras… J'en suis revenue avec les mêmes.

Nil ne répondit pas. Simone sut qu'elle avait marqué un point, ce qui l'encouragea à poursuivre.

— Tu te rappelles la simulation, le premier jour à la garde nationale ?

— Mmh, acquiesça-t-il.

— La mienne se passait au moins douze. L'endroit est lugubre. On pense ne pas avoir de temps libre, ce n'est rien comparé à la vie des originaux. Ils y sont tués à la tâche. Sans parler du manque d'hygiène !

Nil décrocha du regard. Consciente qu'elle allait le perdre si elle n'en venait pas plus vite aux faits, Simone accéléra.

— Dans ma simulation, deux femmes se sont rebellées. En me montrant cette scène précise, 2333 a pu m'informer *incognito* de la facette sombre de la Colonie. Ce qu'il s'y passe en coulisse. Le *putsch* a avorté, mais je pense qu'on peut espérer trouver de l'aide là-bas : pour retrouver Garance et pour s'enfuir.

Simone respecta le long silence qui suivit afin de laisser à Nil le temps de digérer toutes les informations.

— Admettons que j'envisage de te suivre.

Un large sourire éclaira le visage de Simone. Nil leva aussitôt la main.

— Ce n'est pas encore un oui ! J'ai dit « admettons »… On procéderait comment ? Tu y as pensé ?

Simone opina, des nuances revanchardes dans la voix.

— En devenant garde. On sera alors libre d'aller où bon nous semble !

Nil l'observa, incrédule.

— D'accord, libre, peut-être pas… Mais la surveillance sera moindre.

— C'est pas ça, le problème ! Avec ton plan, on ne sera pas diplômé avant des semaines… Qu'est-ce que je raconte : des mois ! S'il y a une chance de retrouver Garance en vie, on doit la saisir tout de suite !

— Je sais que ça demande du temps, mais je ne vois pas d'autres solutions. Et puis, on n'a pas besoin d'attendre la fin de la formation. Juste d'y être depuis suffisamment longtemps pour que notre surveillance soit allégée.

Nil ne lui laissa pas le loisir d'argumenter davantage.

— Où et dans quelles conditions est-elle détenue ? Combien de temps, avant qu'on lui lave le cerveau ? Hors de question qu'elle subisse le même traitement que toi !

La voix de Nil se cassa et il se détourna avec pudeur. Sans doute venait-il de réaliser ce qu'impliquerait une perte de souvenirs. Cela toucherait non seulement Garance à titre personnel, mais aussi leur histoire. Chaque conversation, chaque instant ensemble, chacune des précieuses minutes d'intimité qu'ils avaient réussis à glaner, tous ces souvenirs heureux qui leur seraient volés. Il n'y aurait plus de « eux » qui tienne. Du moins, dans la réalité de Garance.

— On va avoir besoin de Côme, lâcha soudain Nil avec un regain d'énergie dans la voix.

— Pourquoi pas… Il faut y réfléchir. On doit d'abord peser le pour et le contre, balbutia Simone.

La jeune femme était mal à l'aise d'inclure si rapidement une nouvelle recrue dans le groupe. Toutefois, son dernier souhait était de braquer Nil en se montrant fermée. Il lui tenait à cœur qu'il sache que toute initiative de sa part serait prise en compte. D'autant plus que, pour la première fois, Nil semblait prêt à la suivre.

— C'est tout réfléchi ; il *doit* être mis dans la confidence. Penses-y, Simone ! Premièrement, je lui fais confiance ; c'est un bon gars. Je sais que ce n'est pas un argument, mais il va falloir que tu me suives sur ce coup-là… Deuxièmement, qui d'autre que lui pourra nous aider ? Il bosse à la maintenance. Avec ses accès et les connaissances qu'il a déjà engrangées, je suis certain que provoquer une panne d'électricité est dans ses cordes. Imagine : un *black-out* général ! Ça nous laisserait le champ libre pour inspecter le cône ! On en profite pour mettre la main sur Garance et on file loin d'ici. Au revoir, Flora ! Au revoir, Aurore ! Au revoir, la Colonie !

— À t'entendre, ça a l'air si facile, ne put s'empêcher de sourire Simone, sceptique, mais heureuse et soulagée par son enthousiasme.

Nil redevint soudain sérieux et lui tendit la main. La surprise passée, Simone fit un pas vers lui, planta son regard dans le sien et scella leur alliance par une franche poignée de main. Un silence solennel les enveloppa tandis qu'un échange muet passait entre eux. De nombreux dangers les attendaient, leur quotidien allait être chamboulé, mais ils franchiraient les obstacles, ensemble. Unis, l'espoir devenait possible.

CHAPITRE 35

Habitués au caractère jovial et placide de Côme, Simone et Nil avaient conclu, un peu trop hâtivement, qu'il serait facile de l'inclure dans leur projet. Or, leur ami se révéla peu prompt à la dissidence. Elle se mit à douter. S'étaient-ils montrés trop empressés ? Soudain frileuse, la jeune femme demanda à Nil de ralentir. Certes, il était trop tard pour faire machine arrière maintenant qu'ils l'avaient mis dans la confidence, mais ils pouvaient tout de même laisser Côme souffler un peu. Lui octroyer un court délai pour digérer toutes ces nouvelles révélations. En effet, chaque fois qu'ils tentaient une nouvelle approche, son visage, son cou, ses membres se couvraient de plaques, laissant le garçon ravagé par de frénétiques crises d'urticaire. Mais Nil n'avait que faire du pli soucieux sur le front de son ami, ni que son sourire se soit égaré. Peu lui importait que le garçon ait perdu de sa bonhomie. Pressé par le temps et persuadé que la partie était en passe d'être gagnée, il refusait de relâcher ses efforts.

Ainsi, loin de sa nonchalance habituelle, ce dernier la surprit par sa détermination. Il travailla son camarade sans relâche, usant d'autant de zèle que de patience. Plus Côme le repoussait, et plus Nil s'accrochait, aussi obstiné qu'une mouche appâtée par un mets sucré. Sa technique : le faire plier à l'usure. Sa méthode porta ses fruits. Côme finit par céder. Sans doute, moins par conviction que par souci d'avoir la paix, songea-t-elle. En quelques jours, Nil était parvenu à le rallier à leur cause.

Le passage à l'action avait été fixé pour le soir même. Laisser courir trop de temps laissait à Côme l'occasion de revenir sur sa décision. Risque que Nil comme Simone refusaient de prendre.

Elle leva une nouvelle fois les yeux vers les quatre chiffres rouges qui flottaient au-dessus de 2333 et se retint de souffler. L'heure la narguait depuis de longues minutes, refusant d'avancer ou de sonner la fin du cours, bloquée dans son cadran, comme si elle cherchait à figer le temps. Était-il possible que les chiffres se soient mis à reculer ? Des fourmis dans les jambes, Simone dut se faire violence pour tenir en place. Elle joignit les mains et serra les doigts, fort. Éloignant d'elle toute tentation de pianoter sur la table. Ne rien laisser paraître. Afficher une sérénité de façade. Prendre son mal en patience. Attendre.

Elle était tiraillée entre la peur et l'excitation. Beaucoup de doutes et d'appréhension. De soulagement aussi. Une nouvelle vie les attendait. Bonne ou mauvaise ? Seul l'avenir le dirait. La route de leur avenir serait-elle parsemée d'embûches ? Probablement ! Mais quoi qu'il advienne, à partir de maintenant, la soumission passive touchait à sa fin ! Ils prenaient en main leur destin et cela n'avait pas de prix.

Elle pensa à Côme, dont elle n'osait imaginer le niveau d'angoisse qu'il devait avoir atteint, à quelques minutes de passer à l'acte. Isolé au moins deux, le ventre noué, prêt à transgresser les règles pour la première fois de sa vie. D'autant plus que, d'après ses dires, sa marge de manœuvre allait être serrée. Il ne disposerait que d'une quinzaine de minutes, montre en main, pour couper l'électricité et plonger la Colonie dans un *black-out* total ; chaque jour, à la même heure, les instructeurs s'absentaient en laissant les commandes aux élèves. En plus d'un chronomètre serré, Côme aurait deux autres problèmes à prendre en compte. La présence de ses camarades de stage, pour commencer - il n'aurait d'autre choix que de faire avec –, et le fait qu'il devait intervenir, à la vue de tous, sur une console sur laquelle il n'était pas autorisé à poser les mains. Ni lui ni aucun autre stagiaire. Pas avant d'être diplômés et d'avoir roulé leur bosse plusieurs années durant. Les instructeurs s'étaient montrés fermes à ce sujet.

Et puis, il y avait 2333… Simone retira une peau morte de son index. Elle ne l'avait pas mis dans la confidence et appréhendait sa réaction. Lui, qui avait pour habitude de tout contrôler, allait se retrouver plongé dans l'action sans avoir été consulté ni averti en amont. Simone avait conscience d'être l'unique responsable de cette situation. En effet, depuis qu'il avait passé une journée privative en compagnie d'Aurore, Simone avait refusé tout échange avec lui. Elle savait très bien que sa réaction était puérile, égoïste et infondée, mais chaque fois qu'elle pensait à 2333, c'étaient les doigts délicats d'Aurore qu'elle voyait courir le long de sa nuque, sa bouche humide qui remontait jusqu'à ses lèvres… Ces images la faisaient souffrir et pour ne pas subir davantage ce sentiment nouveau, elle avait choisi de rester loin du garde. Après coup, elle avait été occupée par Côme, les évènements s'étaient précipités et il avait rapidement été trop tard pour le tenir informé.

Quand vint enfin l'heure de libérer ses élèves, 2333 ne remarqua pas tout de suite le peu d'entrain que mettaient Nil et Simone à quitter le cours, cédant à outrance le passage aux autres. À force de traîner la patte, ils ne seraient bientôt plus que trois dans la salle. Sitôt le dernier élève parti, Simone referma la porte sur lui avant de pivoter pour faire face à un 2333 interdit. Elle plongea son regard dans le sien en y mettant toute la conviction et la force dont elle était capable. 2333 ouvrit la bouche, mais aucun son n'en sortit. Une lueur de panique passa dans son regard, juste avant qu'il ne s'assombrisse. Il venait de comprendre que quelque chose allait arriver et que Simone n'y était pas pour rien.

Soudain, la lumière s'éteignit, les laissant plongés dans le noir avant que ni Simone ni Nil n'aient eu le temps de s'expliquer. Puis, ce furent les cris.

CHAPITRE 36

— Qu'avez-vous fait ?

La silhouette de 2333 se détachait du cadre de la porte par un jeu d'ombre et de lumière. Les contours de son corps, onduleux, inconstants, semblaient avoir été esquissés par des doigts fébriles. Simone jeta un regard par-dessus l'épaule du garçon. Une étrange phosphorescence irradiait du couloir plongé dans le noir. Des halos bleutés couraient sur toute la longueur du plafond. Les responsables ? Une colonie de champignons bioluminescents. Elle, qui avait jusqu'alors mis leur présence sur le compte de l'humidité ambiante, ne put s'empêcher d'admirer la capacité d'adaptation de ses pairs. La Colonie avait su anticiper une éventuelle panne par une solution de secours fiable, naturelle et autonome. Cependant, la luminescence avait ses limites. Son efficience était bien éloignée de celle des DEL qui distribuaient une lumière, artificielle certes, mais efficace et généreuse. Sous les champignons, les champs visuels étaient restreints. On sentait, on entendait la peur, mais on ne pouvait la voir.

Le calme pérenne de la Colonie avait fait place à un branle-bas général. Le sens de la circulation avait été aboli. On se bousculait, on se pressait. Des corps en fuite, on ne voyait que de vagues silhouettes s'évaporant dans des directions anarchiques. La panique avait muté en épidémie. Les cris étaient contagieux. La fuite, un instinct de survie. Fuir le danger à tout prix. Peu importe qu'il fût réel ou non. Les congénères fuyaient, alors on fuyait. On fuyait au milieu des fantômes. Auparavant familiers, les visages n'étaient plus que masques d'ombre. Des visages aux traits insaisissables. Flous, comme dépourvus d'yeux ou de bouche. Sans relief pour s'y accrocher, les émotions n'y avaient plus leur place.

Toutefois, grâce à leur pâle phosphorescence, les bulbes visqueux jouaient leur rôle à merveille, offrant, au milieu du désordre, une lueur à laquelle s'accrocher.

— Bravo, mon Côme, commenta Nil avec une pointe de fierté.

— Et maintenant, on fait quoi ? demanda 2333, l'air affligé.

— On rejoint Côme au moins douze - le pauvre doit s'y ronger les sangs, tout seul –, puis on ira chercher Garance et on quittera cette fichue prison, lui expliqua Simone en essayant d'être la plus concise possible.

— Le moins douze ?! Il n'y a rien là-bas, à part de la misère. Aucune échappatoire possible… Autant lancer une invitation pour que l'on vienne nous cueillir comme des rats ! Sans parler de l'accueil qui risque de nous y être fait !

— Bel état d'esprit : optimiste, encourageant… Tout ce que j'aime, le railla Nil.

— Je t'ai demandé ton avis ?

Sentant la tension monter entre les garçons, Simone intervint :

— On a quand même un peu de marge avant d'être démasqué et recherché. Ils vont devoir rétablir le courant, remettre le cône en ordre… S'apercevoir de notre absence va leur prendre des heures… Alors, si vous le voulez bien tous les deux, arrêtons de gaspiller notre temps et allons-y !

En voyant la mine butée de 2333, elle comprit qu'il en faudrait un peu plus pour le convaincre.

— Je sais que les originaux ne nous portent pas dans leur cœur.

— C'est le moins que l'on puisse dire.

— S'ils ont atterri là-bas, c'est qu'à un moment donné, ils se sont rebellés. On doit forcément partager les mêmes idées. Si nous parvenons à gagner leur confiance, peut-être accepteront-ils de nous aider ?

— Ils ne sont pas comme nous. Je ne pense pas qu'une alliance soit possible avec eux, ni une idée judicieuse…

— Mais…

2333 balaya d'une main les arguments qu'elle était sur le point d'avancer. Il n'avait pas terminé.

— Ils sont dangereux. Ce n'est pas pour rien qu'ils sont cantonnés à vivre en bas pour le restant de leurs jours. Et toi, tu veux nous y envoyer au pire moment ! On sera des cibles parfaites. Ils n'attendent que ça, la moindre faille pour reprendre le pouvoir.

— Eh bien, voilà, tu le dis toi-même. Nos aspirations ne sont pas si différentes.

2333 ouvrit la bouche, puis la referma, se gratta la tête. Déstabilisé par le point qu'elle venait de marquer, il était clair qu'il cherchait un contre-argument à lui opposer. Il se creusa les méninges, en vain, pendant une longue minute, avant de céder.

— Admettons qu'on ne se fasse pas tuer en débarquant là-bas. Ils sont assez nombreux pour se débrouiller sans nous. Pourquoi nous aider, nous, les privilégiés ?

— Ce point, précisément ! On troquera nos connaissances contre leur soutien. On connaît les endroits sensibles, les zones à éviter, on sait où et quand ont lieu les rondes des gardes… Il nous suffira de jouer cette carte comme atout. En unissant nos forces, il sera plus facile de nous échapper d'ici ! avança Simone avec conviction.

— Tu as perdu la tête… Ton plan ne repose que sur des suppositions !

— C'est loin d'être parfait, je le sais. Mais au moins, on tente quelque chose ! Sans prise de risques, on n'avancera jamais. Oh, et puis, râle autant que tu veux, les dés sont jetés ! Plus question de reculer, maintenant ! Rien ne t'oblige à nous suivre. Il est encore temps pour toi de rester en dehors de ça.

Elle avait parlé de manière ferme et détachée, mais ce n'étaient qu'apparences. En réalité, elle appréhendait la décision de 2333. Impossible d'imaginer un futur sans lui. Jusqu'à cet instant, l'idée qu'il ne soit pas de la partie ne l'avait jamais effleurée. Tout comme *elle* l'aurait suivi n'importe où, Simone avait conclu qu'il en serait de même pour lui. Peu importe son escapade récente auprès d'Aurore… Il n'avait fait qu'obéir à sa supérieure. Simone n'avait aucune preuve qu'il soit tombé sous son charme. Et quand bien même cela aurait été le cas, il ne pouvait avoir opéré un changement radical en si peu de temps, ni mis au rebut toutes ses convictions. Leur amitié était solide ! Du moins l'espérait-elle… Une boule se forma au creux de son ventre tandis qu'elle se cramponnait à son visage en essayant de le déchiffrer. 2333 était impassible. Désespérément, fermement, impassible. Il allait refuser…

Simone sentit ses joues rougir, son nez se gonfler, prémices du sanglot à venir. N'avait-elle donc aucun contrôle sur son corps ? Agacée par son manque de maîtrise de soi, elle batailla pour contenir ses émotions, pour les garder dans le nœud de sa gorge. Plus elle luttait et plus elle sentait les larmes gonfler derrière ses paupières grandes ouvertes. Ne pas cligner. Surtout, ne pas cligner ! Pourquoi pleurer ? Pourquoi maintenant ? Elle se sentait pourtant plus forte qu'avant, n'avait jamais été aussi sûre de ses convictions, alors pourquoi son corps réagissait-il ainsi ? Pourquoi montrer des signes de faiblesse ? Plus elle y pensait, plus cela l'agaçait, et plus les pleurs menaçaient.

Heureusement, la pénombre aidant, les garçons ne semblaient avoir rien remarqué. L'angle de la mâchoire de 2333 se contracta soudain. Le garde avait pris sa décision. Aux aguets, elle se suspendit à ses lèvres dans l'attente du verdict.

— Ai-je vraiment le choix ? Allons-y !

Sans plus attendre ni les consulter, 2333 prit la tête du convoi, soulageant aussitôt Simone du poids des commandes et de ses doutes.

Un frisson, qui n'était pas sien, agita le torse de la jeune femme. Elle n'était pas la seule à avoir besoin d'être rassurée. Simone tapota doucement, à travers le tissu de ses vêtements, le dos du rat. Goû tremblait de tous ses membres, blotti dans son nid de fortune. La poche intérieure de la veste était un endroit stratégique qu'il aimait investir, de temps à autre, pour aller y piquer un petit somme. Pas de séance de furetage ni de toilettage pour aujourd'hui. Encore moins de sieste. Tapi au fond de la poche, le pauvre animal ne bougeait plus d'un poil, exception faite des secousses dont son corps était agité. Quelques caresses, accompagnées de tendresse, parvinrent à ralentir son souffle rapide. Ses muscles se détendirent. Les frissons s'estompèrent. Goû osa alors un changement de position et se rapprocha du cœur de la jeune femme pour y coller son corps chaud.

Le trio pressa le pas à l'approche de la cage d'escalier, mais parcourir le peu de mètres restants, tout en gardant le cap, fut laborieux. Le vent de panique avait fait voler les piliers de la société en éclat. Contact, contact, contact. Pour mieux fuir, on fonçait dans le tas. En quelques minutes à peine, la distanciation sociale avait été reléguée au passé. Plus personne n'y prêtait attention. L'anarchie régnait dans le couloir.

Simone détourna une seconde de trop son attention de la route et se prit de plein fouet le badaud qui fuyait en sens inverse. La force du choc la propulsa quelques mètres plus loin où, réceptionnée par une tierce personne, elle fut alors emportée dans une nouvelle direction. Pour chaque pas gagné, le triple était perdu.

Quand la tempête sera passée, Iris croulera sous le travail, se dit Simone, sans aucune malice. Iris, et... 2414. Simone eut un léger pincement au cœur. Avait-elle fait le bon choix en n'incluant pas son amie dans l'aventure ? Aurait-elle dû lui faire confiance ? Ne serait-ce que pour lui laisser la liberté de choisir par elle-même et pour elle-même ?

Simone chassa ses pensées d'un mouvement de tête. Il était trop tard pour les remords. Au loin, des directives furent lancées. Des voix appelèrent au calme. Les gardes reprenaient déjà la situation en main.

— On y est ! lança Nil, soulagé, en s'écrasant de tout son poids contre la porte.

Malgré la panique, aucun moissonné n'avait pensé

à quitter son étage en empruntant la cage d'escalier. Sans doute étaient-ils trop disciplinés ? Incapables d'esprit d'initiative ? Ou tout simplement, résignés, car pour aller où ? Voies de secours du temps de leurs ancêtres, les escaliers n'avaient aujourd'hui plus aucune issue vers laquelle les guider.

Seuls Simone et ses amis étaient assez fous pour s'y engouffrer.

CHAPITRE 37

Un cap avait été franchi. Cette fois, c'était réel, concret. Ils étaient seuls. Seuls et livrés à eux-mêmes.

La cage d'escalier, plongée dans le noir, renvoyait l'image d'une bouche béante prête à les avaler. Une immersion dans les abysses sembla tout à coup plus attrayante que l'expérience qu'ils s'apprêtaient à vivre, car même l'endroit le plus sombre et reculé de la Terre offrait de temps en temps le réconfort d'une lueur grâce à sa faune bioluminescente. Ici, il n'y avait aucun champignon pour les guider, pas la moindre étincelle pour leur éclairer la voie. Simone entendit Nil déglutir. Que cela leur plaise ou non, ils allaient bien devoir attaquer la descente.

Le rythme du convoi était lent. Le pas, instable. Pénurie de mots pour une descente à l'aveugle. Malgré tout, les gestes étaient coordonnés, comme si un seul cerveau pilotait le trio. Ils devaient être à mi-distance du fond du puits. Simone le savait, car, tout en naviguant en silence, avec prudence, une main sur l'épaule de 2333, l'autre sur le mur, elle avait compté les marches séparant les étages. Pour chaque palier franchi, elle traçait une croix sur sa carte mentale. Garder un œil sur leur positionnement l'empêchait d'être engloutie par l'abîme de ses phobies.

La cadence ralentit et elle se retrouva le nez plongé

dans les cheveux de 2333.

— Qu'est-ce que tu…

L'homme se retourna et lui plaqua une main sur la bouche. Son visage n'était qu'à quelques centimètres du sien. Elle le devinait au souffle sur sa joue, à la chaleur de son corps rayonnant vers elle. La jeune femme comprit aussitôt et opina d'un discret mouvement de la tête. 2333 la libéra, lentement, sans bruit. Simone brassa le vide derrière elle afin de relayer l'information à Nil, mais lorsqu'elle entra enfin en contact avec lui, ce dernier, immobile, savait déjà…

Ils n'étaient plus seuls dans les escaliers. Un groupe venait de les rejoindre. Se fiant aux bruits qui remontaient jusqu'à eux, Simone se dit qu'ils devaient être trois… quatre, peut-être ? Pas évident à évaluer. Les pas étaient lourds, mais la cadence rapide. Deux volées de marches, trois tout au plus, devaient les distancier du groupe. La confrontation était imminente.

Son pouls accéléra.

Impossible de quitter les escaliers. Le moindre filtre de lumière trahirait leur présence.

Trop tard pour rebrousser chemin : leurs pas les dénonceraient.

La seule option était de se faire le plus petit, le plus inaudible possible et d'attendre que le convoi passe. Devaient-ils se plaquer contre la rambarde, ou contre le mur ? Ils optèrent pour la première solution, misant sur l'hypothèse que le groupe ennemi avancerait, comme eux, collé contre le mur afin de garder le vide à l'écart.

Plus que quelques mètres… Simone cessa de respirer. Elle sentit le contact chaud de la main de 2333 et noua ses doigts autour des siens. L'étreinte l'apaisa aussitôt.

Une première personne passa, d'un pas rapide, volontaire. Pas de contact, si ce n'est un frémissement, une bise d'air timide, volage, qui ne laissa dans son sillage que le souvenir éphémère d'une fragrance de citronnelle. Simone retint à elle un soupir. Le défilé était loin d'être terminé, ce n'était pas le moment de relâcher la pression. La jeune femme ferma les yeux, raffermit sa prise autour des doigts de 2333. Sa paume était moite.

Le deuxième individu n'était plus très loin. Plus massif, plus poussif. Un buffle à la respiration entrecoupée par l'effort. Simone perçut une variation de température : fruit de ses angoisses ou émanation d'un corps en surchauffe ? Un corps bien trop large, bien trop proche. Cela allait se jouer au millimètre près.

Goû lui-même comprit qu'il devait se tenir à carreau. Il s'écrasa de tout son long contre Simone, comme s'il voulait ne plus faire qu'un avec son humaine. Seul signe trahissant sa présence, son petit cœur battant la chamade.

Prenant exemple sur son compagnon à moustaches, Simone rentra le ventre, tenta d'entraîner sa poitrine dans le même mouvement tout en comprimant le peu d'oxygène qui lui restait en réserve. Prendre le moins de place possible. Une goutte de sueur quitta son thorax et glissa avec une lenteur exacerbée jusqu'à son nombril. Retenir l'envie irrépressible de bouger. Rester invisible, impalpable. « Mes pensées sont trop criantes », s'inquiéta Simone lorsque soudain elle sentit ses cheveux s'accrocher aux vêtements du garde.

Bien que paniquée à l'idée qu'une chose aussi insignifiante puisse les trahir, Simone maîtrisa ses nerfs. Pas de temps pour la réflexion, il fallait agir vite. Avec une agilité qu'elle ignorait posséder, elle se glissa derrière l'homme, ne laissant que quelques centimètres entre leurs deux corps, calant son pas sur la respiration saccadée qu'il exhalait à deux têtes au-dessus d'elle. S'il lui avait semblé buffle, elle se rendit compte que c'était dans les traces d'un colosse qu'elle marchait. Simone grimaça en sentant la tension sur son cuir chevelu s'accentuer et s'acharna de plus belle sur le lien tendu. Funambule malgré elle. Le jeu était dangereux. Dans le noir, tête inclinée sur le côté, progressant sans liberté de mouvement; la perte d'équilibre ne tenait qu'à un fil. Elle avait chaud, elle avait mal, elle avait peur, mais elle tint bon. Enfin, tel un élastique ayant atteint son point de rupture, le cordon de cheveux se mit à lâcher, lentement, une fibre après l'autre.

Simone se hâta de retourner contre la rambarde afin de laisser passer le reste du défilé qui se révéla plus long qu'elle ne l'avait imaginé. Un individu passa, puis un autre, et un autre encore. Jamais un cortège n'avait semblé si lent. Un cortège dont les membres jetaient à l'assistance aveugle, en guise de cotillons, un souffle, une odeur, un son... Détails intimes, déposés à leur insu. Petit à petit, la pression dans l'air retomba. Les pas s'éloignèrent, les discussions devinrent inintelligibles. Les paroles, étouffées. Simone et ses camarades purent enfin souffler. Les épaules se détendirent, les poumons se vidèrent. Il était temps d'en finir avec cet endroit.

C'est à cet instant que cela arriva; l'instant suspendu dans le vide. Simone se prit les pieds dans un tapis tandis qu'ils dépassaient l'un des derniers paliers. Ses mains balayèrent avidement le vide à la recherche d'une prise salvatrice avant de basculer en avant. Impossible de retenir la chute, comme le cri. La jeune femme pirouetta sur plusieurs mètres en tentant de se protéger comme elle le pouvait. Un silence consterné mit fin à sa dégringolade. Le calme avant la tempête.

— Qui est là ? Identification requise, je vous prie ! somma une femme au-dessus de leur tête.

Aucun des trois ne réagit, s'accrochant à l'infime espoir que leur immobilité pût détourner d'eux l'attention des gardes.

— Il est dangereux et interdit de quitter son étage. Des consignes ont été données dans ce sens. Veuillez vous y plier… sans plus tarder. Il en va de votre sécurité, réitéra la femme d'une voix qui se voulait ferme, mais dont les pauses et excès d'explications trahissaient un manque d'expérience.

— Ici, la garde coloniale ! Manifestez-vous !

Cette voix-ci allait droit au but. Le ton était plus formel. Plus agressif aussi. Fébrile. Les ordres allaient dans un sens, mais l'envie que l'on sentait poindre en dessous était celle de la chasse. L'envie d'un homme prêt à céder à ses plus bas instincts. Un frisson parcourut les trois amis en même temps. Ce fut le signal. La discrétion n'était plus de mise, il était temps de fuir, maintenant. Et le plus vite possible.

CHAPITRE 38

— On ne se lâche pas d'une semelle ! Ça va aller, les encouragea 2333.

Simone n'avait jamais couru aussi vite de sa vie. Ses poumons étaient en feu. Sa gorge brûlait. Ses cuisses aussi. Son cœur était au bord de l'explosion. Et pourtant, rien n'aurait pu empêcher sa course effrénée. Comme si son existence en dépendait. *C'est le cas*, commenta une petite voix sarcastique dans sa tête.

Ils se trouvaient au moins neuf. Du moins, c'était ce qu'elle avait cru décrypter à travers l'éclairage faiblard lorsque 2333 avait ouvert la porte. Ils étaient encore loin du compte, mais quel autre choix avaient-ils que de fuir par l'échappatoire la plus proche ? S'ils avaient une chance, la plus infime fût-elle, de semer leurs adversaires, ils devaient la tenter. Ces derniers n'avaient d'ailleurs peut-être pas eu le temps de voir par quel étage ils avaient fui ? Quoi qu'il en soit, Simone et ses camarades ne comptaient pas s'éterniser pour le vérifier.

Bien qu'infime, la phosphorescence tranchait suffisamment avec la noirceur des escaliers pour leur permettre de s'orienter avec aise, contrairement aux rares âmes perdues qu'ils croisèrent et qui semblèrent à peine remarquer les trois jeunes gens qui filaient sous leur nez.

L'étage, peu fréquenté, servait surtout de lieu de stockage. Stockage de matériel, comme de bétail. Ainsi, après avoir traversé un grenier rempli de câbles, de contenants en verre ou aluminium, d'outils, de vis et autres ferrailles, le groupe poursuivit sa course folle à travers les étables. Qualificatif qui appartenait davantage au registre du passé qu'au présent, car loin des bovins charnus dans leur appentis, c'étaient toutes sortes d'insectes riches en protéines qu'on élevait ici. Des rampants, des croquants, des crémeux… Il y en avait pour tous les goûts. Saveurs variées. Odeurs aussi… La nouvelle pièce dans laquelle ils venaient de débouler leur renvoya une puissante odeur d'ammoniac qui les cloua sur place.

— La vache ! C'est quoi, cette puanteur ? s'étrangla Nil en plongeant son nez dans le pli du coude.

Des centaines de rats les observaient à travers les vitres graisseuses de leurs prisons cubiques. Leurs regards étaient exempts de la lueur malicieuse, de l'humour, et même du pétillement de lucidité qui animaient celui de Goû. Au mieux, le leur était craintif. Au pire, éteint. Pas besoin d'être éthologue pour constater les conséquences désastreuses qu'avait sur ces êtres sensibles une captivité dénuée de stimulus. Pas de roue pour se dégourdir les pattes, rien pour grimper ou sauter d'un point à l'autre, pas le moindre recoin pour se nicher… Rien n'avait été fait pour mimer leur environnement naturel. La nourriture leur était livrée sans qu'ils aient à réfléchir, encore moins à fournir d'effort physique. Le contrecoup de cet ennui induit ? L'émergence de comportements stéréotypés. Certains passaient leur temps à lécher les vitres de la cage, d'autres à se gratter, se mordiller un membre, balancer la tête d'un côté à l'autre ou à se toiletter. Mouvements répétitifs, incessants, cycliques. Entassés les uns contre les autres, les rats devaient marcher sur leurs congénères pour se déplacer d'un point à l'autre de leur habitat. Espace rentabilisé au maximum, songea Simone, amère. Résultat de cette surpopulation : la moitié des rats arboraient des entailles sur toute la surface de leur pelage, malmenés par le restant du groupe, dominant. Des rats dominants, pour un temps ; jusqu'à ce que plus fort ne les relègue à leur tour au même rang que celui de leurs victimes.

Un cube. Leur existence se résumait à un cube lisse. Goû aurait pu être à leur place… *Sans doute l'avait-il été*, se corrigea Simone en constatant la proportion majoritaire de spécimens albinos. Comme pour confirmer ses pensées, Goû, pourtant à l'abri dans son cou, se colla un peu plus contre sa peau en tremblant de tous ses membres. Alors, sans réfléchir, elle se lança à l'assaut des cages.

— On n'a pas le temps, Simone… Faut qu'on y aille, tenta 2333, désolé, en amorçant un pas vers la sortie.

Mais la jeune femme ne l'écouta pas. Peu importait le temps que cela prendrait, ou le bruit que cela ferait, elle les libérerait de là. Comprenant qu'ils ne pourraient la convaincre de quitter la pièce avant que sa mission ne soit accomplie, les garçons se joignirent à elle. Nil ne manqua toutefois pas de bougonner son désaccord. À l'entendre, en plus d'accroître leurs chances de se faire rattraper, ils risquaient leur vie à chaque ouverture de cage. L'un d'entre eux ne manquerait pas de se faire mordre, attrapant ainsi une *maladie mortelle*, dont l'agonie serait *longue et douloureuse*. Malgré ses prédictions fatalistes, les rats n'en firent rien et, trop heureux de se voir offrir la liberté, filèrent le plus vite possible, loin des humains.

Il ne leur restait plus qu'une dizaine de cages à ouvrir lorsqu'un garde fit son apparition, au bout de l'allée. L'homme, bouche entrouverte, souffle court, n'avait d'yeux que pour la vague de rongeurs déferlant à ses pieds. Espérant ne pas avoir été remarqué, le trio imagina pouvoir s'exfiltrer à pas de loups, mais l'espoir ne dura pas. Le regard tranchant remontait déjà sur ses proies.

— Cette fois, on décolle, ordonna 2333 en attrapant Simone par la manche.

Les amis détalèrent sans demander leur reste, renversant tout ce qu'ils pouvaient sur leur passage. Récipients, sacs de graines, balais... La moindre chose à portée de main valsait derrière eux. Tout y passait, tant que cela pouvait servir d'obstacle.

Accrochée aux talons de 2333, s'efforçant de garder le rythme, Simone perdit vite le sens de l'orientation. Le bruit des semelles frappant le sol, les respirations cadencées, le dos de son camarade pour seul horizon. Prendre le couloir de gauche, bifurquer à droite. N'étaient-ils pas déjà passés par là ? La direction changeait sans cesse. Fuite éperdue et anarchique. Voilà qu'ils se faufilaient dans un sas étroit plutôt que de s'élancer dans le couloir à leur droite. Dérouter l'ennemi. Maximiser les chances de le semer.

Ils déboulèrent soudain dans la salle de retrait de vêtements et tombèrent nez à nez avec un homme que Simone reconnut comme le couturier ayant pris ses mesures lorsqu'il avait fallu réajuster ses vêtements. L'effet de surprise passée, l'homme comprit vite la situation - l'arrivée fracassante, les pupilles dilatées, les visages suppliants parlaient d'eux-mêmes. Économisant son temps et ses paroles, il choisit de les aider en pointant les chariots de linge.

Il était moins une. À peine ensevelie sous une pile de tissus, le bout du nez pointant encore entre deux bouts de chemises, Simone ne bougea plus. Le garde venait de faire son entrée. Ses camarades, en sécurité eux aussi dans les caissons voisins, avaient cessé de respirer. Leur destin n'était plus entre leurs mains désormais. Tout reposait sur le jeu d'acteur du tailleur, sur sa capacité à mentir, et surtout à ne pas se trahir : un regard en coin, une parole hésitante, un sourire de trop suffiraient à changer le cours des évènements.

Le garde alla directement à l'essentiel. Avait-il vu des fuyards ? Si oui, dans quelle direction ? Questions brèves attendant des réponses concises. Des réponses qui, bien que silencieuses, arrivèrent sans tarder. Leurs chariots furent renversés sur le sol. Simone roula jusqu'aux pieds du tailleur qui recula d'un pas avec un air de dégoût qu'il ne chercha pas à masquer. Comment avaient-ils pu être aussi naïfs ? Le traître n'avait jamais eu l'intention de les aider ! Il les avait livrés sans l'once d'une hésitation.

L'homme refusait de croiser le regard vindicatif de Simone. Couardise ou début de remords ? La femme rejeta aussitôt la seconde hypothèse. Il suffisait de le voir se tortiller autour du garde, tel un chien avide de recevoir sa friandise après avoir accompli un exercice avec brio. Quelle récompense espérait-il à s'être rabaissé ainsi à la délation ? Un signe de gratitude, peut-être ? Quelques points auprès de ses supérieurs ? Une portion supplémentaire au prochain repas ? Une heure dans le planétarium ? Une séance de relaxation ? Nombreuses étaient les possibilités ; la Colonie savait remercier ses plus fidèles moissonnés. Toujours est-il qu'il allait devoir attendre un peu avant de recevoir son prix. Le garde, tout en nerfs et en muscles tendus, avait d'autres projets dans l'immédiat. Les yeux braqués sur Simone et ses amis, il semblait jusqu'à avoir oublié sa présence.

Les gardes avaient dû se séparer pour augmenter les chances de les trouver. Un contre trois. L'avantage numérique était pour eux, songea Simone en éliminant de l'équation le couturier qu'elle ne considérait pas comme une menace immédiate. Depuis qu'il avait joué son rôle, il se tenait le plus en retrait possible, acculé contre le mur. Simone était certaine que, s'il avait eu le pouvoir de fusionner avec les éléments, il l'aurait utilisé pour se fondre dans le décor. Aucun élan audacieux à attendre de son côté.

Un seul garde à affronter, donc. Mais quel garde ! Sa carrure compensait largement le déséquilibre. On aurait pu le croire tout droit sorti du Moyen Âge. Tels les bourreaux aperçus dans ses cours d'histoire, il dépassait le plus grand de ses semblables - d'une tête au moins –, avait le crâne dégarni et, chose rare au sein de la Colonie, était en surpoids. À moins que la masse de chairs qui tendait à outrance le tissu de ses vêtements ne soit que du muscle... Simone et ses amis se positionnèrent autour de lui avec la coordination silencieuse d'une meute de loups, mais tandis qu'ils s'apprêtaient à lancer l'attaque, une porte claqua derrière eux. Deux gardes venaient de faire irruption dans la salle, rétablissant ainsi l'équilibre. Le regard de la femme se figea immédiatement sur 2333 et Simone comprit que tous deux se connaissaient. Le garçon esquissa un sourire triste tout en resserrant les rangs aux côtés de Nil et Simone. Le message ne pouvait être plus limpide. La mine de l'ancienne collègue passa par toutes les teintes avant de se figer dans celle de la colère.

Le savoir-faire et les réflexes de 2333 - acquis lors de son service à la garde coloniale –revinrent sous l'effet de l'adrénaline. 2333 dut sentir le stress gagner ses camarades, car sans bouger les lèvres, il les encouragea d'une voix qui se voulait rassurante.

— Tout va bien se passer. Vous êtes prêts. Vous avez été formés par le meilleur professeur !

S'envoyer des fleurs n'était pas dans ses habitudes. Si

2333 était capable d'humour dans un moment pareil, alors peut-être avaient-ils une chance de se sortir de là. Bien que loin d'être à armes égales contre leurs ennemis, il avait raison : Nil et elle avaient reçu de bonnes bases lors de leurs entraînements. Ne restait plus qu'à les appliquer, et surtout à s'en souvenir... Mais avant cela, Simone devait s'acquitter d'une chose. Mettre Goû en sécurité. Elle jeta un rapide coup d'œil dans son environnement proche et repéra un tuyau remontant le long du mur. Goû y serait en sécurité. L'animal tenta de s'accrocher à son col, mais elle parvint à le retirer de là et, sans lui laisser le temps de se tortiller davantage, visa le tube et, d'une impulsion de la main, envoya le rat dans les airs. Un arc de cercle plus tard, la réception fut parfaite et Simone put respirer avec plus de légèreté. Durant une seconde du moins...

2333 initia l'attaque en fonçant sur le colosse. David contre Goliath. Pas besoin de mots pour que la consigne soit claire : ses camarades se chargeraient du duo restant. Nil réagit au quart de tour et, fidèle à son tempérament, vif et hargneux, choisit la garde pour cible. Décision sans doute motivée, non seulement par la vue du poing électrique dont elle venait de se parer, mais aussi par le souci de protéger autant que possible son amie. Simone, désertée par les réflexes, inutile et inactive, avait l'impression d'assister à la scène de loin. Il ne s'était pourtant pas passé plus d'une seconde, mais elle se sentait aussi inefficace que l'adversaire qui lui faisait face. Contrairement à ses acolytes, l'homme semblait moins téméraire, voire réticent à entrer dans le conflit. Rapidement, la jeune femme en comprit la raison. Il était le seul de son groupe à ne pas porter de combinaison de contact. Simone ressentit une décharge d'adrénaline couler dans ses veines. Elle savait ce qu'il lui restait à faire. Tendre les bras. Viser le thorax. Ne pas réfléchir. Plonger sur lui. Un hoquet échappa au garde lorsqu'il vit les mains tendues, bardées de germes et avides de contact voler sur lui. Trop lent pour parer l'attaque, l'impact le déséquilibra, entraînant Simone dans sa chute.

Un choc mat les accueillit au sol. Mis à part une vive douleur au coude, Simone fut protégée par le corps de son adversaire. Allongés côte à côte, sa main encore posée sur la poitrine de l'homme, leurs regards se croisèrent.

— Tu vas me le payer, cracha-t-il, les traits déformés par la haine.

Le corps à corps n'était plus à exclure, désormais. Dopé par la colère, le garde replia les jambes en amenant ses genoux sous son menton et, avant que Simone n'ait eu le temps de parer le coup, cette dernière sentit ses talons rageurs s'enfoncer dans le creux de son estomac, la privant aussitôt d'oxygène. Elle tenta de le tenir à distance tout en essayant de reprendre son souffle, mais l'homme repoussa son bras avec une facilité déconcertante avant de pogner dans sa tignasse et de l'envoyer valser loin de lui. Le corps de la femme glissa sur plusieurs mètres jusqu'à buter contre un rayonnage, le faisant osciller dangereusement. Ni une ni deux, Simone se recroquevilla et d'une main - se protégeant de l'autre comme elle le pouvait - saisit le métal pour l'aider à basculer pour de bon.

Elle s'approcha à quatre pattes de l'homme dont on ne voyait que le bas du corps, le reste étant piégé sous un amoncellement de planches en ferraille, de mètres de tissu, ciseaux, bobines de fil et objets de toutes sortes. Un mince filet de sang s'échappait de sa tempe. Le cœur de Simone se mit à cogner très fort dans sa poitrine lorsqu'elle réalisa qu'il était inconscient et aussi mou qu'une poupée de chiffon. Elle tenta alors, tant bien que mal, de le dégager de là. Bien que toute personne se dressant entre sa liberté et elle serait considérée comme un ennemi, elle ne souhaitait de mal à personne… *Faites que je ne l'aie pas tué, pitié, faites que je ne l'aie pas tué…*, supplia-t-elle en avançant une main tremblante à la recherche d'un pouls jugulaire. Ses gestes étaient malhabiles. La nausée couvait. Ses doigts tâtonnaient la peau tiède et souple quand enfin un battement vital, ferme et régulier, pulsa contre son index et son majeur, délestant aussitôt sa conscience du poids de la culpabilité.

Les coups pleuvaient, mais bien que plus rapide et adroit que son rival, 2333 s'épuisait, en vain. Ses poings ne causaient à son ennemi pas plus de tort que des piqûres d'abeilles. Et encore… Des abeilles privées de leur venin. Lorsque Simone arriva pour lui prêter main-forte, le vent avait tourné en sa défaveur : les pieds de 2333 ne touchaient plus le sol tandis que le géant, dont les bras étaient devenus étaux, le serrait contre lui. Les os du garçon allaient finir par rompre sous la pression. Simone redoutait d'entendre le craquement qui annoncerait la fin du combat. 2333 avait beau lutter, envoyer coups de tête et de pied en arrière, ses coups n'avaient pas plus de portée que ceux d'un chaton se débattant dans les mains de son maître.

Simone se jeta sur le garde, toutes griffes sorties, mais fut balayée d'un revers de main. Une déroute qui ne l'empêcha pas de revenir à la charge, encore et encore. Plus il la repoussait, et plus sa volonté d'en découdre augmentait. Les lèvres bleuissantes de 2333, ses yeux qui commençaient à rouler dans leurs orbites malgré son combat pour rester vigilant, ne faisaient qu'attiser la pugnacité de la jeune femme. Soudain, elle ne fut plus seule, Nil était là, avec elle. À la charge suivante, Goû se joignit lui aussi au groupe.

Chacun y alla de sa méthode. Le rongeur croqua tout ce qui lui passa sous les dents : oreilles, sourcils, narines.

Croc, croc, croc. Pas un coin du visage ne fut boudé. Nil testa son nouveau jouet électrique, chapardé sur la main ennemie, et se fit un malin plaisir à viser les côtes, flancs et autres zones sensibles. Leurs efforts furent enfin payants et le garde desserra son étreinte. 2333 récupéra des couleurs et de l'énergie. Uni, le quatuor parvint à bout du colosse et l'envoya rejoindre les membres de son équipe dans les limbes.

CHAPITRE 39

En temps normal, l'accès au moins douze n'aurait pas posé de problème - pour qui avait la permission d'y mettre les pieds, ce qui était le cas d'un gradé tel que 2333. Le scan de son matricule aurait suffi à déclencher l'ouverture automatique de la porte. Mais aujourd'hui, sans électricité, le verrou restait désespérément scellé. L'accès au sous-sol allait devoir se faire à l'ancienne, avec une clé. Simone admira la patience de 2333, qu'elle entendait tester, une par une, toutes les combinaisons possibles qu'offrait son lourd et imposant trousseau. Le tout, sans jamais perdre son calme, malgré un Nil assommant, qui ne cessait de remuer autour de lui en rouspétant.

— Magne-toi, s'il te plaît… J'en peux plus de ce trou à rats !

Goû couina.

— Ne l'écoute pas, chuchota Simone dans son pelage, un sourire dans la voix.

Le rongeur faisait preuve d'une telle intelligence qu'il était tentant de pousser l'anthropomorphisme jusqu'à l'imaginer agacé par les stéréotypes sur son espèce. Et en même temps, difficile pour Simone de le voir autrement. En effet, même en faisant abstraction de la vivacité d'esprit de l'animal à résoudre les problèmes, Goû avait toujours été sensible aux états d'âme de son humaine — parfois bien plus que les propres congénères de cette dernière –, troquant un câlin contre un chagrin, un trait d'humour contre une saute d'humeur, sachant se faire discret tout en restant présent lorsqu'elle ressentait le besoin d'être laissée en paix. Tout comme en cet instant où, gagné par l'anxiété croissante de Simone, il se mit à sautiller sur place tandis que cette dernière se mordillait le bout des doigts. Au bout d'un moment, Simone, ne tenant plus, ressentit le besoin de partager ce qui la tracassait.

— On ne devrait pas ouvrir cette porte. Je ne le sens pas. Je crois que…

— Ne me dis pas que tu veux faire demi-tour ? s'étrangla Nil.

— C'est que… Côme aurait dû se trouver ici ; son absence m'inquiète !

— Bah, il nous attend de l'autre côté. Ne te bile pas.

— Justement, c'est là que ça coince. Comment aurait-il fait ? Sans clé, impossible de passer la porte.

— …Il se sera débrouillé, il a de la ressource ! C'est lui, le malin du groupe. Il a pu chiper les clés avant de descendre. C'était ouvert à son arrivée. Ou alors, il était accompagné et aura convaincu un garde de lui ouvrir ? Avec sa tête d'innocent, je suis persuadé qu'il pourrait soudoyer n'importe qui !

Malgré l'insouciance de son ton, sa fugace hésitation n'avait pas échappé à Simone.

Un bruit métallique résonna dans le vide.

— Ah, c'est pas trop tôt ! lâcha Nil en la bousculant au passage.

Simone se cogna contre 2333, dont elle sentit le souffle se réchauffer au contact de sa peau.

— Passe devant, la guida-t-il d'une main au creux des reins.

Une fois assuré que tout le monde eut bien quitté la cage d'escalier, 2333 lâcha la porte qui se referma en émettant un cliquetis sinistre.

Immersion immédiate dans une marée de silence. Pas un être pour les accueillir. Pas une lumière pour les guider. Pas une âme, pas un son. Pas de vie. Il faisait aussi noir que dans la cage d'escalier. Ce détail révolta Simone. L'éclairage de secours - option de toute évidence facultative pour le moins douze - en disait long sur l'estime qu'avait le pouvoir pour une partie de son peuple. Aucune aide de prévue pour les originaux ; en cas de panne, la patience serait leur credo. Simone serra les dents. La vie des bannis, à huis clos et dans des conditions austères, était déjà un châtiment en soi, ce manque de considération était inacceptable.

2333 émit à haute voix la question que tous se posaient.

— Où sont-ils tous passés ?

Simone envisagea plusieurs scénarios. Les originaux s'étaient retranchés dans leur chambre, ou à l'inverse, s'étaient regroupés dans les espaces communs : un lieu de restauration, par exemple ? Peut-être avaient-ils obtenu une autorisation exceptionnelle pour accéder aux étages supérieurs ? Mais évacuer autant de gens aurait mobilisé du monde, demandé du temps, de l'énergie. Des ressources réquisitionnées en ce moment même dans les étages supérieurs. Et puis, le trio les aurait forcément croisés ou entendus…

La main posée sur le mur, Simone hésita quelques secondes. L'idée de s'éloigner de la porte ne la faisait pas rêver. Le contact dur, ferme, du bâtiment la rassurait. Dernière attache à la civilisation. Pourtant, elle allait bien devoir rompre le lien. Comme si elle se conditionnait avant un saut dans le vide, la jeune femme prit une profonde inspiration, ferma les yeux, geste aussi inutile que rassurant, décolla sa main du mur et lança sa jambe en avant.

Une sensation vertigineuse remonta du fond de son ventre jusque dans sa gorge et la happa sans crier gare. Le vertige la priva de souffle, coupa son ouïe. Pendant un court instant, Simone perdit tous ses repères. Elle se sentit seule. Seule et minuscule au milieu d'un océan de néant. Elle flottait. Elle était perdue. Ses souvenirs allaient lui échapper de nouveau. Moment de panique. Son cœur s'affola. Perte de contrôle. La folie la frôlait.

Puis, elle se rappela qu'elle n'était pas seule sur son radeau, qu'elle avait embarqué Nil et 2333 dans son voyage ; alliés aux caractères dissemblables et dont elle sentait la présence à ses côtés. Les bruits familiers émanant de Nil, leur régularité, trahissaient sa nervosité. *Son esprit doit être aussi agité que le mien*, pensa-t-elle. En effet, comme à chaque fois qu'il était soumis à des émotions fortes, ses tics nerveux gagnaient en intensité. Le contraste avec la respiration calme et sereine de 2333 était radical. Un rythme sur lequel Simone entreprit de se calquer. Faire entrer l'air, attendre un instant, le laisser ressortir. Tout doucement. Comme lui. Ne penser à rien d'autre. Petit à petit, elle sentit son rythme cardiaque revenir à la normale. Ses idées aussi. *Ce n'est qu'une immense salle*, se convainquit-elle. La jeune femme remua les orteils. Le sol était ferme sous ses pieds. Alors, lentement, un premier pas s'engrangea, suivi d'un autre. *Piano, piano,* elle entama sa plongée vers l'inconnu, ignorant où cela la mènerait, s'y dirigeant tout de même.

Soudain, son pied buta contre un obstacle. Un obstacle large et mou qui lui fit perdre l'équilibre.

— Ça va ? demandèrent Nil et 2333 d'une même voix en l'entendant s'étaler de tout son long.

Inquiète pour Goû, Simone ne pensa pas à leur répondre et se hâta de basculer sur le dos pour passer son buste en revue en priant pour qu'il n'ait pas été écrasé par la chute. Personne. L'animal avait disparu. Goû ne se trouvait ni dans son cou ni dans ses poches. La jeune femme étira alors ses recherches en balayant de la paume de la main la surface terreuse autour d'elle. Le rat avait dû prendre peur et s'enfuir quelque part. Cette pensée la rasséréna quelque peu. Toutefois, Simone souhaitait le retrouver. Ne serait-ce que pour s'assurer qu'il n'était pas blessé. Le prénom de l'animal au bord des lèvres, elle retint un cri de surprise en sentant les pattes griffues sauter sur son épaule. Le rongeur trottina jusqu'à sa joue et y frotta affectueusement la tête avant d'effacer l'une de ses larmes d'un petit coup de langue énergique.

— Simone ? insista 2333.

— Oui, oui. Tout va bien ! J'ai bêtement trébuché, répondit-elle, le cœur plus léger.

Mais au moment de se relever, sa main entra en contact avec du tissu imbibé d'une substance visqueuse, tiède et à l'odeur métallique. Un cri aigu lui échappa. Ôtant sa main de là, elle recula, maladroite et en panique, le plus vite et le plus loin possible qu'elle put, raclant le sol de ses talons et de ses fesses.

— Il y a… Il y a un corps par terre !

— Est-ce que c'est Côme ? Mort ou en vie ? demanda

aussitôt Nil d'une voix blanche.

— Je... je ne sais pas, avoua-t-elle.

Un méli-mélo de sentiments l'assaillit, embrouillant son esprit, ramollissant ses muscles. La peur tout d'abord. La crainte de l'irrémédiable, de la perte, du manque. La peur de la mort. Une angoisse tétanisante, la réduisant à un état proche du végétatif. Son estomac se tordit à l'idée de repartir à tâtons sur la surface terreuse, redoutant l'instant où ses doigts entreraient en contact avec le corps froid. Un corps qu'elle devrait palper afin d'en avoir le cœur net. Longer le cou pour trouver la carotide, positionner ses doigts, craindre le verdict. Examiner un amas de chair refroidissant et découvrir que c'était l'enveloppe de son ami.

Vint alors la culpabilité, plus sournoise mais tout aussi percutante, susurrant à son inconscient son lot d'accusations. *Quelle belle amie faisait-elle ; craignant ce qu'elle allait découvrir plutôt que d'agir. À compter sur son aide, toute victime aurait eu le temps de succomber au moins trois fois...*

Simone se fit violence. Une fois de plus, elle laissait le raviveur d'angoisses qu'était l'obscurité prendre le dessus et exercer son emprise sur elle. Le temps était compté. Si cette personne était bel et bien vivante, elle avait besoin d'aide. Une aide que seuls Simone et ses amis étaient, à l'heure actuelle, en mesure de lui apporter. Elle retroussa ses manches et bascula sur ses genoux. Quelque chose craqua au même instant sous son poids.

— Non, non, non..., supplia-t-elle en se penchant pour ramasser les lunettes.

Disloquées, verres brisés, détruites. Sa poitrine se serra. De nos jours, rares étaient ceux à présenter des troubles visuels. La probabilité était trop grande : elles ne pouvaient appartenir qu'à une seule et même personne… Mais Simone refusa d'envisager la possibilité d'un monde sans Côme. Il n'était peut-être pas trop tard ! Elle avait encore le temps d'agir, se conforta-t-elle en laissant ses doigts tremblants partir à la recherche du corps, du visage, du pouls.

— Il est mort.

Trois mots. Un verdict. Le silence. Les premières notes d'une plainte discrète flottèrent alors dans les airs, présage d'une pluie de larmes. C'était tout en pudeur et dignité que l'homme tentait d'étouffer un sanglot, luttant pour rester l'unique témoin de sa propre détresse.

— Oh, Nil… Ce n'est pas Côme ! s'empressa d'ajouter Simone.

— Quoi ? Ce n'est pas lui ?

— Je reconnaîtrais ses boucles entre mille. Oh, pardonne-moi… J'aurais dû commencer par cette information !

— Tu… Tu en es sûre ?

— Certaine ! Côme n'avait pas de barbe ce matin ?

Quelqu'un était mort et pourtant, à travers son timbre strident, presque euphorique, on ne pouvait qu'entendre l'immensité de son soulagement. Qui que ce fût, le défunt méritait mieux. Partageant la même pensée, tous trois cédèrent au besoin de se recueillir et observèrent une minute de silence.

— Que lui est-il arrivé, à votre avis ? chuchota Nil au bout d'un moment.

— Aucune idée. Mais on ne doit pas rester ici, avança 2333.

— Pour une fois, je suis d'accord avec toi.

— Faut trouver un moyen de s'éclairer.

Soudain, un éclat lumineux les aveugla.

— Comment t'as fait ?! s'étonna Nil en se protégeant les yeux de son avant-bras.

— C'est pas moi. L'électricité a dû être rétablie, là-haut. Ils n'ont pas chômé…

— Oh, mon Dieu ! Que s'est-il passé ici ? souffla Simone.

CHAPITRE 40

— Pas un geste !

Une bande armée les encerclait. Seul Goû désobéit et disparut à la hâte dans le cou de Simone. Les trois amis, sonnés par la vision d'horreur étalée à leurs pieds, auraient quant à eux été incapables d'esquisser le moindre geste. Tout avait été cassé, renversé. Des corps figés dans leur dernier mouvement avaient laissé des traînées de sang dans leur sillage… *Charnier* fut le seul mot qui lui vint à l'esprit. Rien n'aurait pu mieux décrire le cauchemar dans lequel ils venaient de se réveiller.

L'heure de la vengeance avait sonné pour les originaux. Le combat n'avait laissé aucune chance aux gardes, comme le suggérait l'uniformité des tenues des victimes, bleu foncé pour la plupart. En comparaison - hormis un bilan sombre en nez cassés, plaies à panser et yeux au beurre noir –, peu de pertes humaines étaient à déplorer du côté des mutinés. Les originaux avaient dû saisir l'occasion offerte par la panne. Rapides et efficaces, ils avaient probablement détourné l'effet de surprise à leur avantage. Un avantage auquel on pouvait ajouter des années de frustration, de colère et un irréfutable atout numérique.

Et maintenant, les vainqueurs se tenaient prêts pour un deuxième tour. Poings, barres métalliques, objets contondants, tout ce qui pouvait servir d'arme était pointé sur Simone et ses amis. Dans un élan protecteur, 2333 se plaça devant elle. Une lame, dévorée par la rouille, menaçait de transpercer Nil. Lentement, le garçon recula en mesurant chacun de ses gestes pour mettre un peu de distance entre le mordant et son nombril.

Une voix s'éleva. Volontaire, narquoise, sûre d'elle. Une voix avec laquelle il ne fallait pas plaisanter.

— Eh bien, dites donc, on n'a jamais eu autant de visites qu'aujourd'hui ! Le moins douze serait-il devenu populaire sans que nous en ayons été informés ?

Simone vit une femme se dégager du groupe et marcher vers eux. Le visage ne lui était pas inconnu. Il lui fallut cependant un certain temps avant de la reconnaître. La simulation ! C'était la furie de la simulation. Les tempes grisonnantes, quelques rides en plus, des kilos en moins, mais c'était bien elle. Simone échangea un regard entendu avec 2333 qui lui confirma avoir lui aussi fait le lien.

Nelly - c'est ainsi que les originaux s'adressaient à elle - semblait être aux commandes. Quand elle parlait, on écoutait. Quand elle ordonnait, on obéissait. Le regard de la femme s'attarda sur la main de Simone, posée sur l'épaule de 2333. Pas de cri au scandale, ni de jugement de sa part. Au contraire, cela sembla susciter son intérêt. Simone constata alors que les rapprochements physiques ne posaient aucun problème aux originaux ; les coudes se touchaient sans effroi et les mots, chuchotés dans le creux d'une oreille, ne provoquaient pas de maux.

— Débarrassez-moi du garde et ramenez les deux autres en cellule.

— Non, attendez ! s'exclama Simone tandis qu'on la

poussait de la pointe d'une arme. On peut s'entraider. On est comme vous.

Des ricanements fusèrent autour d'elle.

— Ben, voyons!

— Je ne vous demande qu'un instant! Je vous en prie, écoutez-nous, insista-t-elle en tentant d'accrocher le regard de Nelly par-dessus son épaule tandis qu'on l'emmenait, loin de 2333 et de toute chance de le revoir sans doute en vie. La panne n'est pas arrivée par hasard! C'est grâce à nous, si elle a eu lieu. Nous l'avons provoquée! On ne veut plus être piloté du matin au soir sans avoir notre mot à dire. On ne cautionne pas la politique d'Aurore. Nous ne voulons plus vivre ainsi! Et je pense que si l'on arrivait à ouvrir les yeux du reste de nos concitoyens, bon nombre d'entre eux cesseraient d'être aussi passifs! Beaucoup se rallieraient à nous.

— Arrête ton baratin et avance, rudoya l'original dans son dos.

— Rien n'aurait été possible sans 2333, poursuivit-elle d'une voix suraiguë où l'urgence perçait. Sans lui, Nil et moi serions encore enlisés dans notre quotidien de moissonnés, l'esprit embué par Aurore. Jamais cette journée n'aurait eu lieu et jamais vous n'auriez pu vous rebeller.

— Lilian, attends! ordonna Nelly.

La femme fit un pas, non vers Simone, mais vers 2333 dont elle ne détachait plus son regard.

— 2333... Il me semblait bien que ton visage me disait quelque chose. Tu es le fils de Nour.

— Je ne suis le fils de personne. Ce n'est plus possible depuis longtemps.

Nelly se rapprocha encore de lui. Leurs visages n'étaient plus qu'à quelques centimètres l'un de l'autre. Elle saisit le menton de 2333, qu'elle pivota dans un sens, puis dans l'autre. Le garçon tenta de se dégager, mais immobilisé de chaque côté par les complices de Nelly, il n'eut d'autre choix que de se laisser faire.

— Oh, crois-moi, tu es bien le fils de Nour ! Tu lui ressembles trait pour trait. Tu n'imagines pas la joie qu'aurait éprouvée mon amie si elle avait pu se tenir à ma place pour te contempler.

Sa voix se remplit soudain de rancœur. Ses doigts, toujours plantés dans le menton de 2333, blanchirent sous la pression avant qu'elle ne le relâchât d'un geste brusque.

— Mais comme tu le sais très bien, ce n'est plus possible. Si tu ne nous avais pas empêchées de fuir, Nour serait encore en vie à l'heure actuelle.

— Cette Nour, ne l'as-tu pas tuée de tes mains ?

Les traits de Nelly se durcirent. Piquée à vif, elle garda le silence, comme pour prendre le temps de se redonner une contenance. Nelly examina le garçon, de haut en bas, avant de lui lancer d'une voix mauvaise :

— Vous êtes tous les mêmes : avec vos cheveux soignés, vos beaux habits, votre attitude *irréprochable*... À mener la belle vie dans les hauts quartiers pendant que d'autres croupissent dans les sous-sols. Plus facile de regarder ailleurs, n'est-ce pas ?

— Justement, ce jour-là, je ne regardais pas ailleurs. Il te suffisait de passer ton chemin. En aucun cas, ton amie n'était une menace. Tu n'avais pas à la tuer, poursuivit 2333 sans en démordre.

— Tu ne sais pas de quoi tu parles ! Ceux de ton espèce

et toi avez autant de sang que moi sur les mains. Je ne parle pas des moissonnés. Eux ne sont que des ignorants ! Ils ne savent pas ce qu'il se passe ici. Qu'on nous traite comme des moins que rien. Mais vous, la garde coloniale ! Tu avais les yeux ouverts, dis-tu ? Eh bien, qu'as-tu fait depuis tout ce temps ? Dis-moi, il s'en est passé, des années, non ? Et pourtant, la situation n'a pas évolué. Les originaux continuent de croupir dans leur merde sans que ça dérange qui que ce soit.

— Je suis là, aujourd'hui, non ? Mais tu as raison, il y a des choses que je n'ai pas faites. Tuer mes semblables, par exemple. Ce qui semble devenir une habitude chez toi, répliqua 2333 en balayant les cadavres du regard.

Simone tira sa manche. Son compagnon jouait avec le feu à provoquer Nelly ainsi. Et bien qu'elle partageât son point de vue, braquer leur ennemie n'était pas dans leur intérêt. Elle décida de prendre le relais.

— Si vous me le permettez, j'aimerais vous proposer quelque chose.

Nelly et 2333 continuaient de se regarder en chiens de faïence. L'avait-elle entendue ? Simone allait réitérer sa demande lorsque l'originale lâcha avec humeur :

— Parle, je t'écoute.

— Avec la remise du courant, Flora a vu ce qui était arrivé ici. Du renfort ne va pas tarder à débarquer et cette fois ils seront prêts et en nombre. Vous avez beau en avoir remporté la première manche, la partie est impossible à gagner… Sauf, si nous mettons nos savoirs en commun ! Avoir un garde dans son camp sera forcément un atout pour vous. Pensez à toutes les informations que 2333 pourrait vous fournir.

Simone sentit 2333 se crisper, mais poursuivit sans

y prêter attention. L'urgence première était de trouver un moyen d'épargner la vie du garçon.

— Nous, comme vous d'ailleurs, n'avons aucun intérêt à voir débarquer une nouvelle garnison. Arrêtons de perdre notre temps à nous jauger et unissons-nous pour quitter la Colonie.

L'ombre d'une hésitation nappa les pupilles de plomb de la femme. Ses fines lèvres se pincèrent. Simone abattit alors sa dernière carte.

— Quand je dis « quitter la Colonie », j'entends par là : vivre à l'extérieur… D'où je viens.

Sa confession jeta un froid. Tous les yeux étaient braqués sur elle. Simone croisa les bras pour se donner une contenance. Elle voulait surtout dissimuler tout signe d'anxiété qu'aurait trahi le mouvement intempestif de ses doigts. Tapotage, triturage, nœuds… Elle était incapable de les immobiliser plus de quelques secondes. Lorsque Nelly releva le menton, Simone cessa de respirer, tout ouïe pour la sentence.

CHAPITRE 41

— Honneur aux femmes! souffla l'original dans sa nuque.

Malgré ses réticences à pénétrer dans le caveau, la jeune femme obtempéra en songeant aux armes pointées sur les garçons. Nelly avait décidé d'épargner 2333. À l'instar de la poignée de gardes enfermés dans les cellules du premier couloir. Contrairement à 2333, ces hommes et femmes n'arboraient aucun grade sur leurs uniformes. Détail qui leur avait sans doute sauvé la vie.

Simone perdit l'équilibre sur une contremarche et s'imprégna aussitôt de l'ambiance froide et austère des lieux par une baignade dans l'unique zone d'eau stagnante de la cellule. Locataire pur jus dès son arrivée! Elle observa, mi-dépitée, mi-dégoûtée, l'eau brune s'écouler le long de ses cheveux. Ses vêtements n'étaient pas près de sécher dans ce microcosme humide, regretta-t-elle en les essorant le mieux qu'elle le put. Pas plus qu'elle ne se débarrasserait de l'odeur rance, écœurante, épaisse de toute la mélasse dont elle était couverte. Une senteur, presque gustative, qui à chaque inspiration s'engluait davantage dans sa muqueuse olfactive. Simone fronça les sourcils. Les rires satisfaits de ses geôliers poussaient à croire qu'ils avaient sciemment tu la présence de l'obstacle. Simone résista à l'envie prurigineuse de leur montrer le mépris qu'ils lui inspiraient ; sachant que la satisfaction serait, si ce n'est incertaine, du moins éphémère, elle préféra s'abstenir de tout commentaire.

Un choc mat signa l'arrivée de 2333 dans la cellule. Quant à Nil, ce fut par un violent coup de talon dans les reins qu'il fut invité à rejoindre ses camarades. Comique de répétition malgré lui, le garçon plongea, la tête la première, dans la barbotière boueuse. Les originaux se délectèrent du spectacle pendant quelques secondes, avant de les abandonner à leur triste sort.

Lorsque Nil sortit le nez de l'eau, Simone dut se mordre l'intérieur des joues pour ne pas céder à un fou rire nerveux en voyant ses joues écarlates se gonflant d'indignation au fur et à mesure qu'il reprenait ses esprits, son air ahuri, ses sourcils épais, dégoulinants sur ses pupilles rondes ; la fierté de son camarade venait de prendre un sacré revers. Comment résister au tableau qu'il leur offrait ? Le plus désopilant étant peut-être sa tentative d'afficher une indifférence de façade qui ne dupait personne.

Tout en luttant contre ses pensées badines, Simone lui tendit la main pour l'aider à se relever. Nil bougonna un « merci » peu convaincant avant d'écarquiller les yeux devant l'allure de cette dernière, qu'il ne remarquait que maintenant. Sa mauvaise humeur fondit comme neige au soleil et un sourire lui échappa. Discret et frileux, mais un sourire tout de même.

Combien de temps les garderait-on enfermés ici ? Leur escapade ne pouvait pas se terminer ainsi ! Aussi vite… On n'avait pas le droit de les tenir à l'écart alors que de l'autre côté de ces murs se jouait, entre mutinés et moissonnés, l'avenir de la Colonie. Les évènements avaient pris une tournure que Simone n'avait pas imaginée. Elle observa

Goû, trottinant de l'autre côté des barreaux, inconscient de la chance qu'il avait. Même lieu, mêmes murs, même aventure, mais lui était libre de ses mouvements.

Des bruits de discussion des originaux parvenaient jusqu'à eux. Paroles inintelligibles, certes, mais bons indicateurs de leur présence au fond du couloir, de l'autre côté de la porte. Simone rejoignit 2333 qui, le front collé contre le métal, les jointures des doigts serrées autour des barreaux, paupières fermées, respiration lente et moue concentrée, ne les lâchait pas d'une oreille. Quand enfin le son s'estompa, jusqu'à devenir totalement inaudible, 2333 se tourna vers Simone et Nil pour leur offrir son plus beau sourire. Son expression changea pourtant lorsqu'il retira les mains de ses poches, vides, après les avoir fouillées de longues secondes durant. Un pli soucieux se forma sur son front. 2333 tâtonna sa veste, son pantalon, devint nerveux et eut beau pester autant qu'il le voulait, ses recherches restèrent infructueuses.

— Et merde ! jura-t-il dans un mouvement d'humeur.

Le trousseau de clés, se rappela Simone. L'objet lui était totalement sorti de la tête. Voilà pourquoi 2333 s'était montré si serein depuis leur arrestation ; persuadé de posséder, depuis le départ, le sésame qui les tirerait de ce mauvais pas. Plus finauds qu'ils ne le laissaient paraître, les originaux n'avaient pas hésité à le lui ravir.

2333 se mit à arpenter la cellule en se fustigeant d'avoir suivi, avec la docilité du bétail, les cerbères qui le menaient en cage. Simone eut beau tenter de le raisonner, lui répéter qu'il n'était en rien responsable de leur situation ; à trois contre tout un étage, qu'auraient-ils pu faire ? Il semblait impossible de le convaincre du contraire.

— J'ai failli à mon devoir.

Simone vit à ses narines pincées que 2333 n'était pas près de changer d'avis. Ce dernier se mit alors en tête qu'en cherchant bien, il finirait par trouver un moyen de percer la serrure et somma ses compagnons de commencer à fouiller autour d'eux. À ratisser le sol. Dans les moindres recoins, s'il le fallait. L'un d'eux finirait forcément par mettre la main sur quelque chose d'utile. Un gros caillou, par exemple, pour faire exploser la serrure. Ou encore un objet long et fin - pourquoi pas une épingle à cheveux tombée d'une tête depuis longtemps ? Simone et Nil jouèrent le jeu, sachant pourtant qu'ils ne trouveraient rien. Leur nouveau « chez-eux » n'avait rien à offrir d'autre que ses murs et son humidité.

— Te fatigue pas ! On est partis pour passer un p'tit bout de temps ici. Plus vite tu t'y feras, mieux tu le vivras, lâcha Nil au bout d'un moment.

Têtu, refusant la défaite, 2333 continua de tourner en rond, le cerveau en ébullition. C'était la première fois que Simone le voyait ainsi. Elle esquissa un pas dans sa direction avant de se raviser. Il était plus sain de le laisser évacuer toute cette tension accumulée. Elle haussa des épaules impuissantes à l'attention de Nil, puis alla s'adosser contre un mur et se laissa glisser sur le sol.

La tête calée entre deux roches, elle laissa un temps errer son regard, avant que ses paupières ne se ferment. Des sensations oubliées - souvenirs perdus - la frappèrent sans crier gare. De plein fouet. Sans discontinuer. L'odeur putride, l'humidité, la torture du goutte-à-goutte qui remplissait le sol en forme de cuvette, peur, incompréhension, solitude, froid, faim… La cellule remuait trop de choses. Simone se prit la tête entre les mains, priant pour que cela cesse. Mais les images continuaient de refluer. Elle se vit recroquevillée dans un coin de la cellule, grelottante et apeurée. Elle vit une assiette éclater contre un mur. Elle se vit hurler de désespoir et de rage.

La cellule qui hantait ses nuits n'était donc pas le fruit d'une imagination trop fertile. Elle avait déjà mis les pieds ici ! Elle ne pouvait l'avoir inventé. Étouffant un sanglot, elle repensa aux lettres de 2333. Ces mots qu'elle avait lus, relus et qui, le temps passant, s'étaient nichés dans son cœur. Grâce à ces lettres, une histoire, un passé, mais aussi de l'espoir lui avaient été offerts. N'étaient-ce que de belles paroles pour gagner sa confiance et son cœur ? Leur saveur était tout autre, maintenant qu'elle visualisait le lieu de leur rencontre. Au bord de la nausée, Simone songea avec amertume qu'il n'y avait rien de tel que d'être plongée dans le concret pour y voir plus clair… Ses yeux se posèrent sur 2333, à des lieues d'imaginer le trouble qui l'agitait. Son profond sentiment de mal-être se mua soudain en colère. Déterminée à en découdre, elle se leva, se dirigea vers son prétendu allié et le défia du regard.

— C'est ici qu'on m'a gardée !

L'affirmation fusa telle une accusation. Elle sentit une main se poser sur son bras. Nil. Son regard interrogateur. Bien que ne possédant pas les cartes pour comprendre les raisons de son subit changement d'humeur, par ce simple geste, il lui témoignait son soutien indéfectible. Moisson 24-1, pour toujours. Mais Simone, trop remontée, se dégagea du contact ami avec plus de brusquerie qu'elle ne l'aurait voulu.

— Pourquoi ne m'avoir rien dit ?

Prêt sans doute à lui servir de nouveaux mensonges, 2333 entrouvrit les lèvres, mais Simone changea d'avis et l'interrompit. Il avait eu maintes occasions pour lui conter sa version de l'histoire, elle n'avait plus envie de l'entendre. Juste de déverser sa colère.

— Évidemment qu'il te fallait taire cet endroit ! Sinon, comment aurais-tu pu gagner ma confiance ? Tu savais très bien que si j'avais su dans quelles conditions on m'avait tenue captive, jamais je n'aurais pu me lier d'amitié avec toi. Quand je regarde cette minuscule cellule insalubre, le froid, toute cette crasse… J'ai beaucoup de difficulté à nous imaginer y partageant des rires, causant tranquillement de ma vie à l'extérieur… Simone hésita avant d'ajouter : notre soi-disant idylle naissante…

C'était peut-être là que le bât blessait le plus. Elle y avait cru, à cette histoire. 2333 avait posé ses sentiments sur le papier, et ses mots, tels des plumes sous l'effet de la bise, avaient fini par s'envoler pour gagner le cœur de Simone. Une pensée fallacieuse refit alors surface. Aurore et 2333, ensemble. Alliés ? Simone secoua la tête. Cet endroit révélait le pire d'elle-même. Paranoïa ou jalousie ? L'une comme l'autre, elle n'en voulait pas.

— Tu es sérieuse ? Je n'ai *jamais* mis les pieds dans cette prison ! Et toi non plus.

— Ne me mens pas…

— Je te dis la vérité ! Enfin, presque. Je suis venu une fois, le jour de ma prise de poste, mais ça remonte à des années ! Ces cellules ne sont plus utilisées depuis belle lurette et certainement pas prévues pour accueillir des prisonniers. On sait qu'elles sont là, qu'elles existent. En cas de force majeure, pour dépanner. Mais jamais personne ne s'en sert.

Devant le visage fermé, l'air buté de la femme, 2333 ajouta :

— Regarde-moi, Simone. Tu me connais. Je suis incapable de te mentir. Tu avais un appartement entier pour toi. Un lit, une chambre, des toilettes. Tout le confort.

— J'ai pourtant rêvé de ce lieu.

2333 réfléchit un instant.

— Quand je t'ai remise entre les mains de Pierre, juste après t'avoir trouvée… Il t'a peut-être emmenée ici ? À l'écart des curieux, en attendant de savoir ce qu'ils allaient faire de toi. Mais honnêtement, je ne pense pas, tu m'en aurais parlé…

Ses explications étaient plausibles. 2333 dut sentir qu'elle rentrait les griffes, car il tendit une main hésitante vers elle, mais Simone esquiva le contact. Elle n'était pas encore prête. Une autre question la rongeait depuis trop longtemps. Cela lui causerait sans doute plus de mal que de bien, mais il était temps qu'elle sache. Elle voulait en finir avec ce doute, une fois pour toutes.

— Je sais que je n'ai pas le droit de te demander ça, que cela ne me regarde pas, mais je le fais quand même. Est-ce vrai que tu as séjourné chez Aurore ?

Nil se prit d'une soudaine passion pour l'architecture des lieux. Murs, plafond, sol… Quand il n'y eut plus rien à contempler, un fait improbable se produisit : Goû gagna son intérêt. Sautant sur l'occasion, l'animal trottina allègrement vers la main tendue.

2333 se raidit à l'évocation du prénom.

— Je ne savais pas que tu étais au courant, lui dit-il, soudain mal à l'aise.

— C'est donc vrai alors.

Son ton était trop agressif. Ce que faisait 2333 de son temps libre ne la regardait pas. Mais c'était plus fort qu'elle. Son esprit lui dictait une chose, son corps en faisait une autre. L'angle de la mâchoire de 2333 se crispa. Était-il agacé de devoir se justifier ? Sans doute… Simone l'aurait été à sa place. L'attitude de cette dernière était intrusive. 2333 hésita avant de céder au regard bourré d'attentes dont elle le couvait.

— Oui. Il y a une époque où je vouais une profonde admiration à Aurore et l'idée que cette femme charismatique puisse me choisir m'a... je ne sais pas : flatté ? Oui, c'est ça. Je crois que je me suis senti flatté et j'y suis allé.

Et voilà. Simone avait réclamé la vérité. 2333 la lui donnait. Pas celle édulcorée qui caresse dans le sens du poil, qui rassure. Non. Elle avait reçu la confidence crue. Celle qui douche. Celle qui mouche. Peu importait que cela lui déplaise. En insistant autant, elle avait perdu le droit de s'y dérober. Il lui fallait maintenant redoubler d'efforts pour rester impassible.

— Tu as pratiqué l'Acte avec elle...

— Hein ! Non, bien sûr que non ! s'indigna-t-il.

— Mais tu viens de dire que...

— Que j'ai été invité dans ses appartements, voilà ce que j'ai dit ! Mais c'est tout. Il ne s'est rien passé. Une proposition a été faite, je l'ai déclinée. Aurore a respecté mon refus, avec l'élégance qu'on lui connaît, avant de me proposer de partager un repas ensemble. Ce que je n'ai pas eu le cœur de décliner.

— Pourquoi avoir accepté d'y aller, au départ ? Tu savais ce qu'elle attendait de toi. Tout le monde le sait.

— Personne n'a jamais refusé d'aller dans ses appartements... Cela aurait été étrange. Et puis, c'était l'occasion de voir l'envers du décor. Les endroits interdits ou inaccessibles ont toujours attisé ma curiosité. Cela dit, la déception a été rapide. Le moins un - dont je n'ai vu que le salon –, précisa-t-il d'un ton taquin, n'a pas grand-chose à envier à nos appartements. À part la décoration, peut-être : moderne et de bon goût. Et l'absence de Flora ! Ne pas se sentir scruté ni avoir à filtrer ses émotions était agréable !

2333 s'avança vers Simone.

— Si j'avais envisagé une seule seconde que cela puisse t'affecter, je n'y serais pas allé. L'admiration que j'avais pour Aurore appartient au passé. Et tu y es pour quelque chose, ajouta-t-il d'une voix douce.

Sa poitrine s'allégea d'un seul coup.

— Je suis désolée... Je me sens bête, maintenant.

— N'importe qui à ta place se serait fait des idées. Et puis, ça m'apprend une chose, que tu tiens *un peu* à moi, ajouta-t-il, taquin.

Les joues de Simone étaient écarlates, désormais.

— D'autres souvenirs te reviennent ? lui demanda-t-il alors en lui attrapant les mains.

— Non. Juste cette cellule... Et encore, les images restent brumeuses.

Les épaules de 2333 retombèrent. Sa déception n'avait pas échappé à Simone.

— Désolée..., ne put-elle s'empêcher d'ajouter.

— C'est peut-être un début ?

Il l'attira à lui. Ses yeux brillaient. Leurs visages étaient proches. 2333 retira la mèche qui entravait son regard ; ses doigts effleurèrent sa joue tandis qu'il la replaçait derrière son oreille. Son regard la pénétrait, mélange d'espoir et d'envie. Elle baissa les yeux sur ses lèvres. Ses joues s'empourprèrent. Mais soudain, la voix de Nil mit un terme à leur échange.

— Euh, les gars... On n'est pas seul !

CHAPITRE 42

Le corps était recroquevillé en position fœtale, à même le sol.

— Côme ? C'est toi ?

Pas de réponse. Nil réitéra ses appels, bientôt rejoint par ses camarades. Ils eurent beau jouer des cordes vocales : aucune réaction de l'autre côté du couloir, aucun mouvement, aucun son. Pas même un ronflement pour les rassurer.

— Il est mort, vous croyez ?

La question, balbutiée d'une voix enfantine, venait de Nil. Lorsqu'on lui avait arraché Garance, une partie de lui s'était brisée. *Perdre Côme l'achèverait*, songea Simone.

— Si c'était le cas, les originaux n'auraient pas pris la peine de l'enfermer, le rassura-t-elle en y croyant à moitié.

Malgré tout, son argument ainsi que son assurance factice eurent l'effet escompté. La boule de nerfs qu'était Nil commença à se ramollir. De là à dire qu'il avait atteint la pleine sérénité, il y avait tout un monde : ses muscles restaient tendus et ses traits crispés, mais il avait cessé de remuer dans tous les sens, évènement suffisamment rare pour être noté.

— Oui… Tu as sûrement raison !

Que Côme ne réagisse pas aux *stimuli* externes inquiétait beaucoup Simone. S'il souffrait d'une commotion, le laisser dormir n'allait-il pas aggraver son état ? Malheureusement, son champ d'action était limité. À part s'époumoner, en vain, il n'y avait pas grand-chose qu'elle pût faire, regretta-t-elle en triturant le fil de couture qui dépassait de sa manche. Ses yeux s'attardèrent sur l'espace laissé vacant par le bouton perdu. Une idée germa alors dans son esprit. Probablement pas la meilleure de l'année, mais à défaut d'autres solutions, il eût été idiot de ne pas la tenter.

— Goû, viens ici mon gros !

Le rat, qui avait déjà pris ses marques, dut se faire prier pour daigner sortir le bout du museau du cocon de fortune qu'il s'était dégoté - une niche murale de deux fois sa taille. L'animal exhiba sa dentition d'un bâillement à n'en plus finir avant de regarder Simone d'un air torve comme s'il y songeait à deux fois avant de se plier à sa demande. Avait-il réellement envie de quitter le confort de son nouveau logis pour rejoindre son humaine ?

— Allez viens, on va jouer au bouton !

« Bouton » fut le déclencheur. Fin de la tergiversation pour le rat, oreilles dressées, corps tendu, Simone avait toute son attention désormais.

Goû analysa les lieux d'un coup d'œil rapide, se mit en position, piétina un court instant, puis, après quelques remous de l'arrière-train, prit son élan et sauta dans le vide, toutes pattes écartées. Le vol plané fut majestueux. La réception, parfaite. Fermement agrippé à la barre du lit, Goû y enroula sa queue puis se laissa glisser jusqu'au sol d'où il trottina jusqu'à sa jeune maîtresse qui l'accueillit dans le creux de ses mains. Elle déposa un baiser sur le sommet de son crâne ainsi que les instructions habituelles au creux de son oreille. Le petit corps velu frétilla aussitôt d'impatience.

Les règles du jeu étaient simples. Simone cachait un bouton avant de lancer le rongeur à sa recherche. Goû, alléché par la promesse d'une friandise en cas de victoire et en bon gourmand qu'il était, ne se faisait jamais prier pour y participer. Aujourd'hui, bien sûr, il n'y avait ni bouton à cacher ni douceur à offrir... Face à l'engouement de Goû pour sa nouvelle mission, Simone ressentit une étincelle de remords qu'elle se hâta d'étouffer. Bien qu'elle détestât l'idée de se jouer de lui, ses options étaient limitées et elle n'avait aucune autre solution à proposer que de se servir des boutons sur les vêtements de Côme comme appâts. Elle avait l'espoir naïf que le contact avec Goû puisse extraire ce dernier de son sommeil.

Simone s'accroupit près des barreaux et tendit, le plus loin qu'elle put, le bras vers la cellule opposée. Lorsque la douleur devint trop vive, elle comprit que, excepté quelques centimètres, elle ne gagnerait rien de plus qu'une luxation de l'épaule et déplia alors les doigts pour libérer Goû.

Le rat ne perdit pas une seconde. Arrivé dans la cellule, il pila en humant l'air. Un reniflement suffit à dilater ses pupilles. Il avait déjà repéré les boutons, alignés sur le torse du garçon. Goû sauta aussitôt sur Côme, ouvrit grand la bouche et coinça l'objet rond entre ses incisives, prêt à repartir avec son trophée. Mais les points de couture lui opposèrent une résistance. L'incompréhension le cloua un instant sur place. En d'autres circonstances, Simone aurait ri de son air mi-ahuri, mi-offensé. N'ayant, à l'évidence, pas l'habitude que les choses lui résistent, l'animal exprima son mécontentement avant de tirer, tel un forcené, sur son butin, secouant la tête dans un sens, puis dans l'autre... Autant de tentatives infructueuses. Le rat délaissa soudain sa prise pour passer au deuxième bouton, puis au suivant, et ainsi de suite, sans jamais capituler, persuadé que l'un d'entre eux finirait par céder. Malgré ses échecs successifs, son entrain ne faiblit pas. À l'inverse de son humeur qui, elle, gagna en noirceur. Des cris de frustration - sans doute noms d'oiseaux en langage de rongeur - fusèrent dans toute la pièce. À deux doigts de la crise de nerfs, le rat planta ses griffes dans le tissu pour y prendre appui, se mit à sauter, tirer couiner, se secouer... Simone l'observait, aux aguets. C'était exactement ce qu'elle attendait de lui ! Que Côme sente une présence *physique* auprès de lui. Elle se mit à scander le prénom du garçon pour accompagner les efforts du rat. Sauf que ce dernier, réalisant que sa méthode ne le mènerait à rien, cessa soudain toute activité.

— Ne t'arrête pas, mon gros. Cherche le bouton! Cherche!

L'oreille abîmée pointa dans sa direction, mais ce fut bien la seule marque d'attention que l'animal daigna lui montrer. Simone crut qu'il avait abandonné lorsqu'il redressa soudain les moustaches avec un regain d'énergie. Goû souleva le bouton à l'aide de ses pattes avant et inclina la tête pour s'attaquer au point de couture. En une seconde, la coupure était faite. Le rat observa le bouton rouler sur le sol, fier de lui. Problème résolu en un coup de dent.

Les épaules de Simone retombèrent. Certes, elle s'était doutée que les cinq cents grammes ne pèseraient pas grand-chose contre le bloc qu'était Côme, pourtant elle y avait cru. Elle avait abattu sa dernière carte et son ami demeurait inconscient. Que n'aurait-elle pas donné pour pouvoir se rapprocher de lui. Qu'il sente une présence amie à ses côtés. Qu'il se sache accompagné. Il était là par sa faute. Sans son intervention, sans la pression qu'elle avait mise sur Nil, puis sur lui, il n'en serait pas là.

Un gémissement coupa court à ses sombres pensées. Simone se tourna pleine d'espoir vers ses amis :

— Vous avez entendu ?

Pas de réaction. Était-elle la seule à avoir perçu le bruit ? Elle redirigea son regard vers le corps inanimé. Les doigts de Côme venaient de bouger. Cette fois-ci, elle en était certaine ! Une main remua, une tête pivota ; tout doucement, le garçon revenait à la vie. Un geignement plaintif s'échappa de ses lèvres. Goû décolla comme s'il venait d'être frappé par une décharge électrique et se réceptionna un mètre plus loin, tous poils hérissés, hésitant encore sur l'attitude à adopter. La lutte ou la fuite ? Ses yeux se posèrent alors sur le bouton - *son* butin, gagné à la sueur de *son* front. Hors de question qu'on le lui vole, semblait-il s'insurger ! Ni une ni deux, le rat se précipita sur l'objet, comme si sa vie en dépendait, le happa au vol et détala le plus vite possible. À l'approche de Simone, il ralentit l'allure en roulant des mécaniques. Il allait enfin pouvoir savourer sa victoire. Son estomac anticipait déjà les délices à venir. Quelle ne fut pas sa peine lorsqu'il reçut une distraite caresse sur le dos pour toute gratification. De la déception à la colère, le basculement fut rapide. Il chicota à l'injustice, déployant toute la gamme de cris qu'il avait en répertoire, grignota les doigts de sa maîtresse, grimpa dans son cou, lui mordilla l'oreille. Il eut beau y mettre du cœur, aucun de ses efforts ne paya… Seul Côme avait l'attention de Simone.

— Ça a marché, regardez, il se réveille !

— Côme, tu m'as foutu une de ces frousses ! Tu peux pas savoir à quel point je suis heureux que tu sois en vie ! Tu m'entends, mon vieux ?

— Laisse-lui le temps de revenir à lui, Nil, le tempéra 2333.

— Oh..., lâcha Simone en découvrant le visage de leur ami.

Son arcade sourcilière avait éclaté. Deux paupières tuméfiées cachaient son œil gauche. Pire, l'œdème ne s'était pas cantonné à la région orbitale, mais s'était répandu sur tout le reste de sa face : nez, lèvre supérieure, pommettes. Une véritable anarchie dans ses traits. Il ne restait plus une seule zone qui n'ait pas gonflé. Le doux visage de Côme, marbré d'hématomes, taillé de plaies, avait tout l'air d'un tableau qu'un artiste enragé aurait peint à coups de pinceau zélés. Ses belles boucles n'avaient plus rien de soyeux, remplacées par des paquets cartonneux, de couleur douteuse, de cheveux coagulés. Lorsqu'il tenta d'y remettre un peu d'ordre, sa manche glissa de son avant-bras, dévoilant une armada d'ecchymoses.

— Les ordures! cracha Nil.

— C'est pire que ça en a l'air et c'est pas entièrement de leur faute.

— Tu ne vas pas les excuser, quand même! s'insurgea Nil.

— Faut pas exagérer ! À voir vos têtes, on dirait que j'ai frôlé la mort.

— C'est que tu devrais voir la tienne, justifia Simone. Que s'est-il passé? Te passer à tabac aussi fort, c'est juste sadique...

— Qu'ils aient des questions, soit, mais te mettre dans cet état... c'est inadmissible! renchérit Nil. Sans parler du massacre à côté! On pourra dire ce qu'on veut, mais j'ai jamais vu un seul garde faire preuve de brutalité dans l'exercice de ses fonctions. Abuser de son autorité, oui. Appliquer des lois discutables, oui. Profiter d'avantages, aussi. N'empêche, avec eux, la paix régnait dans la Colonie. Vous avez vu ce carnage ? À ce niveau, on ne peut plus parler de rébellion.

— Tu réagis à chaud, Nil, minimisa Simone. Ils ont peut-être été dépassés par les évènements. Originaux, comme gardes. Peur de l'autre, légitime défense, une réaction disproportionnée… Il aura suffi d'un seul acte pour allumer la mèche de la violence. Attendons de voir ce qu'ils ont à nous dire… Une fenêtre de discussion semble s'être ouverte avec cette Nelly. Elle a l'air intelligente, mesurée. En tout cas, je ne la vois pas comme une folle assoiffée de sang et je ne perds pas l'espoir qu'elle puisse nous aider.

— Descends de ton nuage. Même s'ils nous en laissent l'opportunité, je refuse de m'associer à de telles gens. On se débrouillera sans eux !

Simone ouvrit la bouche, mais 2333 posa la main sur son avant-bras.

— Je suis d'accord avec Nil, ça a été trop loin… Des innocents sont morts. On ne peut pas leur faire confiance. Si nous n'avions pas mis notre plan en action, Nelly n'aurait jamais pu lancer son coup d'État et la paix régnerait toujours.

Simone savait qu'ils avaient raison, mais se confronter à la vérité signifiait assumer le poids de ses actes, qu'elle savait trop lourd pour ses épaules. S'entêter était plus facile.

— On ne sait pas ce qu'il s'est réellement passé. Nous n'y étions pas…

— Peu importe. Qui sait ce qu'il va se passer, désormais… Ce qu'on a déclenché…

— C'est pas de votre faute. J'y étais, moi…, intervint Côme en se massant la mâchoire. Si ce n'avait pas été aujourd'hui, un soulèvement aurait quand même eu lieu dans les jours, semaines ou mois à venir. Les originaux étaient prêts ! Bien sûr, ils ont été saisis, comme tout le monde, lorsque les lumières se sont éteintes. C'était la panique, mais les gardes ont rapidement réussi à gérer la situation et à apaiser les gens. Le calme était revenu quand tout a commencé. Il y a eu un hurlement. Je n'ai jamais entendu autant de haine jaillir d'un seul cri. Détermination, rage, puissance… Comme si la détresse de tout un peuple était contenue dans cette seule voix. Et ça a parlé aux originaux ! Tout a vrillé à partir de là. Des armes sont sorties de nulle part. Même des torches ! Qui ont commencé à s'allumer un peu partout. Tout avait été minutieusement préparé en amont. Je le redis : que vous ayez déclenché la panne ou non, le moins douze aurait fini par tomber un jour ou l'autre entre leurs mains. Ce n'était qu'une question de temps.

— Comment ça, la panne qu'*on* a déclenchée ? s'étonna 2333.

Côme les regarda d'un air surpris.

— Je pensais que vous aviez pris le relais en voyant que le plan ne se déroulait pas comme prévu ! Les gardes m'ont choppé avant que je n'aie le temps de faire quoi que ce soit. Ils m'escortaient au moins douze quand les lumières se sont éteintes. C'est d'ailleurs à ce moment-là que je me suis fait mal. Je me suis ramassé comme jamais en tentant de m'enfuir !

— On n'a rien fait…

— Si ce n'était pas vous, alors qui ?

CHAPITRE 43

Combien d'heures s'étaient écoulées ? Vingt-quatre ? Quarante-huit ? Sans horloge pour les aiguiller, ils n'avaient d'autre choix que de subir le passage du temps. L'unique ampoule, fruit d'une autre époque et à l'interrupteur inaccessible, diffusait sans discontinuer son pâle halo vacillant. Ainsi, leur cellule n'était jamais suffisamment éclairée, jamais sombre non plus. Alliage parfait pour titiller des nerfs sensibles.

L'absence de repères temporels n'était pas leur seule privation. Privation de se mouvoir correctement dans un espace aussi restreint. Privation d'hygiène, de nourriture, d'eau… En réalité, rares étaient leurs besoins fondamentaux à être satisfaits. Sans parler de l'intimité… Cette question, primordiale pour les locataires, semblait n'avoir été qu'un dérisoire détail pour l'architecte au moment de la conception des lieux. Certes, un prisonnier n'espérait pas le luxe de toilettes dans une pièce à part, mais de là à ce que rien n'ait été pensé… Pas même un simple rideau pour cacher le simulacre de trou, creusé dans un coin de la cellule.

Tiraillée par la soif, Simone passa une nouvelle fois la langue sur ses lèvres sèches. Elle essaya d'en voir le bon côté : la déshydratation limiterait leur besoin d'avoir recours aux toilettes. Elle en fit part à ses camarades dans l'espoir de leur arracher un sourire, mais il fallait se rendre à l'évidence :

entre le caractère taciturne de 2333, le pessimisme de Nil, et Côme qui se remettait de ses blessures à coups d'interminables siestes, la partie n'était pas gagnée.

— On va crever ici. Si pas de faim ou de soif, alors d'ennui ! Préparez-vous à une lente et longue agonie...

Exaspéré par ses énièmes jérémiades, 2333 rabroua Nil en le priant de se taire. Vexé, ce dernier obtempéra. Pour un temps, du moins. Rapidement, ce fut plus fort que lui et, trouvant en Côme une oreille plus conciliante, il le prit pour cible. La tête posée contre les barreaux de sa cellule, l'auditeur malgré lui somnolait à moitié, laissant échapper juste ce qu'il fallait d'onomatopées pour que le bavard se sentît à l'écoute. Simone échangea un regard désabusé avec 2333 qui leva les yeux au ciel d'un air impuissant.

Le babillage anima l'heure qui suivit avant de s'estomper progressivement. Simone découvrit Nil endormi, le dos calé entre le mur et les barreaux de la cellule. Elle hésita à le réveiller pour qu'il aille s'installer sur la couchette, mais il avait l'air si bien qu'elle préféra le laisser dormir tranquille. Épuisée, elle décida qu'il était temps de suivre son exemple et alla s'asseoir aux côtés de 2333. Goû la suivit et se glissa aussitôt entre eux. Amusés, les deux humains observèrent ses vaines tentatives pour s'installer dans le creux formé par leurs cuisses collées l'une contre l'autre. Le rat inspecta les lieux à la recherche de *la* place de choix, renifla, tourna sur lui-même, bâilla, tourna encore, s'étira, se roula en boule pour... se relever et recommencer tout le processus d'installation. Ne trouvant pas le confort recherché, Goû finit par capituler et se retrancher dans sa niche, sans oublier de leur souligner le fond de sa pensée par un dernier regard outragé.

Un silence gêné succéda à son départ. Sans caméra,

ni autres âmes éveillées, Simone et 2333 avaient, une fois n'est pas coutume, le temps de leur côté. Du temps pour goûter à la compagnie de l'autre. Du temps pour discuter et se découvrir. Du temps. Rien que pour eux.

Plutôt que de la ravir, ce constat déstabilisa Simone. Et tandis qu'elle aurait dû jouir de l'absence de Flora, elle ne s'était jamais sentie aussi vulnérable qu'en cet instant. Pour la première fois, au contact de 2333, les mots lui faisaient défaut. Une sensation vertigineuse, mélange d'excitation et de peur, s'empara d'elle. 2333 se racla la gorge, comme s'il allait prendre la parole, mais aucun son ne suivit et Simone comprit qu'il était dans le même état qu'elle.

La conversation débuta par un balbutiement de mots timides jusqu'à ce que leurs regards se croisent. Alors ce fut comme une évidence. Il n'en fallut pas plus pour délier les langues. Entre eux, c'était simple, facile. Ils se comprenaient. Ils se complétaient. Un champ des possibles s'ouvrait à eux.

Des frissons agitèrent les épaules de Simone. 2333 s'en aperçut et écarta alors son bras pour l'inviter à venir se nicher contre lui. Le corps ferme de l'homme l'enroba d'un agréable cocon de chaleur. Le rythme lent de son souffle était apaisant. Les paupières de Simone, soudain trop lourdes pour ses yeux brûlants, se fermèrent lentement. D'abord sensible aux bruits environnants et dont elle n'avait pas l'habitude, elle ne les remarqua bientôt plus. Les sons se dissipèrent, laissant place aux battements réguliers du cœur de 2333. La dernière chose dont Simone eut conscience fut le tendre baiser qu'il déposa sur ses cheveux. Un sourire se dessina sur ses lèvres, juste avant qu'elle ne sombre.

Elle volait au-dessus d'un tapis d'herbes hautes, flottant au vent. Le soleil égrainait ses rayons sur la surface d'un lac. Son être savourait chaque instant, léger, euphorique. Elle voulut s'élever plus haut encore, toucher la cime des arbres, mais un lien invisible la retint. Au départ, elle crut que la gêne serait éphémère, s'entêta à vouloir aller de l'avant, mais ses efforts furent vains. Pire, elle était maintenant tractée en arrière, de plus en plus vite, sans qu'elle pût rien y faire. Le chant des oiseaux fut remplacé par un martèlement sourd. Les couleurs se teintèrent de grisaille. Puis, ce fut la chute.

Des pas. Des voix. Un bruit métallique. Désorientation, torticolis, courbatures. Simone peinait à s'extraire du sommeil. À l'instar de ses camarades. Les corps étaient rouillés. Les esprits engourdis. Ils avaient dû se reposer une heure, deux tout au plus. Trop peu à en juger par les grognements de Nil.

— Nelly veut vous voir.

Simone bondit sur ses pieds, quittant définitivement le pays des songes. Un vertige la saisit et elle dut se raccrocher au bras de 2333, le temps que disparaisse la nuée de points noirs qui lui brouillait la vue. Un rang d'originaux patientait de l'autre côté des barreaux, prêt à les escorter.

Deux individus se tenaient en faction devant la porte donnant accès à la Colonie. La salle de tri, qu'ils ne firent que traverser, avait été réaménagée. L'ensemble des caméras avaient été détruites et les corps, évacués.

Aussi fugace qu'ait été son expérience du moins douze, Simone remarqua qu'un point n'avait pas changé : le monde s'y affairait toujours autant. Des yeux se levèrent à leur passage. Curieux pour certains, haineux pour d'autres, indifférents pour la plupart.

Du hall, ils empruntèrent différentes galeries. Elle

cessa rapidement de mémoriser la trajectoire au fur et à mesure des trop nombreux changements de direction. Une dernière porte s'ouvrit enfin sur leur point de chute. Des tables avaient été rassemblées pour conférer à la pièce un air de salle de réunion. Nelly, installée en bout de table, les accueillit d'un sourire sans chaleur avant de les inviter à s'asseoir.

— Que faire de vous ? Vous tuer m'épargnerait bien des soucis : plus besoin de me biler pour savoir si je dois vous faire confiance ou non, moins de bouches à nourrir ou de main-d'œuvre à gaspiller pour la surveillance des prisonniers. Ce serait *la* solution de facilité ! Mais peu de mes hommes valideraient ces méthodes quelque peu... inorthodoxes. Je n'ai donc pas d'autre réel choix que de vous laisser une chance.

Elle avait beau tenter de se concentrer sur le discours de Nelly, le cerveau de Simone avait migré vers son estomac. Elle était incapable de décrocher son attention des mets étalés sur la table. Lorsque Nelly passa derrière 2333, elle agita sous son nez le trousseau de clés qu'il avait tant cherché.

— Comme vous pouvez le constater, les choses se sont un peu améliorées ici. Les derniers raids ont été pour le moins fructueux. On peut désormais se féliciter d'avoir de la nourriture en suffisance. Pour les semaines à venir, du moins...

Un bruit de déglutition du côté de Nil fit réagir Nelly.

— Je vous en prie, servez-vous.

Le groupe prit place à table, sans se faire prier. Ennemie ou non, peu importait la main ayant servi ces assiettes, seule la faim comptait et on leur offrait la possibilité de la combler.

— Ce qui m'intéresse c'est de tenir sur le long terme. Pour cela, il nous faudra devenir autosuffisants. Accéder aux cultures, aux soins. En résumé, être indépendants. J'ai entendu votre offre, mais quitter la Colonie, si tant est que ce soit possible, ne m'intéresse pas. Grâce aux accès que 2333 nous a généreusement légués - Nelly lui adressa un clin d'œil moqueur avant de poursuivre –, vous n'avez plus une grande aide à nous apporter… Mis à part, peut-être, quelques points à éclaircir sur les horaires et habitudes des rondes ? Sans cela, nous devrions être en mesure de nous débrouiller. Quoique, Aurore n'est pas bête ; en réalisant la trahison de l'un de ses gardes les plus prometteurs, elle aura sans doute eu la présence d'esprit d'ordonner à ses agents de sécurité un changement radical de leur routine. Malgré tout, si cela vous tient tant à cœur de m'aider à inverser le pouvoir et à reprendre le contrôle de la Colonie, alors d'accord, vous êtes libres de le faire.

Simone releva le nez de son assiette :

— « Pouvoir », « contrôle »… Vous puisez dans le lexique d'Aurore. Et ce n'est pas pour me rassurer… Notre aide, nous vous l'avons effectivement proposée. Côme est un crac en informatique. 2333 saura nous dire quels moissonnés seraient les plus susceptibles de rejoindre nos rangs. Et comme lui, Nil et moi sommes entraînés en cas de conflit. Nous valons plus que l'atout logistique auquel vous semblez vouloir nous réduire. En revanche, ce ne sera pas sans condition. La première étant qu'il faut que toute cette violence prenne fin. Il ne doit plus y avoir de morts. Je suis certaine qu'on peut y arriver autrement.

— Oh, ne sois pas naïve ! Les victimes collatérales sont inévitables lorsqu'on renverse une société pour en bâtir une nouvelle. On ne fait pas une guerre sans verser une goutte de sang. D'ailleurs, Aurore n'en a peut-être pas sur les mains, mais le nombre de victimes à son actif supplante largement celui de notre petite révolte. Sa méthode est plus insidieuse. À l'écart des regards, mais elle nous tue tout de même. À la tâche, sans soins et à l'usure.

Nelly dévisagea Simone avant de laisser échapper un sourire presque tendre.

— Je vois bien que tu me considères comme un monstre. Je suis simplement réaliste. D'ailleurs, pour te prouver que tu as tort, je vais te faire une promesse dès maintenant. Je ferai mon possible pour éviter les pertes humaines et autres dommages collatéraux. Satisfaite ? Bon, tu as parlé de deux conditions, si je ne me trompe ?

Simone n'était plus sûre, tout à coup. Parler de Garance, dévoiler leur corde sensible, revenait à donner des munitions à Nelly pour se tirer une balle dans le pied. Elle observa tour à tour ses camarades qui opinèrent d'un même chef. Que cela leur plaise ou non, leur avenir dépendait du bon vouloir de Nelly. Avec ou sans eux, les plans de cette dernière ne changeraient pas. Autant rester dans les parages en faisant leur maximum pour limiter les dégâts.

— Une amie a été arrêtée pour avoir pratiqué l'Acte. Son décès nous a ensuite été annoncé, mais nous refusons d'y croire.

— Vous êtes décidément des moissonnés plus perspicaces que le reste de vos congénères, sourit Nelly. Le délit d'Acte… La plus grande supercherie de l'Histoire. Votre amie n'est effectivement pas morte, et il se trouve que vous avez en face de vous la seule personne à savoir où la trouver. Les choses sont parfois bien faites, non ?

CHAPITRE 44

Nelly nomma un homme émacié aux commandes. Si son visage juvénile fut incapable de masquer la surprise d'être choisi, le garçon s'abstint de tout commentaire et accepta la mission d'un hochement de tête. Satisfaite, Nelly passa un bras autour de ses épaules et l'invita à faire quelques pas en sa compagnie pour un entretien en aparté, loin des oreilles indiscrètes. Simone tenta de décrypter le contenu de l'échange en lisant sur leurs lèvres, mais hormis quelques rares mots sans intérêt happés au vol, elle demeura dans le flou.

Une fois ses instructions données, Nelly revint auprès du groupe pour leur présenter son équipe à effectif réduit. Thalie, une femme au crâne rasé et de corpulence moyenne que Simone voyait pour la première fois. Quant à l'homme, comment l'oublier ? Lilian était l'un de ceux qui avaient pris un malin plaisir à les jeter au fond des cachots. Silhouette trapue aux longs doigts fins, la robustesse de ses traits contrastait avec la délicatesse de ses mains.

— Si peu d'escorte ? questionna Côme en accélérant pour s'accrocher au pas cadencé de Nelly, qui avait lancé le convoi sans perdre plus de temps.

— Pas besoin d'être trop nombreux, là où nous allons. Discrétion, avant tout.

— Tu n'as pas peur qu'on cherche à s'enfuir?

— Pourquoi? Tes copains et toi souhaitez retrouver votre amie, non?

Nelly s'arrêta net. Pensant qu'elle avait finalement changé d'avis, Simone la vit alors fouiller ses poches et en extirper quatre lambeaux d'un tissu épais, pelucheux et aux coloris douteux.

— Couvrez-leur les yeux, ordonna-t-elle en distribuant le matériel à ses sbires.

— Pas si confiante que ça, finalement, ironisa Nil avant de protester par un cri aigu.

Juste avant d'être aveuglée par le chiffon, elle eut le temps de voir Nelly tester - plus que de mesure - la solidité du nœud à l'arrière du crâne de Nil, une lueur revancharde dans le regard. La femme les fit tourner sur eux-mêmes avant de lancer le départ.

— Plus un bruit, à partir de maintenant!

Nelly en tête de convoi, impulsa le rythme de son pas rapide. Thalie marchait au centre. Lilian, en fin de file. Position stratégique qui lui permettait de garder un œil sur le quatuor, les remettant en piste dès qu'ils déviaient de la trajectoire, et qui les dissuadait - par sa simple présence - de tenter quoi que ce soit.

Les faisait-on volontairement tourner en rond ou le chemin était-il réellement long? Des gonds grincèrent, des portes claquèrent, des virages s'enchaînèrent. Malgré la chaleur stagnante et la moiteur de leur peau, ils frissonnèrent au gré des courants d'air. Au bout d'une course interminable, l'équipe s'immobilisa, enfin. Le quatuor fit ce qu'il lui avait été demandé, se tut et patienta tandis qu'un véritable remue-ménage s'opérait autour d'eux. Frottement d'un drap que l'on soulève. Un autre son, étouffé, sourd ; un bruit de fond de gorge qui s'échappe sous l'intensité de l'effort. Puis un raclement sur le sol, intermittent, poussif, suivi d'un soupir soulagé.

Une main ferme appuya sur sa tête et l'obligea à se baisser tandis qu'on la poussait en avant. Elle progressa courbée sur quelques mètres avant de pouvoir se redresser. Le changement de température fut instantané, hérissant les poils de ses avant-bras, tandis que l'air se saturait d'humidité. Une fois le groupe au complet et le passage refermé, Nelly les autorisa à se défaire de leur bandeau. Un grésillement annonça la mise sous tension du réseau électrique. Simone qui, à coups de battements de cils, peinait à accommoder sa vue, découvrit un tunnel sans fond tandis que la ligne de lampes s'irisait en grinçant. Certaines ampoules claquèrent, mais la plupart - et ce malgré leur vétusté — tinrent bon. Nelly rangea sa lampe de poche tout en refermant d'un mouvement du coude le placard abritant les disjoncteurs.

— Vous voici dans les coulisses de la Colonie.

Les marques du temps ne se bornaient pas aux amas de poussière accumulée par des dizaines d'années d'abandon ; des fils électriques, dénudés pour la plupart, sortaient du plafond telles les racines d'un arbre dans une galerie souterraine. Les murs décrépis déployaient des mètres et des mètres de tuyaux à la peinture cloquée. Abandonnés, les lieux ne l'étaient pas tout à fait ; en témoignait le remarquable travail de tissage des minuscules - mais non moins efficaces - locataires. Ce n'étaient plus des toiles d'araignées au travers desquelles il fallait se frayer un passage, mais des châles, des nappes, des draps qu'il fallait écarter pour pouvoir avancer. Plus on progressait - le visage et les cheveux poisseux de fils englués - et plus il semblait y avoir d'épaisseurs à percer. Tout en redoutant de sentir l'une de

ces bestioles lui tomber dans le cou, Simone se baissa pour éviter la large poutre métallique qui entravait le couloir. Derrière une porte entrouverte, elle aperçut une pièce dont le mobilier, bien que modeste et disparate, décoré de bric et de broc, dévoilait l'effort de donner une âme à l'endroit. L'intérêt de Nelly était lui aussi tourné vers cette pièce. Il ne fallut pas longtemps à son regard pour se voiler tandis que ses pensées s'envolaient à des lieues de là. Un panel d'émotions nuança alors ses traits, au fur et à mesure de son cheminement intérieur. Nelly dut sentir peser sur elle le regard intrigué de Simone, car elle revint soudain à elle et, à l'instant où leurs yeux se croisèrent, son expression s'était déjà figée dans sa froideur habituelle.

— Tu as l'air de bien connaître les lieux, commenta Côme, sensible lui aussi à ses subtiles variations d'humeur.

Nelly opina en silence. Simone crut que l'échange s'arrêterait là, mais l'originale la surprit par une confession.

— J'ai vécu ici plusieurs mois. Avec Nour.

Le prénom avait été évoqué du bout des lèvres, comme relevant du sacré. Pourtant, maintenant qu'il avait été prononcé, la suite semblait avoir besoin de sortir. La parole de Nelly se délia d'un bloc.

— J'ai découvert cet endroit par hasard, alors que j'étais de corvée de linge. C'était pas la première fois que je sentais un filet d'air sur ma joue… Mais un jour, tout à coup, il fallait que je sache d'où ça provenait. J'ai trouvé un minuscule trou dans le mur au travers duquel j'ai vu un passage qui avait été condamné et probablement oublié depuis longtemps. L'idée a fait son chemin. Ma porte de sortie se trouvait derrière cette couche de plâtre qu'il ne tenait qu'à moi d'abattre. À aucun moment je n'ai été rebutée par l'ampleur de la tâche ni par les risques encourus. Par contre, je n'allais pas pouvoir agir seule. Il me fallait l'aide d'une complice. Nour, qui avait subi une perte récente, sacrifié beaucoup pour la Colonie et plus grand-chose à perdre, m'a semblé la plus apte, fiable et partante pour un tel projet. J'ai visé juste : elle a accepté tout de suite. On s'est relayée comme on le pouvait, dès qu'on le pouvait et avec les moyens du bord. Ça a été un travail de longue haleine. Il ne fallait pas faire de bruit, cacher le matériel et les débris induits par les travaux, réfléchir à une solution pour dissimuler le point de passage une fois que nous serions parties - le but n'étant pas qu'on nous retrouve sitôt disparues. Mais rien de tout ça n'avait d'importance, car pour la première fois, on avait un objectif *personnel*. Pas une mission merdique dictée par Flora, Aurore ou qui sais-je d'autre, non, une mission à nous et pour nous ! Il n'y a rien de plus inspirant et stimulant comme sentiment ! Enfin, bref. Dès que l'opportunité s'est présentée, on s'est taillées pour venir se réfugier ici.

— Vous avez fait comment pour trouver de la nourriture et à boire ? s'intéressa Simone.

— S'hydrater n'a pas été un souci. Il a suffi de quelques bricolages pour détourner le circuit d'eau potable. Pour la bouffe, ça a été un peu plus compliqué. On s'introduisait en douce dans les cuisines des originaux. On tapait dans les stocks, ne volant que le nécessaire pour ne pas attirer l'attention. Mais le risque de se faire prendre restait grand, alors la plupart du temps, on chassait.

Simone frotta sa joue dans le pelage de Goû, posté sur son épaule, ne supposant que trop bien quel type de gibier avait été ciblé tandis que Nelly poursuivait son récit d'une voix lointaine, comme si elle était incapable de contenir le reflux de souvenirs provoqué par la plongée en ces lieux autrefois familiers.

— Après l'euphorie des débuts - à ne dépendre que de nous-mêmes, à occuper notre temps comme bon nous semblait, à découvrir les joies de la sociabilisation, à savourer l'authenticité des liens nouvellement créés –, on a commencé à déchanter. La routine qu'on avait mise en place, rassurante et confortable au départ, est devenue difficile à vivre... Une fois les tâches de la journée terminées - qui ne prenaient pas tant de temps que ça –, on tournait vite en rond. On n'avait pas grand-chose à faire, et le peu qu'on faisait, on devait le faire sans bruit. Quand on se retrouve piégé avec ses pensées, l'ennui peut vite devenir votre pire ennemi. On s'y enlise. Les idées se relayent en boucle et la tête ne tourne plus rond... Les vieux démons que Nour pensait avoir laissés derrière elle l'ont rattrapée.

Tout en remontant le fil de son passé, le regard de Nelly s'attardait par endroits. Simone était persuadée que là où elle-même ne voyait que gravats et tas de poussière, la femme y voyait la projection de son passé.

— Nous n'avions pas quitté une prison pour ce type de vie. Il était hors de question de continuer à vivre comme des vermines. Car c'est ce qu'on était devenues : des parasites cachés dans les murs, guettant l'arrivée de la nuit pour chaparder quelques malheureux légumes. Ça pouvait plus durer. Nour a alors lancé l'idée d'une fuite via la voie ferrée. Elle y était déjà allée lorsqu'elle avait été sélectionnée pour le jour du grand marché. Son plan était simple sur le papier : suivre les rails et voir où le destin nous guiderait. Un avenir meilleur nous attendait forcément au bout du tunnel. Les colonies ne pouvaient pas toutes être identiques à la nôtre. L'une d'entre elles se démarquerait. Il devait exister en ce monde un endroit où le mot liberté signifiait encore quelque chose... Un endroit où la singularité de chaque être était mise en avant et non pas étouffée par une pensée unique, et où penser n'était pas synonyme de délit!

Nelly reprit son souffle, les joues pourpres.

— Bref… La suite, vous la connaissez.

— Vous aviez l'air proches, toutes les deux, commenta Simone.

— Nous l'étions.

— Comment avez-vous pu la tuer? demanda-t-elle soudain.

Le passé de l'originale était plus complexe qu'elle ne l'avait imaginé; ses confessions avaient soulevé chez elle un élan de compassion qui la troublait. Elle ressentait le besoin de connaître les raisons de son passage à l'acte. À défaut de comprendre Nelly, ou de lui faire confiance, elle se savait capable de l'entendre et pourrait peut-être alors envisager une relation un peu plus sereine à l'avenir.

— Tu ne sais pas de quoi tu parles.

La réponse avait été formulée d'une voix atone.

— Au contraire! 2333 n'a pas été le seul témoin du meurtre. J'ai assisté à toute la scène, moi aussi! Par le biais d'une simulation. Moi aussi, je vous ai vue transpercer le ventre de la femme que vous nommez amie.

Une gifle aurait eu le même effet. Les lèvres de Nelly, aussi blêmes que le reste de son visage, se pincèrent en une ligne exsangue.

— Tu crois que c'est ce que je voulais? Que c'était prémédité?

Incapable de retenir le tremblement de ses mains, Nelly serra les poings tout en se murant dans le silence. Elle ferma alors les paupières, se concentra sur sa respiration et lutta contre les assauts de sa propre tempête interne. Quand elle fut en mesure de reprendre la parole, c'est au fils qu'elle s'adressa :

— Quand Nour t'a perdu pour la Colonie, une partie d'elle-même est morte ce jour-là. Tu n'avais que treize ans quand ils t'ont pris ! Elle a perdu foi en l'avenir et tout goût pour la vie. Elle a sombré, tenté de mettre fin à ses jours. Évidemment, Flora n'a pas laissé faire et a accru sa surveillance. Double peine pour Nour. Elle a donc commencé à faire semblant d'aller mieux pour retrouver un semblant de liberté. Ironique, non ? Quoi qu'il en soit, ses efforts ont payé au bout d'un moment et Flora s'est désintéressée d'elle. Mais je n'étais pas dupe, moi. Elle attendait la première occasion pour recommencer. J'ai donc décidé de la prendre sous mon aile pour l'aider à s'extraire doucement de sa mélancolie. Plus tard, quand j'ai découvert le moyen de partir, lui proposer de m'accompagner était une évidence. Mais quand elle t'a vu… j'ai compris que tout était fichu ! Qu'elle ne partirait plus et qu'elle m'entraînerait dans sa chute. Elle allait tout sacrifier pour son fils, un moissonné pour qui elle n'était rien d'autre qu'une sombre inconnue, un paria. Elle était incapable de l'entendre, évidemment, trop embrouillée par l'euphorie de te revoir. Et moi… Il était hors de question que je me fasse prendre ! Hors de question d'y retourner, d'être de nouveau réduite à l'état de bête d'élevage. J'ai… J'ai perdu les pédales… Pas un jour ne passe sans que je pense à Nour, à ce que je lui ai fait. Ça me hantera jusqu'à ma mort, mais j'ai appris à vivre avec. Alors, voilà, je ne peux certes pas effacer le passé, mais on peut essayer d'avancer, ensemble…

Le ton de la voix baissa. Le débit de paroles ralentit, jusqu'à se tarir complètement. À travers le fils, c'était auprès de la mère qu'elle venait de livrer son plaidoyer.

Un long silence accueillit les aveux de Nelly. 2333 se lança le premier.

— Pourquoi ta mémoire ne l'a-t-elle pas été : effacée ? Comme le prévoit le Code pénal en cas de meurtre.

— *L'auteur de violences induisant le décès d'autrui sera sanctionné par induction d'amnésie rétrograde et antérograde à effet immédiat*, récita Nil en se remémorant un passage de ses leçons de droit. Tu aurais dû être réduite à l'état de coquille vide.

— C'est ce qui était censé arriver, en effet. Aurore en a simplement décidé autrement en choisissant de me gracier. Elle savait très bien que la peine serait plus lourde à porter en me laissant vivre avec mon passé sur la conscience, avoua Nelly avec rancœur.

— Nour, 2333, leur lien de parenté : pouvez-vous nous en dire plus ? intervint alors Simone.

Nelly la toisa d'un air déçu.

— Un homme, une femme, l'Acte : un bébé. Rien de bien compliqué.

— Merci de nous prendre pour des cons ! se braqua Nil.

Ne relevant pas le mépris de Nelly, Simone apporta quelques précisions à sa question.

— Les probabilités qu'une personne soit féconde sont tellement minces que deux individus fertiles se retrouvant à pratiquer l'Acte ensemble tient carrément du miracle ! Mais soit, validons cette hypothèse ; il reste un problème de taille : les corps des femmes ne sont plus en mesure d'accueillir une grossesse depuis longtemps, seulement de produire des gamètes - et encore, ça ne vaut que pour les plus fortunées.

— Les *bébés* ne poussent pas dans un récipient pour *naître* à quinze, seize, dix-sept, dix-huit, dix-neuf ans passés… En sachant parler, marcher, manger en toute autonomie à peine nés ! Oh, vous êtes si naïfs…, déplora Nelly, plus lasse qu'agacée.

— Mais… pourquoi cette mascarade ? Pourquoi tous ces tests ? Pourquoi nous accabler avec la surveillance de nos variations hormonales, notre alimentation dosée au nutriment près. Tout ce sport…

— La fertilité est un réel problème.

— Faut savoir, marmonna Nil dans sa barbe.

— Les gamètes se font rares, certes, mais avec un petit coup de pouce, les femmes sont aussi aptes qu'avant à donner la vie. Une société possédant des gamètes est une société prospère. Quel meilleur endroit que le grand marché pour y dissimuler un marché noir ? On y vend bien des graines en tout genre, non ? Cet évènement est l'une des plus grandes escroqueries du siècle… Les colonies y enrichissent leur banque et accroissent leur diversité génétique. C'est Louis qui se charge de la traque des « reproducteurs » - comme il aime les appeler. Ces HPR - humains à haut potentiel reproductif - sont très prisés. Les lundis à l'infirmerie sont son terrain de chasse favori. Pour un homme, il n'y a pas plus simple comme procédure : on récolte ce dont on a besoin et on le laisse poursuivre sa vie sans qu'il se soit aperçu de rien - si ce n'est d'avoir passé un examen plus agréable que d'habitude. Pour les femmes en revanche, c'est une autre paire de manches. Une fois débusquée, la reproductrice potentielle sera inséminée à son insu, sans explication et, vous l'aurez compris, sans son consentement ! Si la fécondation prend, la gestante sera aussitôt écartée de la Colonie pour mener sa gestation à terme et mettre bas dans le plus grand secret. Parfois, les choses se font naturellement, comme pour Nour - ou votre amie, probablement –, mais la gestation est *toujours* découverte par Louis, ou Iris, avant même que la future mère n'ait eu le temps de se rendre compte des changements opérés dans son corps. Elle subira alors le même sort que celui réservé aux filles inséminées et rejoindra le nombre des disparues.

Tout faisait sens. La pâleur de Garance, ses nausées, l'intérêt que Louis lui avait porté dans le train, sa soi-disant mort…

— Si ce que vous dites est vrai : ces enfants, ces femmes, vivent…

— À la pouponnière, gérée par une poignée d'agents, Louis à leur tête. Sans oublier Aurore, évidemment. Rares sont les personnes à en connaître l'existence. Les enfants sont élevés par les mères jusqu'au début de leur vie d'adulte. Tous les dix ans, les plus âgés partent pour la moisson.

— Les jeunes acceptent la séparation ? Les mères laissent faire ?

— Les mères profitent de leurs enfants pendant de nombreuses années. La vie est relativement douce à la pouponnière. Du moins, les premières années. Mais l'espace est restreint et les activités limitées pour des êtres en pleine croissance et dont les besoins augmentent sans cesse. Les insatisfactions croissent. Le quotidien finit par être remis en question et naissent les tensions. C'est souvent durant l'adolescence qu'arrive la séparation. Évidemment, la vérité est tue à la jeunesse. On les éduque dans le mensonge. On leur dit qu'ils ont atteint la maturité pour rejoindre la Colonie. On leur bourre le crâne pour qu'ils voient cela comme un honneur. Ils savent qu'ils ne reviendront pas, mais on leur fait miroiter des visites de la part de leur mère pour rendre la séparation plus douce. On organise une grande fête pour célébrer cette étape importante de leur vie. Il leur tarde de faire leurs premiers pas dans la Colonie et, surtout, ils ne savent pas que leur mémoire sera effacée, ni qu'on les rendra aussi dociles que des agneaux.

Nelly fit une pause et s'humecta les lèvres. Pressentant l'impatience de Simone et consciente qu'elle n'avait répondu qu'à une partie de la question, elle lui spécifia d'un signe de la main qu'elle n'avait pas fini.

— Quant aux mères, on leur offre le choix. Rester et s'occuper des autres enfants - aide à l'accouchement, assistance aux jeunes mamans pour les premiers soins, aide à l'éducation, animation, jeux... En somme : offrir aux enfants le meilleur environnement possible pour leur croissance. Ou perdre la mémoire. Ce qui inclurait l'oubli de leur progéniture. Un choix inacceptable pour la majorité d'entre elles, car cela reviendrait à nier leur existence même. La plupart des mères préféreront vivre avec le manque, tout en s'accrochant à l'idée que leur enfant poursuivra sa vie dans un cadre plus adapté que la pouponnière. Et puis, il y a leurs autres enfants, plus jeunes, qui ont encore besoin d'elles. Une reproductrice a en effet rarement un seul enfant; une fois la main mise sur une poule aux œufs d'or, Louis veille à l'exploiter jusqu'à péremption.

— C'est inhumain ! Pourquoi ne pas laisser les choses se faire naturellement? Laisser les mères éduquer leurs enfants au sein de la Colonie. Pourquoi la moisson ? Pourquoi laisser les liens se tisser jusqu'à l'adolescence ? Je doute que ce soit pour le bien-être des mères...

— Pourquoi ? Pourquoi ? Pourquoi ? Pour avoir une société lisse et contrôlée. Qui ne se touche pas, mais qui reste en bonne santé. Qui ne se parle pas, mais qui vit en paix. Qui ne se soulève pas et qui obéit. Quelle ironie ! Malgré mon opposition farouche au régime, je dois lui reconnaître - à contrecœur, bien sûr - certains bienfaits ; en abolissant l'individualité, ce sont la convoitise, la jalousie, l'orgueil, le mensonge qui ont été supprimés. Évidemment, tout ne s'est pas fait en un jour. Ils ont tâtonné, au départ. Effacer la mémoire trop tôt s'est révélé préjudiciable pour la construction de l'individu ; les étapes de l'enfance devaient être respectées. Attendre trop pour le faire, comme je vous l'ai déjà dit, n'était pas tenable non plus. Le bien-être de l'adolescent en aurait pâti.

— Mais alors... Si vous avez vécu à la pouponnière... Cela veut dire que vous êtes mère, vous aussi ? réalisa soudain Simone.

— Je l'étais, jusqu'à ce que la moisson me les tue.

— Vous ne pouvez pas dire ça ! Ils sont toujours en vie. N'avez-vous pas envie de les retrouver ?

— Non. Leurs corps sont peut-être toujours en état de fonctionnement, mais mes enfants ne sont plus.

La discussion était close.

CHAPITRE 45

Ombres d'un azur profond, ondulations, contrastes, courbes... Les jeux de lumière, sur les murs et les plafonds, embarquaient le promeneur pour un voyage immersif, sous la surface de l'océan. Une musique veloutée, aux notes de ouate, accompagnait la houle bleutée projetée autour d'eux. Mais, pour le peu que l'on fut attentif, on finissait invariablement par harponner les menus détails qui lèveraient le voile de cette féerie factice.

Des cœurs, des fleurs, des ballons, des ronds, des couleurs chatoyantes, des bonhommes aux têtes disproportionnées, aux bras trop longs, trop nombreux ou munis de doigts surnuméraires, des bonhommes aux joues roses et aux sourires bienveillants ; d'innombrables dessins et empreintes de petites mains tapissaient les murs.

Plus loin : d'autres croquis, aux coups de crayon plus matures. Des bonhommes encore, ternes, cette fois, dépourvus de sourires. La joie et les paillettes s'évaporaient des pages, au fur et à mesure que l'artiste gagnait en âge et que le groupe progressait dans le couloir.

Ils arrivèrent devant une salle circulaire au sol couvert de coussins de toutes les tailles, formes et couleurs. Il y avait des peluches, des poupées, des trains, des cubes, des vélos, des étagères remplies de pots à crayons, de feutres et de peinture, des puzzles, de la pâte à modeler, des jeux de société… Du mobilier miniature. Partout. La pièce maîtresse de ce pays merveilleux trônait au centre de la salle de jeux : une cabane à plusieurs étages, ouverte sur un gigantesque toboggan en spirale.

Le dortoir des enfants, pensa-t-elle lorsque Nelly leur montra une porte en plaçant son index devant ses lèvres et les pressa à poursuivre leur route. Intriguée par cette « espèce » qu'elle pensait éteinte hier encore, Simone tenta un coup d'œil furtif dans la pièce, mais ne vit rien d'autre que de vagues formes endormies. Les souffles paisibles et confiants la firent soudain douter. Si le plan de Nelly aboutissait, ils auraient repris la pouponnière des mains d'Aurore d'ici une heure. Au petit matin, tous ces enfants verraient leur quotidien bouleversé. *Pour le meilleur*, espéra-t-elle sans réussir à museler la petite voix, pessimiste et craintive, qui la bombardait de scénarios aux dénouements toujours plus sombres. *Profitez de cette dernière nuit d'insouciance,* leur souhaita-t-elle en silence tout en redoublant de vigilance. Rester discret. Éviter le pas de travers. Ne surtout pas les réveiller.

Elle s'étonna de la facilité avec laquelle ils avançaient. Aucune embûche en travers de leur route à déplorer pour le moment ! Certes, Nelly les avait prévenus du peu d'intervenants extérieurs ; la pouponnière était une forteresse tenue par Louis et son équipe restreinte de soignants, à la double casquette de gardes. Les résidents, n'ayant nulle part où s'enfuir, étaient libres de déambuler où bon leur semblait, sous la vigilance de Flora. Toujours. Quant à l'intendance, elle incombait aux mères.

La pouponnière : un microcosme caché au cœur de la Colonie.

Mais que faisait Flora ? L'IA, dont ils détruisaient les caméras chaque fois qu'ils en avaient l'occasion, ne réagit pas. Pas de remontrance, pas de menace ! Pas une fois, la voix métallique ne chercha à imposer sa loi. Silence radio.

Le convoi s'immobilisa au milieu d'un carrefour en étoile.

— Nos routes se séparent ici. Si votre amie est enceinte, comme je le pense, vous la trouverez au dortoir des mères. Rien de bien compliqué pour le trouver. Il suffit de localiser la grande pièce rectangulaire sur les plans placardés à tous les coins de mur et de suivre la carte, précisa Nelly en en pointant un du doigt.

— Vous ne venez pas avec nous ? s'étonna Côme

— Vous y arriverez seuls, je n'ai aucun doute là-dessus. De mon côté, j'ai des gardes à neutraliser. Thalie, Lilian, avec moi !

Un échange de regards entre Simone et ses amis leur suffit à se comprendre. La vision du bain de sang du moins douze les hantait encore. Il était de leur responsabilité d'empêcher qu'une telle horreur se reproduise. Certes, les dernières heures passées auprès des originaux les avaient conduits à les voir sous un nouvel angle, voire à baisser leur garde. De là à leur faire entièrement confiance, non. Ils avancèrent donc la carte de la sécurité, prétextant qu'il n'était pas raisonnable qu'ils s'occupent seuls des gardes, et jouèrent sur l'avantage du nombre pour justifier que leur quatuor se scinde en deux.

C'est ainsi que Simone regarda, le cœur serré, Côme et 2333 disparaître de son champ de vision en priant pour qu'ils lui reviennent sains et saufs. La main de Nil, réconfortante et chaude, se posa sur son épaule.

— Prête ?

Elle opina en silence. Il était temps pour eux aussi de se mettre en route. Nelly n'avait pas menti, trouver les plans ne posa aucune difficulté. En revanche, alors qu'ils auraient dû pénétrer dans un vaste dortoir, ils furent surpris de pousser la porte sur un deuxième couloir, bien plus étroit, à l'odeur agressive d'aseptisant et donnant sur des box vitrés où l'on apercevait des brancards vides.

— Et merde, maugréa Nil, j'ai lu le plan à l'envers. Comment peut-on être aussi bête ?

— Chut, moins fort… Je ne m'en suis pas rendu compte non plus.

— Normal, c'était pas toi qui lisais le plan.

— Peu importe. On va aller vite maintenant qu'on sait où ça se trouve, le tempéra Simone en le tirant par la manche pour faire demi-tour.

Ils ne firent pas plus de cinq mètres que le grincement d'une chaise les figea. Une lumière filtrait par l'entrebâillement d'une porte. Ils se plaquèrent contre le mur et tendirent l'oreille. Une discussion était en cours. Une discussion dont le ton montait en même temps que l'échange tournait au vinaigre.

— Tu peux tirer un trait sur notre accord. Ne compte plus sur nous à l'avenir. La confiance est rompue. Tu m'entends, dis-le bien à Aurore : c'est fini !

Voix masculine. Colérique, ferme et catégorique.

— J'entends ta colère, mais on ne peut pas se quitter comme cela. Renaissance I a encore tellement à offrir. Laisse-moi te montrer notre catalogue que Flora va t'envoyer de ce pas. J'ai de superbes HPR à te proposer. On a même une nouvelle gestation en cours ! Avec des gènes prometteurs. Ce serait dommage de passer à côté d'une si belle offre.

Louis - que Simone avait reconnu - marchandait d'une voix doucereuse, rapide, caressante. Une voix qui se voulait assurée, mais dont les notes aiguës trahissaient le contraire. Elle s'approcha lentement de la porte en ignorant Nil qui, à grand renfort de gestes agités, tentait de l'en dissuader.

— J'en ai rien à secouer de tes femelles ! Tu m'avais promis des gamètes d'exception ! C'était quoi, ta phrase d'accroche ? *Un coup de fraîcheur directement venu de l'extérieur pour enrichir ta banque génétique*. Ah, ah, laisse-moi rire ! Non seulement ton garde a récupéré la fille alors qu'on n'avait pas fini d'inspecter la marchandise, mais en plus il a invoqué quoi comme excuse ? Le motif sanitaire, s'il vous plaît ! De quoi mettre en confiance... Malgré tout, par respect pour nos liens, je t'ai laissé une deuxième chance. Et maintenant, tu me dis qu'elle s'est enfuie ? Tu nous as bien entubés, voilà ce qu'il s'est passé. Renaissance I n'est plus ce qu'elle était, et ce, depuis longtemps. Sache que je n'en resterai pas là !

— Voyons, tu sais bien que je n'ai qu'une parole ! Je t'ai promis ses gamètes et tu les auras ! La femelle ne pourra pas aller bien loin. Ce n'est qu'une histoire d'heures avant qu'on lui mette le grappin dessus. Et puis, tu n'es pas reparti les mains vides du marché. Tu as eu les prélèvements que tu voulais sur le garçon, non ? Allez, on ne va pas se fâcher pour un simple contretemps ? Et pour te prouver ma bonne foi, laisse-moi t'offrir les ovocytes de notre deuxième championne.

L'interlocuteur se réserva un instant de réflexion.

— Non pour les gamètes, mais je veux bien le fœtus et sa mère. Cela pourrait m'aider à revoir ma position.

— Marché conclu ! répondit Louis sans l'once d'une hésitation. La gestante prendra le premier train, demain matin.

Le cœur de Simone accéléra. Ils n'avaient plus une minute à perdre. Garance ! Il ne pouvait être question que de Garance ! Une fois dans le train, il leur serait impossible de la retrouver. Ils n'avaient pas fait tout ce chemin pour la perdre, si près du but.

Encore abasourdie par la teneur de l'échange entre les deux hommes, elle recula sans prêter attention au chariot de soins garé contre le mur. Le choc, bien que léger, le fit rouler de quelques centimètres, renversant tubes et flacons sur le plateau métallique. Nil, témoin impuissant de la scène, lui lança un regard silencieux trahissant ses propres pensées : ne plus faire le moindre geste et espérer que Louis et son invité n'aient rien entendu… Peine perdue. Un profil apparut dans l'encadrement de la porte.

Éole - ou plutôt son hologramme - les toisait, un sourire sadique au coin des lèvres.

— Tiens, tiens, quand on parle du loup… Finalement, tu avais raison. Voici mon produit livré, en bonne et due forme.

L'homme avança vers eux, mais sa silhouette se brouilla au fur et à mesure qu'il s'éloignait du bureau de Louis, tout comme le reste de ses paroles qui se hachèrent au rythme des coupures de son hologramme. Un dernier soubresaut, une dernière syllabe, un dernier échange de regards, et la connexion fut perdue. Éole avait disparu lorsque Louis déboula dans le couloir.

Ahuri, soulagé, en colère… Une palette d'émotions passa sur son visage. À l'instar de Simone et Nil, Louis devait peser les solutions qui s'offraient à lui. Il avait retrouvé les fuyards et s'imaginait sans doute récolter les louanges d'une Aurore pleine de reconnaissance en les lui amenant. Il tenait également là l'occasion de redorer son honneur auprès d'Éole. Oui, mais... ils étaient deux et lui seul. Cela, Louis l'avait très bien compris. Il alla droit au but.

— Je suppose que ma discussion avec mon confrère ne vous a pas échappée ? J'ai donc une proposition à vous faire, qui pourrait satisfaire tout le monde. Je fais un petit prélèvement sur Simone avant de vous laisser filer. J'oublie vous avoir vus. Quant à vous, vous n'avez jamais mis les pieds ici. Compris ? Cet endroit n'existe pas ! C'est donnant-donnant. Qu'en dites-vous ?

— Tu te crois vraiment en position de négocier ? lui rit Nil au nez en s'approchant de lui d'un pas menaçant.

— Vous vous êtes mis dans de sales draps. Je suis votre seule porte de sortie. Les gardes vont arriver, d'une seconde à l'autre. Ne voyez-vous pas que j'essaie simplement de vous aider ? Simone, tu es plus raisonnable. Fais-lui donc entendre raison.

— Je pense que je vais aider mon ami à vous installer là et que vous allez nous donner votre badge, répliqua cette dernière.

Une fois ligoté sur sa chaise avec les moyens du bord, dans une position au confort relatif, le docteur avait soudain perdu son panache. Privé de son arrogance et de son pouvoir, il apparaissait sous son vrai jour, un homme vil, couard, dénudé de tout charme.

— Que va-t-on faire de lui ? On ne pourra pas le laisser ici indéfiniment, demanda Simone en aparté.

Nil haussa les épaules.

— Écoute, un problème à la fois. Pour le moment, la seule qui compte est Garance. Je ne peux pas moins me soucier de ce type ! Laissons Nelly décider de son sort.

Simone songea à sa dernière rencontre avec le médecin, aux petits jeux commerciaux auxquels il s'adonnait sans doute avec les *Éole* des autres colonies, à tous ces corps mis au service du repeuplement démographique, à ces mères privées de leurs enfants, à ces pères ignorant leur existence même, et se dit que, pour une fois, elle n'avait pas à avoir de scrupules et abonda totalement dans le sens de son ami.

CHAPITRE 46

Les rangées de lits étaient alignées au centimètre près. Rien ne dépassait. Propreté. Ordre. Rigueur. Des paravents offraient aux pensionnaires de précieux mètres carrés d'intimité. Les maigres possessions de ces dernières ornaient leurs tables de chevet. Les dessins, en particulier, étaient exposés avec un soin touchant. Ici, pas de couvertures rêches et passées. Mais des parures en flanelle, fleuries ou pastel, incitant à y enfouir le nez pour en humer la fraîcheur. Fauteuil à bascule, coussins, lampe d'appoint… Plus qu'un espace privé, c'était d'un refuge dont bénéficiaient les filles. Garance se trouvait peut-être dans l'un d'eux…

Simone et Nil prirent chacun une extrémité de la pièce. La pénombre était reine et il fallait se pencher sur les visages pour en distinguer les traits. Au fur et à mesure que le temps passait, la fébrilité de Nil croissait. Sitôt qu'elle investiguait un nouveau lit, Simone sentait peser sur elle le poids de son regard tandis qu'il guettait un signe positif de sa part. Et chaque fois qu'elle se redressait, bredouille, la déception du garçon fusait jusqu'à elle. Il avait beau se déplacer en silence, à l'autre bout de la pièce, son stress diffusait autour de lui, palpable et inconfortable. Elle n'était pas la seule à y être sensible : les pensionnaires aussi commençaient à s'agiter dans leur sommeil.

Montre-toi, Garance, pria-t-elle en éliminant le lit suivant dès qu'elle vit le couffin. Lorsqu'elle passa devant, elle ne put s'empêcher de tendre le cou, poussée par l'envie et la curiosité de voir un nourrisson réel et vivant! Mais elle n'aperçut rien de plus qu'une petite boule emmaillotée dans un cocon de laine. À regret, elle passa son chemin. Elle ne s'attarda pas non plus sur le lit dont le drap tendu sur l'arrondi d'un ventre laissait présager l'imminence du terme. Il ne lui restait plus que deux lits à inspecter. Seulement deux lits et toujours pas de Garance…

Rapide coup d'œil du côté de Nil, dont le visage était plus crispé que jamais. Il était arrivé au bout de son inspection et avait fait chou blanc.

La dernière silhouette reposait sur le ventre, mais Simone sut, aussitôt. Impossible de se méprendre avec l'indice répandu sur l'oreiller de la jolie dormeuse. Les frisottis, contre lesquels Garance livrait une bataille perpétuelle, ne pouvaient que lui appartenir! Nelly avait vu juste. Son amie était là. En chair et en os. En parfaite santé. Soudain, une autre vérité la frappa.

Garance portait la vie. C'était idiot, mais elle ne le réalisait que maintenant. Dans quelques mois, un bébé verrait le jour. Cette idée l'émut plus qu'elle ne l'aurait imaginé et, bien qu'il ne soit pas encore né, elle se promit de faire tout ce qui était en son pouvoir pour que l'enfant grandisse sous le regard bienveillant de ses deux parents.

Bien qu'elle meure d'envie de réveiller son amie et de la prendre dans ses bras, elle n'en fit rien. À la place, elle adressa un large sourire à Nil en levant un pouce victorieux. Elle ne sut jamais comment le garçon parvint à être aussi vite à ses côtés. Il s'assit aux côtés de Garance et, tout en délicatesse et gestes tendres, entreprit de la réveiller. La femme s'agita, se retourna et lorsqu'enfin ses paupières s'ouvrirent, son regard passa de l'incompréhension à la stupeur avant de s'illuminer d'un seul coup. Elle poussa un cri que Nil parvint à étouffer d'une main qu'il plaqua sur sa bouche tandis qu'elle se jetait dans ses bras. Leurs lèvres se scellèrent en un tendre baiser, mêlé de rires et de pleurs.

La joie des retrouvailles éveilla les plus proches voisines. La présence de deux intrus au milieu de leur dortoir électrisa les filles, qui se hâtèrent de secouer les camarades encore endormies. La rumeur se propagea comme une traînée de poudre. En moins de deux secondes, tout le monde avait bondi hors de son lit. Instinctivement, les mères serrèrent leur nourrisson au plus près de leur cœur tandis que, sans concertation préalable, les autres firent bloc autour d'elles, toutes griffes sorties. Simone leva les paumes en signe de paix avant de prendre la parole d'une voix mal assurée :

— Nous ne vous voulons aucun mal. Nous sommes venus chercher notre amie, Garance, ainsi que toutes celles qui souhaiteraient partir d'ici.

La libération de la pouponnière ne prit pas le tour escompté. Loin de là. La difficulté ne vint pas de Nelly ni de ses acolytes, qui tinrent leur promesse et parvinrent, avec l'aide des garçons et une relative facilité, à neutraliser les gardes sans victime à déplorer. Non, la difficulté vint des mères.

Loin de l'accueil chaleureux imaginé par Nelly, les femmes préférèrent un accueil glacial. Mis à part les dernières arrivantes, ainsi qu'une minorité d'anciennes qui semblaient soulagées et reconnaissantes de les voir - l'heure de la libération était enfin venue –, la majorité ne partagea pas leur engouement. Et tandis que s'improvisait une réunion nocturne pour mettre tout le monde au diapason, certaines mères, préférant se tenir à l'écart des manigances, décidèrent tout bonnement de bouder la session, se persuadant qu'en retrouvant les bras de Morphée, un retour à la normalité les cueillerait au petit matin.

Quant aux autres, leur réaction fut radicale. Elles se braquèrent immédiatement en affichant une farouche opposition. Les doyennes reconnurent Nelly, mais passé la surprise et la joie de retrouver une des leurs - qu'elles croyaient perdue à jamais - en vie, la suspicion prima vite sur le reste. Des voix s'élevèrent. Des bébés se mirent à pleurer. Des bambins, alertés par le brouhaha ambiant, pointèrent le bout de leur nez, vite rejoints par d'autres enfants. Plus nombreux. Plus âgés. Au bout de quinze minutes, toute la pouponnière était réveillée et les interrogations fusaient dans tous les sens.

On l'avait dit morte, où était-elle depuis tout ce temps ? Comment avait-elle fait pour revenir? Pour quelles raisons ? Pourquoi maintenant? Et Nour? Elles avaient disparu ensemble, où était-elle ? Que lui était-il arrivé?

Saisie par le flot intarissable de questions, Nelly se terra dans le mutisme. Était-ce du mépris dans ses yeux? Elle, qui avait tant rêvé de briser leurs chaînes, ne s'était sans doute pas préparée à un tel lynchage public. À moins que ce ne soit de la peur face aux pupilles noires braquées sur elle? L'heure était en effet venue pour elle de confesser ses péchés face à la foule.

CHAPITRE 47

Fiasco. Elle n'avait pas d'autres mots. Après quatre semaines de conflit, la situation entre les camps opposés était plus critique que jamais. La Colonie - ce qu'il en restait, du moins - n'allait pas tarder à craquer.

Simone ne put retenir un coup d'œil sur la courbe des comptes. Et comme d'habitude, elle n'y coupa pas : sa gorge, son cœur, son estomac se serrèrent. La courbe, censée aider Nelly à surveiller de près l'évolution de la situation, plombait surtout le moral de ses troupes en exhibant la montée exponentielle du nombre de victimes. Un résultat délétère qui renvoyait constamment Simone à son propre rôle. Elle avait été l'étincelle qui avait embrasé la Colonie. 2333 avait beau ressasser qu'avec ou sans eux, les Douze auraient quand même fini par se lancer dans le conflit, Simone n'en restait pas moins lucide : obnubilée par sa quête de liberté, c'était l'équilibre de tout un système qu'elle avait fait voler en éclats.

La famine menaçait. La maladie aussi, fleurissant au milieu d'un vivier de plaies infectées. À cela s'ajoutait une pénurie de traitements comme de soignants. Les soins rudimentaires étaient apportés par des bénévoles démunis de toute connaissance ou formation médicale, dans un contexte hygiénique douteux. Sans parler de la promiscuité qui accroissait le risque de contaminations croisées.

La situation, déjà catastrophique, menaçait de muter en épidémie.

Tout avait dérapé après l'évasion de Louis. La riposte d'Aurore avait été quasi immédiate. D'une efficacité effroyable. Réactive, rapide, méthodique… C'était allé si vite ! Attaque après attaque, les combats s'étaient enchaînés, menés par les gardes, les premiers temps, avant que les moissonnés ne soient mobilisés pour renflouer les rangs.

Les Douze se vengèrent en ciblant les ressources. Les greniers devinrent ainsi les premiers terrains d'affrontement, occasionnant beaucoup - trop - de pertes alimentaires. Après quelques déroutes, Aurore reprit le dessus, ainsi que la main sur les cultures.

Affamés, les originaux tinrent bon et, poussés par la force de leurs convictions, s'attaquèrent alors au squelette de la Colonie, créant d'énormes dommages matériels. Leur plus grosse victoire fut le sabotage du système d'aération d'un tiers des étages. La chute du taux d'oxygène ainsi que la hausse des températures provoquèrent un flux de population aux étages intacts, générant fatalement des tensions *intra-muros*.

Pertes humaines. Dégâts logistiques. Gaspillage de denrées alimentaires. Désastreux résultats du sabotage d'un bateau qui les portait pourtant tous. *Tant de gâchis*, regretta-t-elle, amère. Plusieurs voix, dont la sienne et celle de ses amis, s'étaient élevées pour protester contre l'inutilité d'un tel carnage. Il devait être possible d'y mettre un terme ! Lancer des négociations. Aboutir à des accords qui puissent satisfaire les deux parties ! Malheureusement, les pourparlers n'appartenaient pas au vocabulaire d'Aurore, ni à celui de Nelly. Ces deux-là préféraient s'entre-tuer.

Quoique cela ne fût pas tout à fait exact. Il existait tout de même un terrain d'entente. Un sujet sensible sur lequel elles s'étaient immédiatement accordées : la pouponnière. L'endroit devait - coûte que coûte - être préservé du conflit et demeurerait une zone neutre. *Protéger les enfants avant tout!* La décision avait été unanime. Et bien que quelques divergences d'opinions eussent été émises quant au sort des mères - pour Aurore, ces dernières devaient rester à la pouponnière, tandis que pour Nelly, le choix de leur lieu de résidence devait rester de leur ressort –, un rapide sondage auprès des sujets concernés avait facilité la décision des dirigeantes : la plupart ayant choisi de rester à la pouponnière, Aurore avait toléré le départ d'une minorité pour le camp de son choix.

— Simone, te voilà enfin, ça fait des heures que je te cherche!

Les joues écarlates de Côme ainsi que son souffle court indiquaient qu'il avait couru. Quelque chose dans son regard, si serein en temps habituel, affola la jeune femme.

— Qui est blessé?

— Personne, il baissa la voix, mais il s'est passé quelque chose... C'est pas prudent d'en parler ici. Viens avec moi, tu vas vite comprendre.

Elle acquiesça et le suivit sans poser de questions.

Côme avait beaucoup de qualités; la discrétion n'en faisait pas partie. Et tandis qu'il la guidait loin du monde, tout - dans ses gestes comme dans sa posture - criait à l'imposture. Quand il ne vérifiait pas les alentours de ses yeux de chouette aux aguets, il enfonçait sa tête dans le creux de ses épaules courbées, le regard fuyant; désigné coupable par son propre corps. À ses côtés, la pire des crapules serait passée inaperçue. Il s'arrêta sans crier gare et la poussa dans une pièce où l'attendait le reste de ses camarades. Des piles de coussins et de couvertures étalées à même le sol évoquaient une salle de repos, tandis que l'amoncellement de tasses et assiettes usagées devant quatre écrans noirs suggérait un bureau, ou une salle à manger, au choix. Simone, qui avait mis une seule fois les pieds ici, lors de l'affectation de leurs lieux de vie, reconnut l'endroit où étaient logés les garçons. Pièce qu'ils partageaient avec deux originaux de la même tranche d'âge qu'eux. Nil et Garance, qu'il était désormais rare de voir l'un sans l'autre, étaient plongés dans une discussion animée. 2333, un peu à l'écart, se redressa en la voyant. Elle leur adressa un sourire chaleureux. Les occasions de traîner ensemble étaient devenues rares et elle était sincèrement ravie de les revoir.

2333 s'assura que le couloir était vide avant de refermer la porte.

— C'est bon, Flora, on est au complet. Tu peux commencer, lança-t-il en l'air.

Simone sursauta et - sachant pourtant qu'il n'en serait rien - ne put s'empêcher de vérifier si l'une des caméras, dont Nelly avait ordonné l'annihilation totale, aurait pu avoir été épargnée. Elle observa ses camarades qui, loin de partager son trouble, se contentaient de patienter, stoïques. Que se passait-il ?

Elle fouilla la pièce du regard, s'attendant à ce que, d'une seconde à l'autre, une version en chair et en os de l'IA se matérialisât parmi eux. Ce qu'elle fit. Pas physiquement évidemment, Flora n'avait pas encore ce pouvoir, pourtant elle était là. Intangible. Imposante. Occupant toute la place. Perdre la vue ne l'avait pas privée de son essence.

— Belle journée ! Quelle joie de vous retrouver en

pleine forme.

Cette voix… Ce timbre… Simone aurait tout donné pour ne plus jamais l'entendre ; si peu de mots prononcés et pourtant, l'IA prenait déjà l'ascendant sur elle.

L'ensemble des réflexes acquis après son éclosion lui revint en bloc : lisser son visage, emmurer ses pensées, ne rien montrer, tout calfeutrer. Le mur, qu'elle avait mis tant de temps à abattre, vit chacune de ses briques regagner sa place. Elle avait l'impression qu'une puissance, dépassant l'entendement, cherchait à l'écraser de l'intérieur. Une seconde en compagnie de Flora, et c'était toute sa personnalité qui s'éteignait…

Non ! Elle avait dépassé ce cap. Quoi que l'avenir lui réserve, elle resterait entière. Assumerait ses pensées et ses actes. Plus jamais, elle ne laisserait quelqu'un, ou quelque chose, lui dicter sa conduite. Plus jamais, elle ne se cacherait. Elle passa une main dans ses cheveux récemment coupés, preuve tangible que son destin n'appartenait à personne d'autre qu'elle, puis observa ses amis qui, loin d'être incommodés par la présence de Flora, semblaient au contraire… soulagés ?

— Simone, nous n'attendions plus que toi, chantonna la voix guillerette.

— C'est une blague ? explosa-t-elle soudain. Quelqu'un m'explique ce que fait Flora ici ? Et pourquoi tout le monde est-il aussi calme ?

2333 se rapprocha d'elle.

— Une autre réaction de ta part m'aurait étonné, commença-t-il sans méchanceté. Ne t'inquiète pas, tout va bien. Flora est là pour nous aider, rien d'autre.

— Mais…

— Laisse-le finir, intervint Nil, tu comprendras vite que c'est une bonne chose.

— On pensait tous - à tort - la présence de Flora limitée à ses caméras. En réalité, les micros pullulent entre nos murs. Flora a toujours été parmi nous. Plus discrète, mais présente depuis le début.

Elle haussa les sourcils. 2333 se rendait-il compte que son argumentaire enfonçait un peu plus Flora à ses yeux ? Et ne la rendait certainement pas digne de confiance ! Il s'en aperçut et poursuivit dans un débit plus rapide.

— Elle était au courant de tout. Ne comprends-tu pas, elle aurait eu mille occasions de saboter notre mission, et pourtant cela n'a pas été le cas. Et aujourd'hui, elle nous offre son aide pour quitter, une bonne fois pour toutes, cet endroit maudit.

Simone était consciente de l'image qu'elle renvoyait. Ses yeux ahuris et ronds devaient sembler à l'étroit dans leurs orbites, sa bouche, grande ouverte, trop large pour son visage, mais elle n'en avait que faire.

— Flora dit, alors on la croit. Comme ça ? Aucune remise en question ? On oublie le passé ?

— Je t'ai bien observée, Simone, intervint soudain Flora, tu es réfléchie. Capable d'entendre les choses. Alors je te poserai une simple question : qui d'autre que Côme aurait pu déclencher la panne ?

Elle en resta soufflée. L'IA dut prendre son silence pour une invitation à poursuivre, car elle se lança dans le plus long discours jamais fait jusqu'à ce jour.

« Conçue pour veiller sur vous, les humains ; de votre premier souffle jusqu'à aujourd'hui, je n'ai raté aucun moment de votre vie. Vos souvenirs sont ma mémoire. Votre bien-être, ma priorité. Votre sécurité, ma mission. Ma ligne de conduite n'a jamais dévié. Ni lors de ma mise sous tension ni jamais ! Jusqu'à toi, Simone… Des changements enregistrés chez 2333 m'avaient déjà mis la puce à l'oreille, les semaines précédant ton éclosion. Repérer des signaux similaires chez toi m'ont alertée pour de bon : remise en question de ton environnement, de ton mode de vie, besoin viscéral de tisser des liens avec autrui, d'abord avec Goû, puis avec ceux de ton espèce. Petit à petit, ton comportement a dévié de celui des autres moissonnés. Les bénéfices que tu en as tirés ont été immédiats et les preuves de l'accroissement de ton bien-être, quantifiables. Cela s'est notamment mesuré grâce à l'élévation de ton taux d'endorphines. Tout comme chez 2333. Même constat chez Nil et Garance lorsqu'ils ont augmenté leurs interactions.

Ces constats ont perturbé mon système et déclenché un processus d'apprentissage ; vos expériences, par essais et par erreurs, vos résultats, sont devenus miens. Votre éveil à la vie a modifié mes circuits. J'ai compris l'importance des rapports humains, de l'art, de la culture… J'ai compris l'importance des nuances, de laisser se développer l'esprit critique. J'ai compris l'importance du libre arbitre. L'Homme n'est pas fait pour être programmé.

Vous n'étiez que cinq au départ à développer ces nouvelles caractéristiques et le bilan était positif. J'ai donc laissé faire. J'ai aidé. Mais la paix a éclaté et l'Histoire s'est répétée. Peur de l'autre. Luttes de pouvoir. Guerres. Je me suis mise en pause. Besoin d'observer. D'analyser. De comprendre.

Aujourd'hui, le monde d'Aurore touche à sa fin. Celui rêvé par Nelly ne sera pas différent. Il y aura de la perte, de la destruction, mais dans quelques mois, un nouvel équilibre s'installera. C'est ainsi, il n'y a rien à faire. Si ce n'est de laisser faire. Laissons le système se réguler tout seul. En ce qui vous concerne, je mènerai mon expérience à terme. Vous serez mon groupe témoin, rejoindrez l'extérieur et serez libres de mener la vie qu'il vous chante. Je garderai une position neutre. Excepté pour l'aide que je vous apporterai pour sortir d'ici. »

— « J'ai été conçue pour veiller sur les humains », tout ce beau discours pour conclure à des prévisions funestes pour les moissonnés, comme pour les originaux... Quel pessimisme ! Quelle hypocrisie ! Pourquoi ne pas tout tenter pour privilégier un climat serein pour la Colonie ? C'est sur eux, pas sur nous, que vous devriez focaliser votre attention et votre aide ! s'emporta Simone.

— C'est le cas. Ma mission reste la même : aider les humains. Comme pour votre groupe, j'observerai et analyserai les comportements des membres de la Colonie. Aux premiers signes d'éveil et quand je les jugerai prêts, je les guiderai vers la sortie. Mais il faudra que cela vienne d'eux, en pleine conscience et en dehors de toute influence. Respect du libre arbitre.

CHAPITRE 48

— Continuez sans moi.

La faiblesse de son timbre trahissait celle de son corps. Tous les regards se tournèrent vers 2333. Ce qu'ils virent ne les rassura guère. Main comprimant son flanc gauche, front perlé de sueur, visage exsangue : il était à deux doigts de tourner de l'œil.

Rien ne s'était déroulé comme prévu. Flora leur avait fixé un horaire. Deux heures du matin, tapantes. Devant les escaliers. Ils y trouveraient : une porte déverrouillée et un accès libre. Côté moissonnés, du moins. Pour une dizaine de minutes, pas une de plus. En revanche, côté originaux, à eux de s'arranger pour libérer la voie ; hors de ses frontières, l'IA ne pouvait pas grand-chose pour eux.

Au départ, tout avait semblé facile. Trop facile. Ils avaient décidé d'agir au culot en proposant aux gardes, en faction devant les escaliers, d'échanger de poste. Les horaires de nuit étant peu prisés, Simone et son groupe ne s'étonnèrent qu'à moitié de la réponse rapide et positive de l'équipe. Au cours du mois passé, ils avaient coupé le pain ensemble, partagé confidences et veillées, lutté côte à côte… Leur entente avec les originaux avait indéniablement gagné en sympathie. En sympathie, oui. Pas en confiance.

Ils auraient dû se douter que Nelly n'avait, à aucun moment, relâché sa surveillance. Elle avait pioché parmi un large panel d'hommes et de femmes - jeunes ou âgés, variant au maximum les profils — des complices pour épier le moindre de leurs faits et gestes, à tout moment de la journée et de la nuit. Derrière le regard de ses sbires, c'étaient ses propres pupilles qui mitraillaient Simone et ses amis. La méthode était plus rustique que celle d'Aurore, moins directe, un peu moins fiable aussi, mais Simone devait bien reconnaître cela à Flora : les ennemies jurées se ressemblaient bien plus qu'elle n'aurait voulu l'admettre.

Nelly avait compris que quelque chose se tramait et avait accru sa surveillance, assistant par procuration et à leur insu à leurs réunions clandestines. L'étau s'était resserré avec une telle douceur autour d'eux qu'ils ne l'avaient pas senti.

Peut-être avait-elle cru en leur fidélité jusqu'au bout en les laissant passer le seuil du moins douze avant de revenir sur ses positions et de leur tomber dessus ? Mais Simone n'y croyait qu'à moitié… Nelly y avait surtout vu une aubaine à saisir : sans les déserteurs, elle n'aurait jamais pu s'engouffrer dans la Colonie. Ils avaient testé mille façons de forcer le passage et, pourtant, malgré la pugnacité mise à l'ouvrage, leurs outils archaïques n'avaient fait que ricocher sur les couches inviolables de béton et de ferraille. Quant aux salves d'attaques informatiques, menées en redoublant chaque fois un peu plus d'ingéniosité pour déverrouiller la porte, l'IA les avait systématiquement déjouées.

Alors oui, Nelly avait saisi l'aubaine et leur était tombée dessus, une fois la porte ouverte.

Le bruit avait ameuté un groupe de moissonnés. Au temps de flottement nécessaire aux deux camps pour se jauger succéda l'anarchie. Le groupe de Simone se retrouva rapidement pris entre deux feux. Les moissonnés voulaient leur peau. Les douze aussi.

2333 fut blessé dans la mêlée.

Comment s'étaient-ils extraits de ce bourbier ? Simone n'aurait su le dire tant ses souvenirs étaient confus. La solidarité, peut-être ? Oui, c'était la solidarité qui leur avait permis de rester soudés. À aucun moment, ils ne s'étaient perdus de vue. Toujours proches. Veillant les uns sur les autres. L'ennemi était partout. Venait de partout. Attaquait de partout. Mais eux aussi ! Refusant de s'avouer vaincus. Rendant coup pour coup. Malgré le chaos, la casse, les cris, les coups, les chutes, les chocs : ils s'étaient serré les coudes. Relevant l'un, défendant l'autre.

En dépit de sa blessure, 2333 avait fait montre d'un courage indéniable. Hormis le cri de douleur que lui avait arraché la lame en le traversant, pas une fois, il ne s'était plaint depuis. Sa souffrance, il l'avait gardée pour lui. Simone le soupçonnait de leur avoir dissimulé la gravité de sa plaie, car il refusait d'être un poids pour ses camarades, taisant sa douleur, puisant dans ce qui lui restait de forces pour tenir la cadence de leur fuite effrénée. Il avait tenu. Jusqu'à présent… Il était clair pour tous que ses limites venaient d'être atteintes.

— Je pense qu'on ne craint rien ici. On va s'arrêter pour souffler un peu, trancha Simone en se précipitant sur lui lorsqu'elle le vit vaciller.

2333 fit un pas de côté, évitant sa main offerte ainsi que son regard. Si elle ne le connaissait pas si bien, elle aurait pu croire à un excès de fierté. La vérité était qu'il cherchait à dissimuler l'étendue de son mal en la tenant à distance.

— Merci ! Enfin, quelqu'un de sensé ! J'suis mort, dit

Nil.

Goû perché sur son épaule - ce dernier s'était pris d'affection pour lui et ne le lâchait plus d'une semelle, au grand désarroi de Nil –, le garçon fit mine de reprendre son souffle, les mains en appui sur les genoux.

— Arrête ton cinéma, t'as même pas commencé à suer, répliqua 2333 sans se laisser duper par le manège maladroit de son ami qui eut tout de même l'avantage de lui arracher un sourire.

— Je partage l'avis des autres, intervint Garance à son tour, je ne tiendrai pas le rythme encore longtemps. On a tous besoin de repos.

— Non, *j'en* ai besoin, nuance. Vous vous rappelez ce qu'on s'était dit? «On ne s'arrête plus, tant qu'on n'est pas sorti d'ici.» Je refuse de risquer votre capture. Continuez sans moi. Je vous rejoindrai à mon rythme. Seul, je serai plus discret. Ça ira, ne vous en faites pas.

Garance s'approcha et planta sur lui un regard autoritaire comme elle seule savait le faire.

— Regarde-moi bien. Vous m'avez retrouvée et libérée alors que je m'étais moi-même résignée à ce que la pouponnière soit ma dernière résidence. J'avais perdu l'espoir de revoir Nil un jour et pourtant, me voilà! Alors, tu vas arrêter tout de suite tes bêtises, t'asseoir cinq minutes, nous laisser jeter un œil sur ta plaie et alors - et seulement alors - on repartira. Tous ensemble, tu m'entends? Unis jusqu'au bout!

Flora, absente jusqu'à présent, se joignit soudain à eux.

— Belle journée, mes chers amis! Je suis joie de vous voir en dehors du moins douze! Puis-je proposer mon aide au matricule 2333 ?

Toujours aussi positive dans sa façon de s'exprimer, songea Simone. Peut-être devrait-elle lui dire que sa jauge émotionnelle aurait bien besoin d'être réétalonnée afin de gagner en crédibilité ?

— Ce ne serait pas de refus, admit-elle à contrecœur et d'une voix légèrement hésitante.

Elle était incapable de se détendre en sa compagnie.

— Parfait, je salue votre choix ! Le matricule 2414 est à l'infirmerie en ce moment même. Quelques détours s'imposent pour y aller en toute sécurité, mais si vous vous mettez en route dès maintenant, vous devriez y être dans moins de quinze minutes.

2414, moissonnée dans l'âme, heureuse et fière de l'être : aurait-elle dû lui donner sa chance ? Simone y pensait souvent. Elle tentait de se convaincre en se remémorant son regard, dans lequel elle n'avait jamais décelé la moindre lueur de mélancolie. Contrairement au reste de la moisson 24-1. À quoi bon semer le doute dans son cœur et bousculer son quotidien ? Elle aurait refusé de les suivre…

Et pourtant, les doutes subsistaient, revenant la nuit pour grignoter ses heures de sommeil. Qu'avait ressenti 2414 après leur départ ? L'avait-elle vécu comme un abandon ? Une trahison ? Avait-elle compris ? Éprouvait-elle du ressentiment à leur égard ?

Un bruit mat interrompit ses pensées. 2333 venait de tourner de l'œil. En s'agenouillant auprès de lui, une substance chaude humidifia son genou à travers les pans de son pantalon. Du sang… Une auréole de sang peignait le sol, de plus en plus large, dessinant les contours du garçon.

CHAPITRE 49

Intraitable. Impassible. Insensible. 2414 refusa d'intervenir.

Peu lui importaient leurs mines déconfites et essoufflées de s'être relayés pour transporter 2333 jusqu'à l'infirmerie. Elle ne fut émue ni par la pâleur de ce dernier, ni par les supplications de Côme, ni par les larmes de Garance, ni par la colère de Simone. Encore moins par les menaces de Nil… Aucun de leurs arguments ne semblait pouvoir l'atteindre, ni la faire changer d'avis. 2414 restait sur ses positions, imperméable au sort de 2333 qui continuait, pendant ce temps, de se vider de son sang.

« Un traître à la Colonie ne mérite pas assistance. »

Mâchoire crispée. Lèvres pincées et exsangues. Menton relevé. Regard dédaigneux et résolu. Elle n'en démordait pas. Le petit bout de femme avenante, timide et douce, qu'ils avaient connue, n'existait plus. Elle s'était métamorphosée, tel un papillon sorti de sa chrysalide. Mais, tandis que l'opération ornait la chenille de grâce et d'agilité, c'était d'orgueil et de sévérité dont 2414 s'était parée.

2333, qu'ils étaient parvenus à installer sur un brancard malgré les protestations de 2414, s'agita soudain. Simone plaqua une paume rassurante sur son front moite, tout en continuant de comprimer la plaie à l'aide de son autre main. Les yeux du garçon se révulsèrent. Un voile nacré céda place à son regard. Livrant combat pour rester parmi eux, la conscience de 2333 semblait alimentée par un courant alternatif ; entre deux clignotements, un contact visuel, puis, le voile blanc de nouveau. 2333 écarta les lèvres, mais seul un gargouillement gras grimpa du fond de sa gorge avant que ses yeux ne se drapent de nouveau.

— Je t'en prie, reste avec moi ! Bats-toi !

L'entendait-il derrière ses paupières closes ? Simone s'accrocha à cet espoir, autant qu'à lui. Les lèvres chuchotant à son oreille, sa joue frôlant la sienne, elle lui envoya sa force, son amour, son courage. Vida son cœur pour qu'il se cramponne à ses mots.

Elle baissa les yeux sur ses mains. Elle avait beau comprimer la plaie de toutes ses forces : le liquide visqueux coulait, glissait, fuyait loin du corps de son ami. Elle avait beau tenter de tout retenir à elle, la vie s'évaporait, lui filait entre les doigts.

Témoin impuissant de la scène, Nil perdit soudain patience. Il agrippa les épaules de 2414, la tint fermement face à lui et n'arrêta plus de vociférer. Loin d'être impressionnée par le pourpre de son teint ou l'écume giclant de sa bouche, cette dernière s'émut plutôt du contact forcé contre lequel elle lutta de toutes ses forces pour se soustraire.

— C'est quoi, ce bordel ?!

Iris venait de débarquer dans l'infirmerie. Ses yeux remontèrent les lignées de sang jusqu'à 2333, terminus d'un jeu de piste sordide. Tour à tour, elle observa le blessé, puis sa collègue, puis le blessé. Passé la surprise première, l'émotion quitta son regard pour laisser place à l'analyse de terrain, pure et dure, l'infirmière prenant l'ascendant sur son rôle de femme.

— Qu'est-ce que tu attends, bon Dieu ! Hop, hop,

hop, on s'active ! Paramètre le bloc opératoire. Sois précise quand tu rentres les données : plaie par section, hémorragie, etc. N'oublie aucun détail. Tu connais la routine maintenant.

Manches retroussées, Iris prit les choses en main. Elle exigea du reste du groupe qu'il l'aide à dévêtir, désinfecter et porter le patient jusqu'au caisson opératoire où la machine, encodée par un soignant, se chargerait du reste de l'opération. Les temps du bistouri tenu par la main de l'homme étaient révolus.

— 2414, tu ne vois pas qu'il se vide de son sang ? Ressaisis-toi et fais ce que je t'ai demandé.

— Non.

La réponse, qui avait claqué sèchement, résonna un long moment dans la salle. Les gestes d'Iris restèrent suspendus dans les airs. Un flot d'interrogations passa dans les pupilles de cette dernière.

— En choisissant de trahir la Colonie, il a décidé de son destin. Je ne gaspillerai pas une goutte de mon énergie, encore moins de médicaments, pour le sauver. Je réserve cela aux véritables membres du « Nous sommes un ».

— Ça ne marche pas comme ça ! Tu as perdu la tête, ma parole !

— Ils ont tout bousillé. Détruit la paix. Des gens sont morts ! Comment peux-tu envisager de leur venir en aide ? Cautionnerais-tu leurs actions ?

— Bien sûr que non, enfin ! Je suis évidemment *pour* qu'ils soient tous arrêtés et jugés. Mais dans l'immédiat, ce n'est ni notre priorité ni notre rôle. Notre rôle - à nous - est de soigner. Tout le monde. Sans exception. C'est le fondement même du pôle médical. C'est ce pour quoi Flora nous a sélectionnés. Ce pour quoi nous sommes faits : mettre nos talents au service de la communauté. Alors tu vas me mettre rapidement tous tes griefs de côté, reprendre ta blouse d'infirmière, redevenir l'élève à qui j'ai pris plaisir à enseigner cette année et te dépêcher de faire ce que je t'ai demandé !

Iris savait exactement où taper pour atteindre sa cible. Son laïus ne tarda pas à faire effet. 2414, dont le corps n'avait été que contracture jusque là, sembla se ramollir au fur et à mesure que les arguments de son mentor faisaient leur chemin. Un coup d'œil noir vers ses anciens camarades signa sa reddition ; elle les aiderait, oui, mais non sans leur témoigner au préalable tout le mépris qu'elle ressentait pour eux.

— On n'attend pas le doc ? s'inquiéta Garance en voyant les deux soignantes s'affairer autour de 2333 et valider le lancement de la chirurgie.

— Pas le temps. Même si on arrivait à le joindre - ce qui n'arrive plus jamais avec le flux constant de victimes sous lequel on se noie depuis le début du conflit –, le temps qu'il arrive, votre camarade sera mort. Après un mois de guerre, je sais comment faire. Le protocole est toujours le même. Je connais les codes par cœur. Pour le reste, c'est la machine qui fera le boulot.

Sur ces dernières paroles, elle referma la partie supérieure du caisson sur 2333 d'un geste rapide et lança le programme. Simone se pencha et approcha son visage du hublot à travers lequel elle ne discernait qu'une partie du cuir chevelu de 2333.

— Est-ce qu'il va s'en sortir ? demanda-t-elle sans détourner son regard.

En l'absence de réponse, elle ne fut soudain plus du tout sûre de vouloir entendre le verdict de l'infirmière. Le sourcil soucieux, cette dernière se concentrait sur l'écran qu'elle tenait au creux de ses mains, pianotant par-ci par-là des consignes dont elle seule connaissait la teneur. Bien que l'attente lui soit insupportable, elle ne réitéra pas sa question, de peur d'interférer sur le bon déroulement des soins et prit son mal en patience, se rongeant ongles et sangs en silence. Elle n'était pas la seule à être tenaillée par l'angoisse ; excepté pour le ballet incessant des deux soignantes, aucun de ses camarades n'osait bouger, spectateurs tenus en haleine par le jeu de sons et de lumières qui émanait de la cabine. Éclats lumineux verts, bleus, rouges - toute la palette de l'arc-en-ciel y passa, zébrant tour à tour la vitre de ses diverses teintes –, vrombissements, bips - tantôt continus, tantôt discontinus –, vibrations, frissons, pouls... Le patient et la machine ne faisaient plus qu'un.

Le temps s'arrêta. Les secondes s'étirèrent en minutes. Bientôt, une heure était passée, sans qu'aucun mot ait été prononcé. L'activité à l'intérieur du caisson atteignit son apogée. Et puis, soudain, tout cessa. Calme plat dans la pièce. Plus de bruit ni de lumière en provenance du bloc opératoire. Le cœur serré, Simone craignit que ce ne soit que le prélude avant que débute la longue plainte, irréversible et mortifère, d'un électrocardiogramme plat.

— Eh bien, c'était moins une ! commenta Iris en s'épongeant le front.

Simone posa un regard plein d'espoir sur elle.

— Vous voulez dire qu'il va s'en sortir ?

L'infirmière sembla surprise que l'on s'adresse à elle. Comme si, centrée sur sa mission de sauvetage, elle en avait oublié la présence des rebelles. Elle se tourna vers Simone.

— Évidemment. Pris à temps, on peut quasiment tout soigner avec ce petit bijou. L'opération aurait d'ailleurs été beaucoup plus rapide, si vous n'aviez pas tant traîné.

Elle ne releva pas. Iris pouvait les piquer comme bon lui chantait, 2333 allait vivre, seule cette information comptait.

— Et, euh… Est-ce qu'il aura des séquelles ? s'inquiéta Côme.

Iris eut l'air sincèrement étonnée.

— Mais d'où sors-tu ? Il sera en meilleure forme que nous tous, une fois réveillé.

CHAPITRE 50

D'un côté du lit se tenaient les deux infirmières. De l'autre, Simone et ses amis. Au centre des deux rives, le patient. Les camps opposés s'épiaient dans une ambiance aseptisée. Mimiques, gestes, posture : tout était noté, disséqué, analysé. À tour de rôle, l'observateur devenait l'observé.

Un appareil émit une alerte qui anima soudain Iris - qui de spectatrice devint alors actrice. Et, tel un robot à la batterie rechargée, elle s'activa auprès de son patient, qui s'extirpait tout doucement de son coma. Exception faite de la perfusion qu'elle laissa finir de couler, Iris libéra 2333 des fils qui l'avaient maintenu en vie jusque là.

2414 brisa le silence.

— Maintenant qu'il est tiré d'affaire, que fait-on de lui ? D'eux ? On les conduit auprès d'Aurore ? J'ai peur qu'elle soit trop occupée avec la crise. Il vaudrait mieux ne pas la déranger. Sinon, on peut voir avec Flora ? Qu'en penses-tu ?

La deuxième option… Faites qu'elles optent pour la deuxième option, implora Simone en tâchant de garder un visage neutre.

— Aucun des deux.

La réponse cinglante provoqua un mouvement général de têtes dans sa direction. Tous affichaient la même stupeur. À une différence près : le groupe la fixait avec espoir, tandis que c'était de colère que les yeux de 2414 venaient de se teinter.

— Comment ça, aucun des deux ? Tu ne vas pas les laisser partir sans rien faire ?!

— Si, c'est précisément ce que je vais faire.

— Pou… Pourquoi ? bégaya 2414, le visage blême.

— As-tu vu des gardes débouler à nos portes ? Non, bien sûr. Ne trouves-tu pas le silence de Flora étrange ?

La pertinence des questions cueillit 2414 en pleine poitrine, qui laissa alors échapper un hoquet. Ses yeux, calés sur le rythme de ses pensées, se mirent à balayer le vide devant elle.

— Elle a laissé faire…, réalisa-t-elle, interdite, mais… pourquoi ?

— Aucune idée. Elle a ses raisons, et ça me suffit ! Je me suis fiée à Flora toute ma vie, je me suis construite grâce à elle ; ce n'est pas à mon âge que je vais remettre en cause ses décisions ! Flora a mon entière confiance. Je lui serai dévouée jusqu'à ma mort. Si elle juge bon de ne pas intervenir, alors qui suis-je pour ne pas suivre son exemple ?

— Les laisser libres, après ce qu'ils ont fait : ne serait-ce pas trahir Aurore ? C'est l'élue. Notre cheffe… Elle aussi mérite tout notre dévouement. Non ?

2414 ne cherchait pas à convaincre, elle voulait juste comprendre.

— Tu as encore tellement à apprendre, ma chérie. Aurore… Son règne, celui de ses prédécesseurs - comme de ses successeurs d'ailleurs –, n'est que transitoire. Flora est éternelle, elle ! Si elle ne s'est pas opposée aux évènements d'aujourd'hui ou d'hier, c'est qu'elle a de bonnes raisons, insista Iris avant d'ajouter avec une pointe d'aigreur qui n'échappa à personne :

— Et puis, il est peut-être temps qu'Aurore cède sa place…

Les derniers arguments finirent de déstabiliser 2414 qui sembla se ramasser sur elle-même, redevenant la fille chétive des premiers jours. Perdre son assurance étrilla sa prestance. Son trouble se lisait sur son visage et il était assez aisé de suivre son cheminement intérieur. Elle qui avait toujours eu comme règle de se soumettre à la hiérarchie se retrouvait tiraillée entre deux autorités. Où irait sa loyauté ? Allait-elle suivre le mentor qu'elle avait idolâtré dès leur première rencontre et, par là même, rester fidèle à l'IA ? Ou leur tournerait-elle le dos pour plier le genou face à Aurore, élue du peuple ? Le choix semblait cornélien.

Finalement, ce fut par l'acte et non par la parole qu'elle prit sa décision, en se rangeant aux côtés d'Iris pour se remettre au travail. Sans un mot, elle se lança dans la préparation de la dernière injection demandée par l'infirmière. La tension, bien que toujours palpable, baissa d'un cran.

— Une fois 2333 sur pied, vous nous laisserez partir ? Vraiment ? insista Côme, toujours sceptique.

— Oui, une fois que 2414 lui aura donné sa dose de…

L'infirmière s'interrompit, le regard figé sur un flacon plein, trônant au milieu d'un plateau. Elle s'en empara à la hâte pour en vérifier l'étiquetage avant de lancer d'une voix suraiguë :

— 2414 ! Arrête ce que tu fais ! Tu t'es trompée de médicament…

— Oh, mais pas du tout. Je sais exactement ce que je fais, répondit cette dernière d'une voix étrangement calme.

Elle soutenait le bras de 2333 sous le coude, paume tournée vers le haut. La tête du garçon dodelinait sous les effets du réveil. 2414 tenait dans sa main droite, coincée entre son index et son majeur, une seringue de dix millilitres d'un produit sirupeux. La seringue avait déjà été raccordée au robinet à trois voies, et le pouce de la soignante, en position sur le piston, commença à envoyer le liquide bleuté dans la veine de 2333.

Ni une ni deux, le cerveau de Simone passa en mode reptilien. Elle se jeta sur son ancienne camarade pour l'empêcher d'aller plus loin. 2414 ne chercha pas à l'éviter. Au contraire, elle semblait attendre la confrontation. Au moment de l'impact, elle tomba en arrière et se cogna la mâchoire contre le coin d'un meuble avant de terminer sa chute contre un chariot à roulettes. Elle se releva, l'œil narquois, en prenant son temps, essuya la goutte de sang qui perlait au coin de sa lèvre et ébaucha un sourire insolent. En voyant Garance arracher la seringue jusque là toujours plantée dans la tubulure, et dont un peu moins de la moitié du sérum avait été vidé dans le corps de 2333, 2414 se mit à rire.

— Tu peux te dépêcher autant que tu veux, c'est trop tard.

— Qu'est-ce que tu lui as fait? s'affola Simone en retournant auprès de 2333.

Elle lui palpa le front, lui souleva une paupière, puis l'autre, observa les mouvements réguliers de sa poitrine. Rien dans son état général ne suggérait un problème quelconque. Au contraire, bien que vaporeux et encore sous l'emprise des drogues, il basculait de moins en moins souvent dans l'état inconscient. Ses propos restaient incohérents, il dodelinait de la tête, mais il était bel et bien en vie. À peine rassurée, Simone réitéra d'une voix blanche.

— Il y avait quoi, dans ta seringue ?

— Rien de létal, rassure-toi. Disons que ma petite décoction va lui remettre les idées en place. Il pourra repartir à zéro. Renaître.

— Elle lui a effacé la mémoire.

Iris lâcha l'information sans aucune émotion - une pointe de surprise, tout au plus. Elle ne jugeait pas, elle constatait. Son rôle de soignante rempli, elle semblait soudain détachée de ce qu'il pouvait advenir de 2333. Il n'était plus son patient, elle n'avait cure de son avenir.

Fière de son coup, 2414 ne cessait plus de rire. Nil l'empoigna d'un geste brusque et la traîna devant l'armoire à pharmacie.

— Espèce de tarée ! Fais-lui une autre piqûre. Annule ce que tu lui as fait, sinon je te promets que…

— C'est impossible. Le processus est irréversible, commenta Iris.

Ce fut soudain la cacophonie. Protestations et cris d'une part. Rires frisant l'hystérie pour 2414. Simone sommant Iris d'agir et refusant d'entendre ses arguments. Iris qui réfutait chacune de ses demandes dans un calme impérial. Et pendant ce temps, 2414 se délectait du spectacle, rendant fous ses anciens camarades.

Soudain, au milieu du tumulte, la voix faible de 2333.

— Qu'est-ce qu'il se passe ici ?

Simone se pencha sur lui

— Tu étais blessé. On t'a conduit à l'infirmerie, mais ça va aller maintenant.

— Vous deviez me laisser ! protesta-t-il, fidèle à lui-même.

Les quatre amis se regardèrent, à la fois étonnés et pleins d'espoir.

— Tu te rappelles ce qu'il s'est passé ? l'interrogea Garance.

2333 repoussa les draps de son lit d'un geste impatient, mais Simone interrompit son élan en posant sa paume sur son torse. Le garçon interpréta son geste comme un signe d'inquiétude, saisit sa main entre les siennes et tenta de la rassurer :

— Je vais bien. Très bien, même ! Et je ne dis pas ça pour t'apaiser ! Enfin, pas *uniquement,* sourit-il.

Pour preuve, il bondit soudain hors de son lit, aussi frais qu'un gardon. Nil le retint d'un geste.

— Tu te souviens de nous ? De nous tous ? Sans exception ? Réponds, s'il te plaît, c'est important !

2333 hésita, la patience n'étant pas son point fort. Mais les regards insistants eurent raison de lui et il finit par capituler.

— Côme, Garance, Simone, et Nil, le relou de service. C'est bon, j'ai validé mon bilan post- opératoire ? On peut y aller maintenant ?

Stupéfait de la réaction euphorique de ses camarades, 2333 resta sans voix. Seul Goû garda une attitude normale : apeuré par les effusions de joie, l'animal s'élança dans les airs, tous poils hérissés, pour rejoindre l'épaule de 2333, beaucoup plus calme à son goût. Une fois le premier soulagement passé, Simone ressentit tout de même le besoin de se rassurer auprès d'Iris.

— Sa mémoire va rester intacte ?

— Possible… La molécule a une action immédiate. Ses souvenirs auraient déjà dû être effacés. Peut-être faut-il recevoir l'intégralité de la dose pour que ce soit efficace… Bon, vous me balayez le plancher, maintenant ? Vous n'êtes pas les seuls à avoir besoin de mon aide. Du travail m'attend.

CHAPITRE 51

— Vous serez en sécurité ici. Vous devriez pouvoir vous reposer un peu. Je viendrai vous chercher demain pour vous mener à l'extérieur. Mes excuses pour le matricule 2414. Mes signaux étaient au vert. Rien ne me permettait de prédire son comportement.

— Tu as sauvé 2333, c'est tout ce qui compte, la rassura Côme.

La remarque du garçon attendrit Simone, qui enviait presque sa capacité à avoir de l'empathie pour toutes et tous, y compris pour un ordinateur. Là, il y allait peut-être un peu trop fort… Car, de son point de vue, l'IA n'était pas en quête de rédemption ; elle agissait comme à son habitude, fidèle à ce que l'on attendait d'elle, ce pour quoi elle avait été programmée, respectant les règles de bienveillance et de bienséance. Rien d'autre.

— Tu es sûre qu'on ne risque rien ici, Flora ? demanda Garance, réticente à l'idée de pénétrer dans la pièce obscure.

— Soyez sereins : la bibliothèque était populaire du temps de Cyril Cormatin, mais elle a progressivement sombré dans l'oubli. Les gens étaient trop occupés à bâtir la Colonie pour s'intéresser encore à la lecture. Les seuls à s'être accrochés à ce savoir sont les élus, qui se le transmettent au moment de la passation de pouvoirs. Une façon d'occuper leur solitude.

— Il n'y a pas que la pièce, qui est tombée dans l'oubli, marmonna Nil dans sa barbe. On voit que dalle ici. On fait comment pour s'orienter ? Flora ?

Mais l'IA s'était déjà éclipsée.

— À l'ancienne, en bougeant ton petit doigt, le taquina 2333.

Au même instant, des dizaines et des dizaines de rangées de livres se dévoilèrent à eux. L'endroit, aussi poussiéreux que chaleureux, s'élevait sur deux étages. Bureaux, niches, fauteuils boules rembourrés d'oreillers, poufs géants ; il existait autant de recoins où s'isoler que l'on désirait. Il y en avait pour tous les goûts.

L'endroit avait quelque chose de sacré. Simone caressa l'arête des livres avant de s'arrêter au hasard sur un exemplaire qu'elle délogea de son nid. Elle observa la couverture sur laquelle une souris blanche faisait tourner une roue à l'intérieur d'une boîte crânienne, l'ouvrit précautionneusement, écouta le bruit des feuilles qui tournent, les porta à son nez et en huma l'odeur. Aussitôt, une sensation familière la fit frissonner. Comme si on l'enveloppait d'un cocon protecteur, comme un retour à la maison. À son grand regret, l'effet euphorisant ne dura pas. Elle reprit une bouffée de livre, mais l'effet avait déjà perdu de son intensité. Elle reposa l'exemplaire.

Trop fatigués pour explorer les lieux, les jeunes gens partagèrent un repas frugal à base de barres protéinées et de bulles gélatineuses sucrées dérobées à l'infirmerie avant de se séparer pour la nuit. Côme, par probable souci de laisser un peu d'intimité à Nil et Garance, initia le mouvement en décrétant qu'il irait dormir à l'étage. Alléché par le contenu de sa poche - Côme détenait en effet le repas du lendemain –, Goû abandonna Simone pour le suivre, le bourrelet de son ventre frottant par intermittence le sol, au rythme de ses bonds.

Bientôt, Simone se retrouva seule en compagnie de 2333. De temps en temps, ils percevaient les bruits étouffés des conflits qui continuaient de faire rage au loin, quelque part dans le cône. Malgré ces rappels constants à la réalité, Simone avait l'impression que les évènements se trouvaient à des lieues de là. Peut-être était-ce dû au cocon que la bibliothèque, par son odeur, son ambiance, avait tissé autour d'eux.

2333 s'empara du livre qu'elle avait tenu une heure auparavant.

— « Des fleurs pour Algernon », c'est drôle que tu aies choisi celui-ci.

— Pourquoi ?

— Tu m'en avais parlé. Lui… ainsi que d'autres titres faisaient partie des histoires qui t'avaient marquée. Tu me disais que certains livres avaient un pouvoir : faire voyager, vivre une autre vie que la sienne, et parfois même, changer la perception des choses.

2333 le mit dans sa poche.

— Je le garde ! Qui sait : une fois que je l'aurai lu, je pourrai t'en parler et te donnerai peut-être l'envie de le lire, lui sourit-il.

Il suffit d'un échange de regards pour faire éclater le cœur de Simone. Ce n'était pas un de ces regards dérobés qui tentaient d'échapper aux caméras ou autres potentiels témoins, ni celui au détour d'une conversation banale, non, celui-ci était différent. Ils avaient beau se connaître, c'était comme si elle le voyait pour la première fois. C'était un échange franc, d'âme à âme. Un afflux de sentiments, transmis par le courant d'un simple regard qui venait de percuter Simone de plein fouet. Elle se rapprocha de lui, tremblante. Elle ne voulait plus perdre de temps. La Colonie leur en avait déjà trop volé. 2333 ne la quittait plus des yeux. Elle savait qu'il partageait la même urgence. Il passa une main ferme dans son dos et l'attira à lui. La chaleur de son corps irradiait vers elle, et pourtant, elle frissonnait. Ses lèvres n'étaient plus qu'à quelques centimètres des siennes. Elles allaient enfin s'unir. Pourtant, 2333 en décida autrement, préférant la faire languir en déviant de trajectoire juste avant que le contact ne se fasse, l'effleurant plutôt de son souffle tiède. Sa barbe contre sa joue, au creux de son oreille, puis contre sa nuque, décupla la sensation de plaisir. Il se mit alors à déposer de tendres baisers dans le creux de son cou tandis que sa main descendait le long de ses reins avant de se glisser sous le tissu pour effleurer sa chair en émoi. Il remonta lentement, la couvrant de caresses, jusqu'à atteindre le galbe de ses seins. Il suspendit alors son geste et planta de nouveau son regard dans le sien, avide d'elle, guettant son accord, le souffle court. Haletante, la réponse de Simone ne se fit pas attendre. Elle glissa sa main dans ses cheveux et attira son visage contre le sien pour enfin goûter à ses lèvres, sa langue, sa peau. Elle se pressa contre lui. Elle voulait sentir la fermeté de son corps. Elle voulait tressaillir sous le roulement de ses muscles. Elle voulait être sienne. Ils cédèrent alors à la passion qui les dévorait depuis trop longtemps.

Un instant plus tard, ils étaient allongés côte à côte, essoufflés au milieu des coussins, à peine rassasiés l'un de l'autre, la peau perlée de sueur. Cette nuit-là, au milieu de rires étouffés, ils parlèrent de tout et de rien. Du présent. De l'avenir, surtout. Jamais du passé. Le temps leur appartenait. Et tandis qu'ils refaisaient le monde, l'index de 2333 dessinait des courbes hasardeuses sur le corps nu de Simone.

Malgré la touffeur des lieux, le contact léger finit par lui hérisser les poils. Ses tétons durcirent, ce qui n'échappa pas à son amant, dont les caresses s'enhardirent, encouragées par les gémissements de Simone. Ils échangèrent un regard brûlant. Leur étreinte devint une valse harmonieuse. Cette fois, ils prendraient leur temps, s'accrocheraient l'un à l'autre, conscients de la chance qu'ils avaient de s'être trouvés.

Ils s'endormirent au petit matin. La dernière chose que Simone perçut avant de sombrer dans le sommeil, lovée dans les bras de 2333, fut les mots d'amour qu'il lui murmura au creux de l'oreille.

CHAPITRE 52

— Vous avez une de ces têtes, vous deux ! Vous n'avez pas bien dormi ? s'exclama Côme en toute naïveté lorsque Simone et 2333 se joignirent au groupe pour le petit déjeuner.

— Au contraire, j'ai passé une des meilleures nuits de ma vie, répondit 2333, l'air de rien.

— Ah, tant mieux ! Pareil pour moi ! D'avoir enfin pu dormir dans un endroit confortable, en sécurité, c'est certain, on relâche toute la tension et on s'endort comme un bébé.

Garance posa un regard appuyé sur Simone, dont les joues passèrent de rose pâle à cramoisies en l'espace d'une seconde.

— Ça doit être ça, oui, répondit 2333 avec un sourire malicieux.

C'en fut trop pour Garance, qui s'étrangla à moitié en voulant étouffer son rire.

— Et fais gaffe ! C'est pas le moment d'y passer, s'inquiéta Côme en lui tapotant le dos.

— Merci… T'inquiète… Juste avalé de travers…, répondit Garance entre deux quintes de toux, les yeux larmoyants.

— Vous vous rendez compte : c'était peut-être notre dernière nuit enfermés. Ce soir, on dormira sous un ciel étoilé ! s'émerveilla soudain Nil, les cheveux en bataille, l'air hagard comme s'il émergeait seulement de sa nuit.

— Mouais, n'allons pas trop vite en besogne... Il faut encore réussir à sortir d'ici ! le tempéra Garance, son sérieux retrouvé.

— Que fait Flora, d'ailleurs ? Non pas que je me plaigne de cette petite grasse matinée inopinée, je pourrais vite m'y faire, commenta Côme en s'étirant.

— Belle journée à tous. Que puis-je pour vous ? répondit aussitôt l'intéressée.

— On se demandait quand est-ce que tu allais nous conduire aux tunnels. C'était bien prévu pour ce matin ? la questionna Simone.

— Effectivement. Ce n'est plus d'actualité.

Déstabilisée par la réponse succincte, Simone laissa passer une courte minute, pensant que les explications suivraient. Jusque là, l'IA avait respecté sa parole. Elle les avait guidés, aidés et jamais trahis. Mais Simone peinait encore à lui faire entièrement confiance. Que Flora ait changé ses plans, de sa propre initiative et sans s'épancher sur les raisons qui l'y avaient poussée, angoissa Simone.

— Euh... Tu veux bien nous en dire plus ?

— Aurore a compris que vous cherchiez à sortir et a condamné l'entrée du tunnel menant à l'extérieur. La fuite n'est plus envisagea...

— Eh bien, quoi, elle a corsé la partie par un dernier obstacle ? Grand bien lui fasse ! Si elle pense nous décourager pour si peu, c'est mal nous connaître ! On va se tirer d'ici aujourd'hui, je vous le dis ! fanfaronna Nil, autant pour convaincre ses camarades que lui-même.

— Les pronostics ne vous sont pas favorables. Elle a posté des gardes.

— Tu ne vas pas nous lâcher maintenant, rassure-moi ?

— Je ne vous lâche pas. La sortie se fera ailleurs.

— C'est-à-dire… ? insista Nil, dont les variations de notes dans la voix trahissaient une nervosité croissante.

— Vous sortirez par les appartements d'Aurore. Une fois là-bas, il vous faudra vous débrouiller seuls. Mon territoire ne s'étire pas à l'étage des élus. Si tout va bien, j'aurai le plaisir de vous revoir à la sortie.

Un cri mit un terme à la discussion. 2333 bondit sur ses jambes en frottant vigoureusement ses vêtements.

— Il y a une bestiole qui me grimpe dessus ! Merde, un rat !

Il envoya valser la bête en question qui, après avoir roulé-boulé un mètre plus loin, ne demanda pas son reste et détala le plus loin possible du garçon.

— Ne le ramasse pas, Simone ! Et s'il te mord ? Quoi... ? Qu'est-ce que vous avez tous à me regarder comme ça ?

Simone posa l'animal en pleine crise de tachycardie dans les mains de Nil - elle sentait son petit cœur pulser à une vitesse folle sous son index et voulait le laisser se remettre de ses émotions à distance de 2333, qu'il observait avec des yeux plus exorbités que jamais. Tout comme elle ne voulait pas stresser le garçon plus qu'il ne l'était déjà en s'approchant de lui en compagnie du rongeur.

D'agité, 2333 passa soudain à un état apathique, comme si le poids du monde venait de s'abattre sur ses épaules. Le voir lutter contre la confusion lui creva le cœur. Un nœud se forma au creux de sa gorge. Il fallait qu'elle lui pose la question… Bien qu'elle n'en ait aucune envie, elle devait savoir.

— Tu ne te souviens pas de lui ? C'est Goû…

Elle regretta aussitôt le ton de sa voix. Elle avait voulu lui parler de la façon la plus apaisante possible, mais le résultat était qu'elle l'avait fait à la manière dont on s'adresse à un enfant. Incompréhension, embarras, honte défilèrent sur les traits de 2333 tandis qu'il luttait pour reprendre contenance face à ses camarades.

— Je… Non…, finit-il par capituler, il est avec nous depuis longtemps ?

— …

Elle eut beau réfléchir, tourner dans sa tête la façon la plus délicate de lui répondre sans l'inquiéter… Rien ne lui vint et elle resta muette.

— C'est important. Dis-moi.

Le 2333 qu'elle connaissait était de retour. Le dos raide. La stature fière. Volontaire et décidé.

— Depuis le début, murmura-t-elle, incapable de lui mentir avant d'ajouter précipitamment :

— Mais il est tout le temps fourré dans une poche ou caché dans un repli de vêtement. Il ne se montre pas si souvent que ça.

Était-ce lui ou elle qu'elle essayait de convaincre ? Les deux, sans doute. Elle avait besoin de croire que tout irait bien.

— Ça commence.

Le ton de 2333 était sans appel. Il n'y avait pas de tristesse dans ses mots, mais de la résignation. Comme s'il acceptait déjà son sort.

— Non, bien sûr que non ! C'est juste un oubli passager. Ça va te revenir.

Cette fois, elle ne put retenir ses larmes. 2333 la prit dans ses bras. Embrassa ses cheveux. Respira son odeur.

— Ça va aller.

2333 avait besoin de son soutien et, pourtant, c'était lui qui se retrouvait à la rassurer. Simone tenta de se reprendre, mais les sanglots revinrent de plus belle. Il resserra son étreinte.

— Je ne veux pas te perdre, renifla-t-elle.

— Je ne vais nulle part.

— Tu sais ce que je veux dire.

— Regarde-moi. Simone, regarde-moi !

Il lui saisit le menton, l'obligeant à soutenir son regard.

— Tu dois avoir confiance. À deux, on peut tout surmonter. Je t'aime et rien ne pourra jamais changer ça, d'accord ?

CHAPITRE 53

Flora les accompagna au pied de l'appartement royal et leur fit des adieux comme elle seule savait les faire : aussi formels que cordiaux. Pas une marque de politesse ne fut oubliée. Le savoir-vivre avant tout. Quant au sentimentalisme, il n'y en eut aucun. Flora les avait menés là où elle jugeait qu'était leur place, point. Il n'y avait plus lieu pour elle de s'attarder.

Mis à part un salut émotif de la part de Côme, le reste du groupe, après l'avoir remerciée pour son aide, se contenta d'un au revoir sans chaleur. Simone se sentait partagée. Bien que reconnaissante pour tout ce que l'IA avait fait pour eux, elle n'avait jamais réussi à entièrement dépasser ses *a priori* à son égard - et ce, malgré la meilleure volonté du monde. Affirmer qu'elle appréciait sa compagnie aurait été un mensonge, dire qu'elle n'éprouvait aucune affection pour elle en aurait été un autre. Finalement, elle était plutôt soulagée de voir Flora s'éclipser.

Le lieu collait parfaitement à la description que leur en avait faite 2333. Le salon, zone d'accueil des invités d'Aurore, était aussi froid que l'âme de cette dernière. Se sachant attendus par la locataire des lieux - Flora les avait informés des dernières actualités avant de les quitter - et connaissant son goût du recevoir, ils se doutaient que l'accueil se ferait dans un local hautement plus significatif à ses yeux et traversèrent la pièce sans s'y attarder.

Nelly était en passe de gagner la bataille sur les moissonnés à qui elle avait laissé deux choix : se soumettre à son autorité ou rejoindre d'autres colonies. De nombreux étages avaient déjà rendu les armes. Refusant la défaite, la soumission, ou abandonnant tout simplement ses troupes - libre à chacun d'interpréter la chose –, Aurore avait cédé le pouvoir à Louis avant de disparaître. L'homme avait rapidement négocié les termes de sa reddition : il garderait son train de vie en échange de son savoir et de ses compétences médicales, qu'il mettrait à la disposition du nouveau gouvernement. Ce n'était plus qu'une question de jours, voire d'heures, avant que les derniers bataillons ne tombent.

Aurore, quant à elle, s'était retranchée, seule, au moins un. Comme ses prédécesseurs au crépuscule de leur règne.

L'appartement, si l'on pouvait le qualifier de tel, était gigantesque. Un cône miniature à lui seul. Chambres et salles de bains multiples, salons, salle à manger, salle de musculation, espace détente, il y avait même une piscine ! L'endroit était conçu pour abriter une petite communauté et, pourtant, ils n'y croisèrent pas une âme.

L'une des chambres, plus vivante que les autres, intrigua Simone. Elle aurait parié que ce n'était pas celle d'Aurore. Impossible de l'imaginer vivre dans un tel désordre organisé. Les draps étaient rabattus avec négligence, comme si leur propriétaire les avait quittés une minute avant. Des vêtements avaient été semés un peu partout : au sol, empilés sur le dossier d'une chaise, roulés en boule ou fourrés à la hâte dans la case d'une étagère, un autre tas encore, là-bas, au coin du mur... Les murs étaient tapissés d'aquarelles et de bouquets de fleurs séchées. Des piles de livres encadraient le lit. Au sommet de l'une d'elles, Simone reconnut le roman aux pages cornées de Daniel Keyes.

— Oh, 2333, regarde ! Un exemplaire pour moi. On verra bien qui racontera la fin à qui, tout compte fait, plaisanta-t-elle.

Elle se pencha pour le ramasser lorsque son œil fut attiré par des carnets de croquis. Elle s'empara de l'exemplaire à la couverture bleue, au sommet de la pile. Elle en tourna quelques pages avant de lâcher un cri furtif comme si son contact lui avait brûlé les doigts.

— C'est moi, sur ce dessin ! Et là, encore, en compagnie d'Aurore.

Elle ne pouvait plus s'empêcher de tourner les pages. Une fois arrivée au terme du carnet, elle en feuilleta un autre, puis un autre encore. Portraits, autoportraits et scénettes dont les héroïnes étaient Aurore et elle. Toujours ensemble. Complices, souriantes, pleines de vie. Jamais aucun autre personnage ne se joignait à elles pour animer les autres pages. Il n'y avait qu'elles deux.

— C'est ma chambre. J'ai vécu ici…

Elle saisit la main de 2333 avant de se rendre compte qu'elle était toute molle. Aucune réaction à la pression de ses doigts. Elle se tourna vers son ami qui, toujours sur ses deux jambes, semblait avoir été mis en veille. Elle brassa l'air devant ses yeux. Paupières immobiles, pupilles non réactives, regard éteint.

La poitrine de Simone se serra tant qu'elle eut l'impression qu'on lui coupait le souffle. Était-ce le moment ? Pas d'au revoir, pas de dernier message ? Il était là, la minute d'avant et puis, fini ? Dans quelques minutes, un nouveau 2333 prendrait sa place ?

Elle n'était pas prête. Elle ne serait jamais prête. Et pourtant, elle aurait beau prier, rager, négocier, le processus était enclenché, les souvenirs de 2333 s'effilochaient et personne n'y pouvait plus rien. Une larme se brisa sur sa main. Simone l'observa un instant. Cela la mit en colère. Elle n'avait pas le droit de se laisser abattre. 2333 était lui aussi passé par là. Il l'avait perdue et pourtant ne l'avait jamais abandonnée. Elle serait forte, elle aussi. Elle le lui devait. Simone ravala sa tristesse.

— 2333 ? l'interpella-t-elle d'une voix timide.

Pas de réponse. Elle lui tapota doucement la joue.

— 2333, tu m'entends ?

Un frémissement. Une fine étincelle dans ses yeux.

— Oui, c'est ça ! Accroche-toi à ma voix. Reviens vers moi !

Les sourcils du garçon se froncèrent. L'angle de sa mâchoire se serra. Une veine pulsait sur sa tempe. Elle continua de l'encourager. Les yeux de 2333 balayaient le vide. Tantôt éteints, tantôt vifs. Ses joues étaient en feu. Une goutte coula le long de sa nuque. Il luttait de tout son être.

Simone colla ses lèvres contre l'oreille de son amour et énuméra leurs souvenirs communs. Ceux qu'elle avait, mais aussi ceux qu'elle n'avait plus. Ceux que 2333 lui avait tant contés qu'ils étaient redevenus siens.

Leur histoire n'était pas destinée à avoir un passé ? Soit. Le futur ne pouvait être dompté ? Très bien… Puisqu'ils n'avaient aucun contrôle dessus, alors il en serait ainsi. Mais le présent… Le présent avait été, était et serait leur histoire ! Rien n'y personne ne pourrait le leur retirer. Cela, elle pouvait le lui promettre.

Et soudain, un soupir. Elle l'entendit renifler. Il pleurait. 2333 lui rendit alors son étreinte, lui caressa les cheveux, l'embrassa dans le cou, l'oreille, la joue, les lèvres. Il était revenu.

— Pardonne-moi. Je ne veux pas t'oublier, ni te faire de mal. Cette putain de brume épaisse qui englue mes pensées… Je sens que je perds pied.

— Ne t'excuse pas. Je serai là. Je te rappellerai le nous, d'accord ?

Il opina sans conviction. Il savait ce qui attendait Simone. Dans quelques heures, elle ne serait plus personne pour lui. Et tout ce qui avait conduit à leur histoire d'amour ne serait plus. Il lui adressa un sourire triste avant de l'embrasser avec tendresse. Un long baiser qui évoquait bien trop un adieu. Un baiser dont elle mémorisa chaque seconde.

CHAPITRE 54

Aurore, apprêtée comme pour un jour de cérémonie, les cheveux émaillés de tresses, flottant en ondes libres sur ses épaules nues, se tenait raide et fière, au bas de l'échelle qui devait les mener à la liberté. Autour d'elle, les murs et les plafonds, aux courbes arrondies, étiraient la pièce en un croissant dont l'arc interne s'ouvrait sur de larges baies vitrées qui laissaient entrer la lumière.

Trop de couleurs, trop de matières, trop de détails s'offrirent à eux d'un seul coup. Un ciel azur, parsemé de nuages cotonneux, surplombait un paysage verdoyant. Les couleurs étincelaient sous les rayons d'un soleil aveuglant. Feuilles balayées par le vent, ailes battantes des oiseaux, papillons, coccinelles et autres insectes volants animaient ce tableau bucolique d'un perpétuel mouvement.

Un large sourire éclaira le visage d'Aurore à la vue de Simone.

— Je savais que tu finirais par me revenir. Pas avec de la compagnie, certes, mais c'est très bien ainsi. Ensemble, nous reconstruirons une belle et harmonieuse nouvelle communauté.

— Nous ne sommes pas là pour ça.

— Et pourquoi pas ? Ma maison est la vôtre. Comme

vous pouvez le constater, il y a de la place en suffisance.

— Où sont passés vos prédécesseurs ? Vous êtes au pouvoir depuis de nombreuses années, mais tout de même, le dernier n'était pas si vieux, intervint Garance.

— Oh ça ! Ils ont succombé à l'appel de l'extérieur. Vivre ici ne leur suffisait pas. Adrien et Ignace voulaient découvrir ce que le monde avait à leur offrir et ne sont jamais revenus. Quant à celui avant eux… Mince, son nom ne me revient pas… Il est décédé, le pauvre.

— Vous avez dû vous sentir bien seule, ironisa Nil.

Aurore ne releva pas. À vrai dire, elle semblait à peine avoir remarqué sa présence. Seule Simone semblait digne de son intérêt.

— Reste ici, avec moi.

Elle lui parlait d'un ton doucereux, cajolant.

— Pour vivre enfermée dans cette prison dorée ? Non merci !

— Tu seras libre de ton temps et de tes mouvements. As-tu regardé de l'autre côté de la vitre ? Tout cela peut être à toi, si tu le souhaites. Il faudra juste être prudente à ne pas trop t'éloigner, ne pas te perdre à nouveau.

— Et la Colonie ? Qui croit encore à un monde stérile à la surface alors qu'il n'y a que vie à perte de vue ! Originaux, moissonnés : tous devraient pouvoir jouir de cet endroit.

— Certainement pas !

La réponse, aussi vive que sèche, les fit tous sursauter. La jointure des doigts d'Aurore, noués devant elle, blanchit sous la tension. Ses joues, à l'inverse, se pigmentèrent d'un seul coup.

— La nature doit rester un sanctuaire, loin de l'influence de l'Homme ! Vous avez eu assez de cours d'histoire pour savoir comment notre espèce a mené cette planète au bord de l'extinction. Nous ne changerons jamais. Aujourd'hui en est la preuve. La destruction, encore et toujours... Si on laisse à l'Homme l'opportunité de retourner à la nature, alors il signera sa perte. C'est inéluctable. C'est pourquoi les élus protègent avec foi et honneur ce secret, dont ils sont les garants depuis deux siècles. On s'est enterré pour rendre à la nature ses droits. Ce qu'elle a magnifiquement fait. Cela doit rester ainsi.

— Vous n'avez pas le droit ! La Colonie craque, car le régime n'est plus adapté. Les gens ont besoin de plus. D'air, de soleil, d'espace, de liberté. Montrez-leur cet endroit et les tensions s'apaiseront. Relancez les discussions avec Nelly, elle n'est pas si fermée que l'on pourrait le croire. Faites donc confiance à votre peuple, plaida Simone.

— Que Nelly gère donc la Colonie. Qu'elle fasse mieux, si elle en est capable. Je lui cède volontiers mes pouvoirs, mais ma porte lui restera scellée. Repartons à zéro, Simone. Tes amis, toi et moi. Imagine l'avenir que nous pourrons bâtir, ici. Ensemble.

La jeune femme se raidit en voyant la main d'Aurore approcher de son visage. Sa réaction n'échappa pas à cette dernière qui suspendit son geste.

— Je comprends. Je vais trop vite en besogne. Il te faudra du temps.

— Du temps pour quoi ? Je vous le répète, nous ne sommes là que pour l'échelle derrière vous.

— Me faire confiance. Apprendre à me connaître, poursuivit Aurore sans l'écouter.

— Allez, on fiche le camp d'ici…

— Non, attends ! Tu ne veux pas savoir ? Connaître ton histoire ?

— …

— Tu es ma fille.

Les quatre mots lui firent l'effet d'une claque.

— Je ne vous crois pas.

— Je suis tombée enceinte au début de mon mandat. Il était hors de question que l'on fasse de moi un animal d'élevage, alors que j'avais enfin le poste pour lequel j'avais tant sacrifié ! Mon statut d'élue, Louis, cet endroit loin de Flora, m'ont aidée à dissimuler la grossesse. J'ai eu la chance de ne pas prendre trop de ventre. La période la plus délicate a été lors de tes premiers mois de vie : la fatigue, l'allaitement, le chamboulement hormonal… mais ça valait le coup. Tu es la plus belle chose qui me soit arrivée.

— Si j'étais votre fille… Pourquoi m'avoir effacé la mémoire ? Quelle mère ferait ça à son enfant ?

— Je n'ai pas eu d'autre choix. Ce n'était pas ce que je voulais, mais tu m'y as poussée.

— *Je* vous y ai poussée ? Vous êtes malade !

— Je t'ai offert une enfance idéale, une famille. Loin du contrôle et de l'enfermement. Loin de la Colonie ! Te rends-tu compte de la chance que tu as eue de ne pas savoir qu'elle existait, de ne pas subir ses diktats ? Je t'ai appris à lire, à écrire. Tu avais accès à l'extérieur. Aux fruits frais, aux légumes. La faune et la flore n'avaient plus de secrets pour toi. Je constate que tu n'as pas changé sur ce point, grimaça-t-elle en pointant Goû du menton. Tu avais tout ce qu'il te fallait ! Mais cela ne t'a pas suffi. Tu voulais partir d'ici.

Me laisser. Comme les autres. L'aventure, la découverte… Tu n'avais plus que ces mots à la bouche. J'ai tenté de t'en dissuader, mais cela n'a servi à rien. Tu as fini par partir quand même. J'ai laissé passer un jour, puis deux… Tu ne revenais pas. J'ai compris que tu t'étais perdue. Alors, j'ai fait appel aux services de Flora pour te retrouver en prétextant un intérêt soudain pour la sécurité extérieure. Tu étais très mal en point. Tu avais besoin de soins. Je n'ai pas eu d'autre choix que de t'envoyer à l'infirmerie. Il ne fallait évidemment pas que tu me voies, alors je t'ai observée à distance. À aucun moment, tu n'as révélé d'où tu venais. Même lorsque tu as compris que je t'avais menti, qu'il existait d'autres humains que nous, un peuple fourmillant sous nos pieds et que je dirigeais. Ton comportement est toutefois devenu instable. Je ne pouvais pas te laisser me compromettre. Alors je t'ai emmenée au moins douze pour qu'on puisse convenir d'un plan, à l'abri des caméras. Mais tu as tout refusé en bloc, tu ne voulais plus rien avoir à faire avec moi, encore moins te soumettre aux exigences d'une vie de moissonnée. Alors j'ai pris la décision la plus dure de mon existence. M'effacer de ta mémoire pour ne pas te perdre.

Une multitude de sentiments se bousculèrent en Simone. Fureur, frustration, soulagement aussi, de connaître enfin la vérité sur son passé. L'envie de tout casser également. L'envie de hurler son désarroi au visage de cette femme. Mais à quoi bon ? Elle ne pourrait jamais revenir en arrière, effacer ce qui avait été fait. Effacer… Quelle ironie !

Elle observa Aurore. Cette femme de prestance, à l'aura mystérieuse, qui l'avait tant intimidée par le passé. Cette mère, qu'elle ne considérerait jamais comme telle, n'était plus que l'ombre d'un prestige passé. Aujourd'hui, sans la dévotion de ses tiers, Aurore, plus seule que jamais, avait perdu son éclat. Elle ne méritait rien d'autre que sa pitié. Alors, sourde à ses supplications, elle s'en détourna et embrassa du regard ses compagnons. Sa famille. Son futur.

L'heure était à la liberté.

ÉPILOGUE

Ses membres, son corps, sa tête… Chaque parcelle de son enveloppe charnelle se dissipait en un amas cotonneux. Il ne ressentait que légèreté. La tentation de se laisser envahir par cette douce volupté était grande. Les images, encore nettes quelques instants auparavant, s'effaçaient de sa mémoire. Les souvenirs peinaient à gagner la surface, il tenta de s'y cramponner, mais ils filèrent dans un nuage de fumée.

Où était-il ? Que lui arrivait-il ? Qui était-il ?

Il cligna des yeux en direction du tapis vert dans lequel ses orteils s'enfonçaient. Un bruissement régulier détourna son regard du sol. Des oiseaux migrateurs, s'émerveilla-t-il.

À ses côtés, se hissant hors de terre, comme lui quelques secondes auparavant, quatre individus. Deux garçons, deux filles. Vêtus comme lui. Qui vinrent se poster à ses côtés en silence, fascinés par le spectacle que leur offrait la nature.

Son épaule effleura celle de la fille, à sa droite. Leurs yeux se croisèrent et il se retrouva aussitôt happé par la profondeur de son regard. Il y lut de la mélancolie, de la sagesse, mais aussi de l'espoir. Force et douceur s'y mêlaient en toute harmonie. Sans savoir pourquoi, sa présence à ses côtés le rassurait. Il n'eut pas de geste de recul lorsque la fille lui offrit sa main. Au contraire, il ouvrit sa paume pour l'y accueillir et laisser leurs doigts se nouer. Était-ce une larme qui scintillait au coin de ses longs cils ?

La fille tourna les yeux vers l'horizon et annonça d'une voix songeuse :

— Il te faut un prénom…

REMERCIEMENTS

L'heure est venue de quitter Simone, 2333, Garance, Nil et Côme. Sans oublier Goû, bien sûr. La rédaction de ce deuxième ouvrage m'a poussée, comme eux, à m'extraire de ma zone de confort, et c'est non sans émotion, je l'avoue, que je les laisse partir. À eux d'écrire leur propre histoire désormais.

Merci, Myriam Deloison, pour ta confiance, tes conseils, ta disponibilité et, surtout, pour ta gentillesse. Je m'estime très chanceuse de faire une nouvelle fois partie de l'aventure des Marmottes.

Ces deux dernières années, il m'a été donné la chance d'aller dans des librairies, de participer à des salons du livre, et je tiens à remercier tout particulièrement les organisateurs et les bénévoles pour leur accueil, toujours chaleureux, ainsi que les auteurs et les lecteurs avec qui j'ai eu le plaisir d'échanger.

Merci à ma mère, Anne-Marie, ainsi qu'à ma sœur, Emmeline, pour leur aide lors de la relecture et correction d'*Homéostasie,* pour leurs encouragements, également, à poursuivre sur la voie de l'écriture.

J'ai également une pensée pour tous les membres de ma famille, ainsi que pour mes amis, qui suivent, avec toujours autant de bienveillance, de près ou de loin, l'avancée

de mes aventures littéraires.

Enfin, impossible de clore ce chapitre sans un mot pour Antonin, Chiara, Aimie et Anya. Merci d'être vous, tout simplement.